„Was blähst du dich auf in deinem Stolz?
Staub bist du und Staub musst du werden,
ein verfaulter Kadaver, die Speise der Würmer.“

– Grabspruch des Kardinals La Grange –

ACABUS
Verlag

Lars-Erik Schütz

Pestland

ACABUS
Verlag

Schütz, Lars-Erik: Pestland, Hamburg, ACABUS Verlag 2013

Originalausgabe
ISBN: 978-3-86282-170-9

Lektorat: Alexej Miller, ds, ACABUS Verlag
Korrektorat: Juri Bender, ACABUS Verlag
Umschlaggestaltung: Annika Bauer, ACABUS Verlag
Umschlagmotiv: © Annika Bauer
Das Bild von Baphomet stammt aus: Lévi, Eliphas: Dogma und Ritual der Hohen Magie, Teil 2: Das Ritual, München-Planegg [u.a.]: Barth, 1927

Dieses Buch ist im Handel auch als E-Book erhältlich.

Bibliografische Information der Deutschen Nationalbibliothek:
Die Deutsche Nationalbibliothek verzeichnet diese Publikation in der Deutschen Nationalbibliografie; detaillierte bibliografische Daten sind im Internet über http://dnb.d-nb.de abrufbar.

Der ACABUS Verlag ist ein Imprint der Diplomica Verlag GmbH, Hermannstal 119k, 22119 Hamburg.

---

http://www.acabus-verlag.de
Printed in Europe

Vorwort

Eine Warnung

Dies ist kein historischer Roman im klassischen Sinne. Es ist ein Roman über die Pest, nicht über die Zeit ihres Auftretens. Und im Fieberwahn geschehen Dinge, die auf den ersten Blick anachronistisch, sogar befremdlich erscheinen. Am Ende dieser Geschichte werden Sie verstehen, was mit dieser Warnung gemeint ist.

Teil Eins

Die Stadt

1.

Rrring-rrring.

Wieder dieses schrille Klingeln.

Es lässt meinen Verstand vibrieren, zersprengt jeden klaren Gedanken. Mein Herz pulsiert im schnellen Takt gegen die Rippen, die unter seiner Wucht beinahe zerbersten.

Rrring-rrring.

Ich muss es endlich zum Schweigen bringen.

2.

Wasser! Bringt dem Mann Wasser!“

Das wächserne Gesicht des Minderbruders ruhte über mir. Seine vor Schweiß glänzende Stirn lag in Sorgenfalten, während er mir mit einem Tuch die Wangen abtupfte.

Meine Haut brannte wie ölbestrichenes Pergament, das man ins Feuer geworfen hatte. Jedes rasselnde Luftholen zog meine Lungen zusammen. Aber all diese Schmerzen waren nichts im Vergleich zu dem qualvollen Pochen der Schwellungen an meinem Hals und meinen Leisten.

Jetzt hat der Schwarze Tod dich geholt, bevor ich es tun konnte, erscholl ein Lachen. *Spürst du schon, wie die Beulen kurz davor sind, aufzuplatzen, lieber Lucien?*

„Sei still!“, schrie ich und hämmerte meine Faust auf das notdürftige Lager aus Stroh und Decken. „Sei endlich still!“

Ich musste hier fort. Ich musste weg. Sie würden mich finden – die Häscher des Papstes. Und was noch viel furchterregender war: Der Dämon würde mich finden!

Mit erstaunlicher Kraft umfasste der Minderbruder meine Unterarme und tätschelte mir dann die Wange. Im flackernden Kerzenlicht lagen seine Augen im Schatten und sein Blick war nicht zu deuten.

„Er spricht bereits im Wahn! Gott im Himmel – wo bleibt das Wasser?“

Ein schlaksiger Novize eilte mit einem Krug herbei und reichte ihn dem Minderbruder.

„Na endlich“, brummte dieser und riss das Gefäß aus der Hand des Jungen. Er goß das Wasser in eine Schüssel und gab weitere Anweisungen: „Kümmere dich um das Mädchen in der hinteren Reihe. Sie hat äußerst starkes Fieber. Und leg neue Gewürze in die Fackeln – wenn du gerade dabei bist, kannst du auch beten, dass sie tatsächlich etwas gegen das Miasma nützen.“

Ich sah dem Novizen nach, der eifrig davonlief. Unter meinen flackernden Lidern schien das Klostergewölbe wie eine der Folterkammern der Hölle, bewohnt von Schatten und Dämonen. Das Stöhnen und Röcheln der Kranken waberte zusammen mit dem Gestank nach Fäulnis, Schweiß und Kot zwischen den trutzigen Säulen umher.

Tripf-Tropf. Tripf-Tropf. Lucien kann etwas trinken, wurde das Crescendo der Kranken erneut übertönt. *Nur wird es ihm nichts nützen, denn er ist ein Verräter!*

Ich krallte meine Finger in die Wolldecke unter mir, die durchtränkt war vom Eiter und Blut jener, die bereits auf ihr gestorben waren.

Der Mönch führte die Schüssel an meinen Mund.

„Ich bin kein Verräter!“, murmelte ich.

Das Fieber loderte in mir auf und mit ihm die Erinnerung an Scheiterhaufen. Die Bilder meiner Schande – schrille Schreie fegten durch meine Ohren. Die Rufe der Menge, die raue Stimme des Urteilverkünders, das Prasseln der Flammen. Die Verurteilten, die aneinandergekettet und in zerrissenen Leinengewändern auf dem Podium standen.

Der Mönch legte mir einen Finger auf die spröden Lippen.

„Ruhig, mein Sohn, ruhig. Ich bin sicher, du bist kein Verräter. Trink – es wird dir gut tun!“ Er hob meinen Kopf an und hielt mir die Schüssel an den Mund.

Da liegt er falsch, der alte Narr, raunte die Stimme. *Du bist ein Verräter! Fühlst du sie? Apluc!? Culpa!? Die Schuld!? Du warst es, Lucien! Du hast es getan, Sohn des Judas Ischariot!*

Ich warf mich hin und her, schüttelte den Kopf. Beinahe fiel die Schüssel aus der Hand des Minderbruders. Wasser schwappte über ihren Rand und tropfte auf meine schwarzfleckige Brust.

„Ich bin Lucien de Courogny!“, beschwor ich den Mönch. Er musste mir helfen. Er war ein Diener Gottes – er musste mich verstehen; mich gehen lassen. Ich konnte nicht bleiben, auch wenn die Pest mich umklammert hielt. Durch sie den Tod zu finden erschien mir immer noch besser als durch die Hand meines Verfolgers.

„Ich muss hier weg, aus Duisburg hinaus!“, flehte ich. „Sie verfolgen mich! Er verfolgt mich! Die Häscher des Papstes – und er!“

Der Minderbruder starrte mich aus seinen stahlgrauen Augen an. „Du sprichst im Wahn, mein Sohn! Wer immer du auch bist, mit diesen merkwürdigen Dingen, die du bei dir trägst, niemand verfolgt dich. Denkst du nicht, das hätten wir nicht schon längst …“

Ich konnte seinen Worten nicht weiter lauschen. Ein Krampf zuckte durch meine Glieder. Schmerz zerriss mich von innen heraus. Mein Körper bäumte sich auf. Ich schloss die Augen. Schrie.

In der Schwärze hinter meinen Lidern sah ich ihn vor mir: den gehörnten Ziegenkopf. Das leuchtende Pentagramm auf der struppigen Stirn. Der Sichelmond, der über seiner ausgebreiteten Hand tänzelte.

Verräter holen die Dämonen selbst in die Hölle!

Baphomet starrte mich aus seinen glimmenden Opalaugen geradewegs an. Er musste ganz nah sein.

Die Krämpfe lösten sich. Mein Körper erschlaffte.

„Pater noster, qui es in caelis ...“ Der Minderbruder führte erneut die Schüssel an meine Lippen und ich nahm einen gierigen Schluck. Das Wasser schien bereits in meinem Mund zu verdunsten. Jedoch löste das Bild Baphomets ein solches Frösteln in mir aus, dass es selbst die Fieberglut kurzzeitig abkühlte. Ich musste die Gelegenheit nutzen. Meine verbliebene Kraft gebrauchen.

Ich musste fliehen.

Als der Mönch die Schüssel wegnahm, stürzte ich mich auf ihn. Völlig überrascht zeigte er kaum Gegenwehr.

Ich zog ihn am Hals zu mir herunter und rammte ihm das Knie in die Magengrube. Unter einem erstickten Aufschrei sackte er neben mir zusammen.

Mit flatternden Händen packte ich meine Habseligkeiten und taumelte aus dem Gewölbe.

Ich konnte es schaffen – ich konnte Baphomet entkommen.

3.

Aus dem Klostertor hinaus taumelte ich in den Schein des Mondes, der wie ein Klumpen Lehm am Himmel klebte.

Rußende Fackeln hingen an der Stadtmauer gegenüber des Minoritenstifts. Die Duisburger glaubten, durch Feuer die Ausdünstungen der Pest vertreiben zu können. Aber wie viele Kerzen und Fackeln sie auch entzündeten, die Leute starben hier ebenso zahlreich wie in den anderen Städten Europas.

Vor zwei Jahren, anno domini 1347, hatten die Bürger noch gespottet, wenn man ihnen von den Gerüchten aus dem Süden erzählte, die von einer Seuche kündeten, die jeden innerhalb von Tagen dahinraffte, egal ob Kaufmann oder Bettler, Fürst oder Bauer.

Jetzt erschrak jeder, sobald er nur den Namen der Plage vernahm. Die Gelehrten disputierten über astrologische Konstellationen, die zu der Katastrophe führten, über die Schuld der Juden und Heiden, über Heilmittel und das bevorstehende Armageddon, das Ende der Welt.

Ich hörte von der Pest das erste Mal in einer Taverne in Marseille. Ein Seemann hatte von den Beulen berichtet, die sich an Hälsen und Leisten der Kranken bildeten.

„Sie sind schwarz wie Kohle – deshalb nennt man die Seuche in Italien auch Morte nera, den Schwarzen Tod“, hatte er verkündet und seinen Weinkrug in einem Zug geleert.

Am nächsten Tag floh ich aus Marseille, wieder einmal vor den Männern des Papstes. Nur eine Woche später traf auch in der Hafenstadt der Schwarze Tod ein und machte die Gerüchte zur Gewissheit, tötete alle anderen Trunkenbolde, die in der Kneipe gewesen waren, nur nicht mich.

Ich reiste gen Norden, der Seuche immer nur knapp voraus. Dennoch hatte mich die Hölle der Pest jetzt in Duisburg eingeholt.

Zitternd hockte ich mich in den Eingang eines Fachwerkhauses. Auch hier musste der Schwarze Tod schon eingekehrt sein. Die Fenster waren vernagelt, Kälte und Leere gingen von der Behausung aus.

Zu meinem Erstaunen fühlte ich mich besser als noch vor wenigen Augenblicken im Kloster. Das Fieber glomm in meinem Inneren nur noch als schwaches Lodern. Auch die Stimme Baphomets, meines ewigen Verfolgers, war verstummt.

Ich befühlte meinen Hals und erstarrte.

Wo im Kloster noch eitrige Beulen geprangt hatten, war nun wieder glatte, gesunde Haut. Ich fuhr mit der Hand unter mein Hemd und strich über meine Leisten. Auch dort spürte ich keine Beulen mehr.

Was war geschehen? Zwar hatte ich immer wieder von wundersamen Heilungen gehört, bei denen die Pestbeulen langsam kleiner wurden und schließlich verschwanden, aber noch nie von einer Genesung in so kurzer Zeit. Ich jauchzte innerlich – so konnte ich schneller vorankommen und Baphomet noch entkommen. Mir würde später noch genügend Zeit bleiben, über dieses Wunder zu grübeln.

Der Novemberwind wehte einige Blattgerippe über den zertretenen Matsch der Straße. Ich fröstelte und zog mir meine Kutte enger um den Körper. Auf meiner immerwährenden Flucht gab ich mich als Bettelmönch des Franziskanerordens aus. Eine Tarnung, die kaum Verdacht schöpfen ließ und mir die Pforten zu Klöstern und Gasthäusern öffnete. Ohne die Kutte hätten die Minoriten mich niemals zur Pflege aufgenommen, als ich auf der Straße zusammengebrochen war.

Unter dem Gewand hatte ich meine wenigen Besitzstücke verborgen, die wohl jedem schnell klar gemacht hätten, dass ich alles andere als ein Bettelmönch war. Ich rang mich zu einem Schmunzeln durch, als ich aufstand. Allein ihr Anblick hatte schon so manchen Strauchdieb in die Flucht geschlagen.

Ich legte den Kopf in den Nacken und sah zum Mond. Die Nacht neigte sich langsam ihrem Ende entgegen. Möglicherweise ließen die Wachen mich bereits durch das Stadttor ziehen.

Das Schwanentor lag nur wenige Steinwürfe vom Kloster entfernt und führte geradewegs zur Ruhr. Dort müsste ich mir einen gottesfürchtigen Fährmann suchen, der ein armes Mönchlein für ein paar Pfennig mit über den Fluss nahm. Dann konnte ich gefahrlos weiter gen Norden reisen, weg von der Pest und meinen Verfolgern.

Je näher ich dem Torhaus kam, desto ärmlicher sahen die Häuser aus. Tod und Chaos hatten Duisburg zum Erliegen gebracht. Die einzige Gestalt, die ich auf meinem Weg antraf, war eine junge Frau, die an einer der Haustüren lehnte. Sie wäre schön gewesen, hätte die Armut sie nicht mit schütteren Haaren und eingefallenen Wangen gestraft.

In ihren Armen wiegte sie einen Säugling, dem sie die Brust gab. Erst nach mehreren Augenblicken fiel mir auf, dass der Mund des Kindes im Angesicht der Brustwarze völlig reglos war. Sein Gesicht blass, der Blick gebrochen. Schließlich sah ich auch die winzigen Beulen an seinem Hals. Ich konnte nicht sagen, wie lang die Mutter schon so dastand und ihr totes Kind säugen wollte. Ihr Bild versetzte meinem Herzen einen Stich.

Ich beschleunigte meine Schritte, um nicht der Versuchung zu erliegen, zu ihr zu gehen. Ihr dieses Relikt zu entziehen und zu helfen.

Seit den Taten, die Baphomet meinen Verrat nannte, war ich darauf bedacht, den Menschen beizustehen – im Namen jener, die ich damals dem sicheren Tod überantwortet hatte.

Natürlich war es für Reue längst zu spät. Aber ich spielte den sanften Helfer nicht deshalb, damit mir einige Jahrhunderte im Eissee des letzten Höllenkreises erspart blieben. Ich tat es einzig für den Frieden meiner Seele. Oder zumindest für das, was von ihr übrig war.

Zwei Geharnischte flankierten das Tor, müde auf ihre Lanzen gestützt. Zwar waren die Torflügel geöffnet, aber die Zugbrücke immer noch hochgezogen.

„He da, Wachmänner! Wollt ihr ein Mönchlein nicht in die Ferne entlassen?“ Mit der üblichen Maskerade des überschwänglichen Kirchendieners trat ich auf die beiden zu.

„Vergiss es, Bruder!“ Der Kerl rechts vom Tor spuckte aus. Sein Vollbart war vom selben Braun wie der Rost auf seinem Brustpanzer, unter dem sich ein gewaltiger Bauch wölbte. „Die Zugbrücke wird erst im Morgengrauen hinabgelassen. Keine Ausnahmen.“

Ich stampfte auf, mehr aus Verzweiflung als aus Wut. So verlor ich wertvolle Zeit. Es erschien mir ohnehin als ein Wunder, dass einige Stadtwachen noch ihrem Tagewerk nachgingen. Ich hatte von Städten gehört, in denen Plündereien und Gemetzel herrschten – aus dem Grund, dass schlicht kein Wächter, kein Richter, kein Ratsherr mehr lebte oder sich aus Angst vor der Pest nicht mehr aus dem Haus traute.

„Ohnehin würde ich es Euch nicht raten, Duisburg in Richtung Norden zu verlassen“, meldete sich der linke Torwächter zu Wort. Er klang deutlich weniger abweisend als sein Kumpane.

Mit zusammengezogenen Augenbrauen sah ich den schlaksigen Jüngling an. „Warum das?“

„Wisst Ihr das nicht?“ Seine Stimme zitterte wie Blech unter den Hammerschlägen eines Schmieds. „Der Landstrich um Kleve, entlang des Rheins – das ist das Pestland.“

„Das Pestland?“

Der Dicke stöhnte und übernahm die Erklärung: „Da lebt keiner mehr, Mönchlein. Entweder alle tot oder geflohen. Die Pest ist da umgegangen wie der Satan, Gott bewahre. Niemand geht mehr dorthin. Die, die es getan haben, sind nicht zurückgekehrt.“

„Und ob Ihr es nun glauben wollt oder nicht, Bruder, man sagt, die vier apokalyptischen Reiter selbst gehen dort um. Höllenhunde. Das Land gehört längst den Toten, nicht den Lebenden.“

Der Rostbart spuckte aus, diesmal in Richtung des jüngeren Wachmanns. „Jetzt piss dir nicht ins Hemd, Jakob! Und Kleve ist der Schlund der Hölle selbst, was?“ Grimmig wandte er sich zu mir. „Was ist jetzt? Du weißt alles, was du wissen musst. Kannst ja jetzt selbst entscheiden, ob du heute dahin willst oder nicht. Meinen Arsch soll’s nicht kratzen.“

Ich verbeugte mich vor den beiden so tief, dass sie mein schiefes Grinsen nicht sehen konnten. „Werte Herren, ich danke für Euren Rat.“

Nach kurzer Unentschlossenheit machte ich kehrt und lief in Richtung Burgplatz. Mein Geld reichte noch für einen Krug Met oder Bier, vorausgesetzt, eines der Gasthäuser hatte überhaupt geöffnet.

Über die Erzählungen der Torwachen machte ich mir keine Gedanken. Ich hatte schon zu viele Schauergeschichten über die Pest gehört, um ihrem Geschwätz noch Glauben schenken zu können.

Der unvollendete Turmbau der Salvatorkirche ragte wie ein Armstumpf in den Nachthimmel, die Gerüststreben ein Kranz aus abgetrennten Knochen und Sehnen. Die Kirche war längst nicht das einzige Bauwerk, dessen Vollendung durch die Pest unmöglich geworden war.

Am Ziehbrunnen auf der Mitte der Straße ließ eine gekrümmte Gestalt einen Eimer in den Schacht hinab. Eine andere lehnte gegen die Mauer des Brunnens und hustete dröhnend. Rufe drangen vom Ende der Straße, wo ein Fuhrwerk vor einem Haus stand. Leichen wurden aus den Fenstern der oberen Stockwerke auf die Ladefläche geworfen. Die meisten Kranken starben in der Nacht. Also zogen die Totengräber bei Tagesanbruch durch die Stadt, um die armen Seelen abzuholen, für die es keinen Morgen gab. Zwischen all diesem Treiben sah ich einen Jungen, der geradewegs auf mich zuhielt.

„Mönch! Bruder!“ Schwer atmend kam er vor mir zum Stehen. Das dunkelblonde Haar hing ihm ins Gesicht. Er mochte vielleicht sechzehn sein, eine Spur zu klein und hager für sein Alter. Der Kittel ebenso dreckverschmiert wie seine Wangen, die von Schrammen überzogen waren. Anscheinend rutschte seinen Eltern öfter einmal die Hand aus. Mitleid regte sich in mir, wie schon beim Anblick der Frau mit dem toten Säugling.

„Was ist los, mein Sohn?“

„Ich …“ Seine Stimme überschlug sich. „Mein Großvater, er liegt im Sterben. Ich habe keinen Priester gefunden. Schnell! Ihr müsst ihm die Beichte abnehmen! Er will unbedingt einen Mann Gottes sprechen. Ich bitte Euch!“

Ohne zu zögern willigte ich ein. „Wo ist er?“

„In der Salvatorkirche! Der Medicus hat dort ein Notlager eingerichtet.“ Der Junge eilte davon. „Folgt mir!“

Ich spurtete ihm nach, aber schon wenige Schritte später zitterten meine Knie und meine Lunge schmerzte bei jedem Atemzug. So schnell hatte ich mich also doch nicht erholt. Der Knabe bemerkte es, als er einen Blick zurück warf, und verlangsamte sein Tempo. Ohnehin hatten wir schon den Burgplatz erreicht.

„Wie heißt du?“, fragte ich, als ich wieder Luft geholt und zu ihm aufgeschlossen hatte.

„Simon Aumann.“

„Das ist ein stolzer Name.“

„Was nützen Namen in Zeiten wie diesen?“

Es lag eine Ernsthaftigkeit in der Stimme des Knaben, die nicht zu seinem Alter passen wollte und die mich tief berührte. Sie erinnerte mich an mein eigenes Verhalten als Junge.

„Ich heiße Lucien de Courogny." Ich klopfte ihm auf die Schulter, während wir die Stufen zur Salvatorkirche erklommen. „Wir werden deinem Großvater die Würde zukommen lassen, die er verdient hat."

4.

Er liegt da drüben."

Simon deutete auf die Südkapelle der Kirche und lief weiter zwischen den Reihen notdürftiger Krankenlager hindurch. Ich folgte ihm, darauf bedacht, meinen Blick auf seinen Rücken gerichtet zu halten und nicht auf das Leid um uns herum. Allein die Geräusche genügten schon, um die schrecklichsten Bilder in meinem Kopf heraufzubeschwören. Das Husten und Röcheln, Speien und Schreien der Kranken, vereint mit dem Flehen der Angehörigen. Die geflüsterten Anweisungen von Pflegern und Medicus. Ein genuscheltes *Pater noster*.

Es stank nach Urin und Ausscheidungen, Eiter und Verzweiflung.

Dies alles in dem halbfertigen Gerippe der Kirche. Strebebögen breiteten sich wie Rippenknochen über diesen Rumpf aus Leid. Das Dach war nur teilweise gedeckt und die Nacht starrte mit tausend Augen in das Mittelschiff. Dutzende Kerzen loderten, schienen aber von der Finsternis des Gotteshauses erdrückt zu werden. In das Maßwerk der hohen Bogenfenster war noch kein Glas eingefasst worden. Ungehindert pfiff der Wind durch sie hinein und brachte Kälte und Unbehagen mit sich. Ich war froh, meine Pestilenz im Kloster durchlebt zu haben und nicht unter diesen erbärmlichen Umständen.

Wir erreichten die Südkapelle. Hier war es noch schlimmer als im Hauptschiff und wären nicht der kleine Altar und die sakralen Ornamente an den Wänden gewesen, ich hätte diesen Ort für den ersten Limbus der Hölle gehalten. Greise krümmten sich auf ihren Lagern, von Beulen übersät, mit Fleisch behangene Skelette. Eine Frau schluchzte neben ihrer kleinen blassen Tochter, die im Fieberwahn vor sich hinflüsterte.

Es erschien mir als Ding der Unmöglichkeit, dass ich vor kurzem noch in genau derselben Verfassung gewesen sein sollte.

„Mein Großvater liegt vor dem Altar. Da – mein Onkel ist bei ihm!" Simon zog mich am Ärmel meiner Kutte dorthin.

Der Greis überraschte mich: Er krümmte sich nicht unter Schmerzen wie alle anderen oder rief flehentlich Gott an. Ruhig lag er auf der mit Stroh gefüllten, schmutzigen Matratze, die Hände gefaltet und die

Augen für einen Pestkranken ungewöhnlich klar. Ein fein ziselierter Silberschlüssel hing an einem Kettchen um seinen Hals.

Simons Onkel löste Argwohn in mir aus. Ein Gefühl, als ramme mir jemand eine stumpfe Klinge in den Nacken. Er kniete neben dem Kranken. Seine Statur war kräftig, doch der Kopf ähnelte dem eines Wiesels, viel zu klein für den übrigen Körper. Das Haar, das ihm noch blieb, hing in fettigen Strähnen herab und gab freie Sicht auf die bleiche Kopfhaut. Ein Dolch baumelte an dem Gürtel, der sein graues Wams festhielt.

„Da bist du ja endlich“, schnarrte er, als er Simon und mich erspähte. Er musterte mich von Schuhspitze bis Haaransatz. „Diese Vogelscheuche war der Einzige, den du finden konntest?“

Ich machte mir nicht einmal die Mühe, meine Mimik zu ändern. Der Onkel mochte in mir nur einen einfachen Franziskaner sehen, der die fünfzig Jahre längst überschritten hatte. Einen sehnigen Kerl mit Haaren, so blond, dass sie fast durchscheinend waren. Mit tiefliegenden Augen, in deren Wasserblau jede Freude längst ertrunken war. Wüsste er, was ich unter meiner Kutte verbarg, wäre der Kerl mir wohl mit etwas mehr Respekt entgegen getreten.

„Der Mönch wird genügen, Kuno!“, erklang die raue Stimme des Großvaters. Er hatte seinen Oberkörper aufgerichtet. „Jetzt verschwinde und lass mich mit ihm und Simon allein.“

Kuno rührte sich nicht, starrte mich und Simon nur misstrauisch an. „Über das Erbe reden wir noch“, knurrte er und verschwand hinter dem Altar.

Ich sah ihm kurz nach und beugte mich dann zu dem Greis hinab. Simon tat es mir gleich.

Als der Großvater in mein Gesicht blickte, weiteten sich seine Augen. „Ihr … Das ist doch nicht möglich.“

Ich hob die Augenbrauen. „Was ist mit mir?“

„Ihr … Ihr habt mich nur an jemanden erinnert.“ Der Alte hatte sich wieder gefasst, entspannte sich und senkte den Oberkörper. „Eurer Stimme entnehme ich, dass Ihr Franzose seid. Wie lautet Euer Name?“

„Lucien de Courogny.“

„Daniel Aumann. Was treibt Euch hierher, in diese gottverdammte Gegend?“

„Es würde zu weit gehen, dies zu erklären, mein Sohn“, lenkte ich ab. „Lasst mich Euch jetzt die Beichte abnehmen, auf dass Ihr in Frieden ins Himmelreich eingehen könnt.“

„Nein!“ Der alte Aumann umfasste meinen Arm. „Ich habe Simon nicht nach einem Priester suchen lassen, damit dieser mir die Beichte abnimmt.“

„Wozu dann?“ Mein Herz schlug schneller unter einem Gefühl der Vorahnung.

Daniel Aumann hustete, aber es war nicht jenes bis zum Erbrechen führende Husten, das ich bei anderen Pestkranken beobachtet hatte.

„Ihr … Ihr müsst wissen, ich war der Gehilfe eines Alchemisten, der unter der Obhut des Grafen von Kleve seiner Arbeit nachgangen ist. Er hatte sein Laboratorium in der Schwanenburg, nördlich von hier.“

„Das ist mitten im Pestland“, murmelte ich.

„So ist es. Und es ist grausame Ironie. Denn er hat ein Heilmittel gegen die Pest gefunden.“

Simon und ich erstarrten. Die Härchen auf meinen Unterarmen stellten sich auf. Mein Mund stand offen. Aumanns Worte und seine Augen waren zu klar, als dass er im Fieberwahn sprach. Ein Heilmittel gegen die Seuche. Konnte das sein?

„Warum bist du dann an der Pest erkrankt, Großvater?“, stellte Simon die naheliegendste aller Fragen, die mir doch niemals in den Sinn gekommen wäre.

Der Alte seufzte. „Ich bin ein Tor, mein Junge. Ich habe gesagt, mein Schutz gegen den Schwarzen Tod ist allein das Vertrauen in Gott. Wie sich nun herausstellt, hat es sich als nutzlos erwiesen.“

„Du hättest niemals nach Duisburg kommen dürfen“, sagte Simon. Er wandte den Kopf zu mir. „Großvater ist vorgestern hier eingetroffen, nur wenige Stunden später haben wir die ersten Beulen entdeckt.“

Der Greis tätschelte Simons Wange. „Du bist ein guter Junge.“ Erneutes Husten, diesmal stärker. „Aber ich musste kommen. Es gab keinen anderen Ausweg. Wahnsinn ist über die Bewohner der Burg gekommen, jetzt, wo niemand mehr außer ihnen lebt. Es scheint, als würde der Alchemist dafür gestraft werden, ein Heilmittel gefunden zu haben. Nirgendwo hat die Pest so sehr gewütet wie dort. Als das Mittel vollendet war, war es schon zu spät. Nur einigen Mitgliedern der Grafenfamilie und den Leuten auf der Burg konnte er es verabreichen. Dann fielen sie alle nach und nach dem Wahnsinn anheim."

Ich hatte dem alten Mann gebannt gelauscht. „Was ist dann passiert?"

„Der Alchemist glaubte, der Wahnsinn wäre eine Nebenwirkung des Mittels. Er hat sich in seinem Laboratorium verbarrikadiert. Ließ niemanden mehr ein, selbst mich nicht mehr. Also bin ich losgezogen, nach Duisburg. Ich wollte Hilfe holen, Leute, die den Alchemisten dort herausholen. Die ihm bei der Perfektionierung seiner Heilungsmethode helfen. Doch dann kam der Schwarze Tod."

In meinem Kopf wütete es. Ich fragte mich, ob ich Aumann Glauben schenken konnte, klang seine Geschichte doch so völlig abwegig. Simon hatte diese Entscheidung wohl schon getroffen und sagte: „Dann müssen wir sofort dorthin und das Heilmittel für dich holen."

„Nein, mein Sohn." Der Großvater schüttelte den Kopf. „Für mich ist es zu spät." Der nächste Hustenanfall hielt länger an. Aumann krümmte sich. „Herr Lucien, ich bitte Euch, zieht mit Simon ins Pestland. Führt ihn zur Schwanenburg und sucht den Alchemisten. Ihr müsst ihn aus dieser Hölle aus Wahnsinn und Tod befreien. Er ist ein Gottgesandter. Der Mann, der uns von der Plage erlösen wird."

„Wie ist sein Name?" Ich sah den Alten eindringlich an.

Doch wieder schüttelte er sich unter einem Hustenanfall. Er wandte den Blick von mir ab und schloss die Hand um den Schlüssel auf seiner Brust. Seine eben noch so klare Stimme war zu einem Röcheln verkommen: „Nimm ihn, Simon … Das ist der Schlüssel … zum Laboratorium. Der Beutel unter der Matratze. In ihm ist genug Geld … Mein Lohn. Nimm ihn, Simon, nimm ihn!"

Er verkrampfte die Hände zu Klauen. Einige Beulen an seinem Hals pulsierten erst stark, dann platzten sie auf und Eiter ergoß sich über die Haut des Greises.

„Gib nichts davon Kuno", brachte er unter Stöhnen hervor. „Und hütet euch – nicht alles, was die Leute über das Land sagen … ist … ist falsch."

„Großvater!" Simon wollte die Schultern des Sterbenden umfassen, aber ich hielt ihn zurück. Der hochansteckende Eiter hatte sich bereits auf seinem Oberkörper ausgebreitet.

Ich bekreuzigte mich. *„Pater noster, qui es in caelis …"*

Aumann bäumte sich auf, schrie aus vollem Leibe.

„... Sanctificetur nomen tuum ...“

Er wälzte sich auf der Matratze hin und her, der Gestank nach Eiter und Blut wurde unerträglich.

„... Adveniat regnum tuum ...“

Tränen strömten über Simons Wangen. Sein Körper erbebte unter Schluchzern. Weiter hielt ich ihn mit einem Arm zurück.

„... Fiat voluntas tua ...“

Daniel Aumanns Augen drehten sich ins Weiße und sein Körper erschlaffte.

„... sicut in caelo, et in terra.“

„Nimm den Schlüssel, Junge“, forderte ich Simon auf, als ich mich bekreuzigt hatte. Wir mussten hier fort. Ich brauchte Ruhe, um nachdenken zu können. Musste das Gehörte abwägen. Vor allem aber musste der Jüngling sich beruhigen.

„Berühr auf keinen Fall den Eiter“, sagte ich. „Und vergiss nicht das Geld unter der Matratze.“

Nachdem der Knabe den prallen Lederbeutel hervorgezerrt hatte, kam Kuno wieder hinter dem Altar hervor. „Ist der Alte endlich tot?“

Sein Blick fiel auf den Beutel und den Schlüssel in Simons Händen.

„Wo willst du damit hin?“

„Ich ... Wir ...“ Simon, vom Tod des Großvaters völlig aufgewühlt, erstarrte. Er war noch blasser als ohnehin schon.

„Das ist *mein* Geld!“, brüllte Kuno und stapfte auf ihn zu. Augenpaare wandten sich in ihre Richtung. Gespräche verstummten. Selbst das Wehklagen und Stöhnen der Kranken wurden leiser. „Ich bin Daniels verdammter Sohn! Das Erbe gehört mir!“

Er packte Simon am Ohr und zog ihn zu sich heran. Der Junge schrie auf.

Ich tat einen unentschlossenen Schritt auf den Onkel zu. Meine Hand glitt unter meine Kutte, zuckte aber sogleich zurück, als hätte sie etwas gebissen. Nicht jetzt. Nicht so leichtfertig.

„Du verfluchter Bastard wirst mir nicht mein Erbe klauen.“ Kuno riss den Geldbeutel aus Simons Hand. Der Junge wimmerte, zitternd vor Schmerz und Trauer.

Ich umfasste Kunos Schulter. „Lass den Jungen in Frieden! Sein Großvater hat es ihm rechtmäßig übergeben."

Der feiste Kerl schlug meinen Arm weg. Er hämmerte den Zeigefinger auf meine Brust und funkelte mich aus verengten Augen an. „Halt dich da bloß raus, verfluchter Pfaffe! Das sind Familienangelegenheiten!"

Er drehte sich wieder zu Simon und nahm auch den Silberschlüssel an sich. Noch immer hielt er das Ohr des Jungen verdreht und bleckte ihn an wie ein zufriedenes Wiesel. Simons Gesicht war rot angelaufen. Tränen bahnten sich ihren Weg über seine Wangen. Seine Lippen bebten. Als Kuno Beutel und Schlüssel in den Taschen seines Wamses verstaut hatte, schlug er ihm in die Magengrube. Der Knabe krümmte sich und jaulte wie ein Welpe.

„Beklau. Mich. Nie. Wieder." Jedes dieser Worte unterlegte Kuno mit einer schallenden Ohrfeige.

Simon versuchte, sein Gesicht mit den Händen zu schützen, hatte aber gegen die Pranken seines Onkels keine Chance. Einige Umstehende schüttelten den Kopf. Irgendjemand raunte etwas, aber keiner griff ein. Eine Wut entflammte in mir, die ich lang nicht mehr gespürt hatte – und wenn, dann höchstens auf mich selbst. Meine Hand schob sich abermals unter meine Kutte und diesmal zuckte sie nicht zurück.

Ich zog das Schwert mit einer einzigen, fließenden Bewegung. Der Gesang der Klinge brachte die Leute in der Kapelle vollends zum Schweigen. Noch bevor Kuno überhaupt erkannte, was geschehen war, hielt ich ihm die Spitze bereits unter das Kinn.

Alle Anwesenden starrten mich ungläubig an – Kuno ausgenommen, dieser schielte viel eher auf die Klinge, die an seiner Haut kratzte. Keiner hier würde mehr annehmen, ich wäre ein Mönch. Ich hatte meine Tarnung aufgegeben. Möglicherweise allzu leichtfertig. Aber wenn das, was der Greis gesagt hatte, der Wahrheit entsprach, konnte mein Handeln kaum wichtiger sein.

„Dies ist *Saint Épée*, Schwert der Großmeister der Templer", flüsterte ich Kuno zu. „Gefertigt von den fähigsten Schmieden seiner Zeit, bestehend aus mehreren Arten von Stahl, unzerbrechlich und unerbittlich. Zuletzt gehörte es Jaques de Molay, der vor mehr als dreißig Jahren den Tod fand." Je mehr ich von der Geschichte der Waffe preisgab, desto mehr verzog sich Kunos Gesicht zu einer Fratze des

Entsetzens. „Siehst du die Parierstange? Siehst du die Worte, die dort eingraviert sind? Verstehst du sie?"

Kunos Blick glitt von der im Kerzenschein schimmernden Klinge hinauf zur Parierstange. Er schüttelte den Kopf.

„Es ist Latein", sagte ich. „Ich werde es dir vorlesen:

Ziehe mich nicht ohne Grund;
wenn du mich aber herauszischen lässt,
dann stecke mich nicht eher wieder in die Scheide,
bis ich Blut getrunken habe."

Natürlich stand das nicht da, sondern nur das Sigillum militum christi, das Siegel der Streiter Christi, unterlegt vom Motto der Templer: *Non nobis, Domine, non nobis, sed nomini tuo da gloriam – Nicht uns, o Herr, nicht uns, sondern deinem Namen gib Ehre.* Aber die Verse, die ich mir einmal ersonnen hatte und in solchen Situationen stets zum Besten gab, verfehlten ihre Wirkung selten. Wie auch jetzt. Ein Fleck erschien in Kunos Schritt und breitete sich immer weiter über seine Beinlinge aus. Seine Knie schlotterten.

„Gib dem Jungen die Sachen zurück!"

Kuno zögerte einen Augenblick. Ich verstärkte den Druck der Klinge und ein feines Blutrinnsal strömte seinen Hals hinab. Nun leistete er Folge, kramte Schlüssel und Beutel hervor und übergab sie bereitwillig seinem Neffen.

„Erbärmlicher Hund!" Ich steckte das Schwert weg. „Du bist es nicht würdig, diese Klinge mit deinem Blut zu beschmutzen."

Kuno schluckte und stand weiter reglos da, die feuchten Augen auf einen fernen Punkt gerichtet. Ich packte Simon und riss ihn von der Betrachtung seines Großvaters los.

„Wir müssen hier weg. Komm schon! Es gibt nichts, was du noch für ihn tun könntest."

Der Knabe ließ sich von mir aus der Kirche führen. Was wir zurückließen, waren ungläubige Augenpaare, entsetztes Gemurmel und erste Diskussionen darüber, was ich denn für eine Gestalt sei.

Vor dem Portal des Gotteshauses legte ich die Hände auf Simons Schultern. Die Wangen des Jungen waren so rot, sie schienen beinahe zu glühen. Schrammen zogen sich über seine Haut und das Haar war noch zerzauster als zuvor. Er blinzelte mich aus seinen hellgrünen, verweinten Augen an.

„Dein Großvater will, dass wir ins Pestland gehen und diesen geheimnisvollen Alchemisten finden. Es wird gefährlich werden, aber ich werde dich beschützen – so wie in der Kirche. Bist du bereit dafür? Willst du das tun?"

Er wischte sich mit der Ärmelspitze über die Nase und nickte. „Na ja – was bleibt mir anderes übrig?"

Ich lächelte anerkennend. Ein kluger, mutiger Junge. Er erinnerte mich immer mehr an mich selbst in diesen Jahren. Ich fuhr ihm durchs Haar. „Dann lass uns Proviant besorgen."

Er senkte den Blick. „Ich … ich müsste noch etwas besorgen. Von zuhause. Es geht ganz schnell."

„Ist das wirklich notwendig?"

„Nein, im Grunde nicht", seufzte er. „Aber auf der anderen Seite ist es auch unersetzlich."

Seine reife Wortwahl erstaunte mich. Was sollte es? Während er dieses Unersetzliche holte, konnte ich getrost auch allein auf die Suche nach Proviant gehen.

„Wir treffen uns bei Sonnenaufgang an der Fähre über die Ruhr. Weißt du, wo das ist?"

Der Junge winkte ab, als hätte ich ihn gefragt, wie der Name von Gottes Sohn lautete. „Durch das Schwanentor, dann dem Weg immer weiter nach Norden folgen. Nichts leichter als das."

Ich zwinkerte ihm zu. „Guter Junge."

Sein Gesicht formte etwas, das wohl ein Lächeln sein sollte.

Wir liefen die Kirchentreppe hinab und trennten uns auf dem Burgplatz. Ich war fest entschlossen, den Alchemisten und sein wundersames Heilmittel zu finden. Am Ende lag es möglicherweise in meinen Händen, die Menschheit von der Geißel der Pest zu erlösen. Doch ich würde es nicht in meinem Namen tun, sondern im Namen Jaques de Molays und meiner Brüder, die vor mehr als vierzig Jahren verraten worden waren. Hingerichtet unter den absurdesten Anklagen, verteufelt von König und Papst.

Auf dem Weg zur Markthalle schien es mir, als würde ich die Schreie von Jaques de Molay hören, gerade in dem Moment, als die ersten Flammen ihn umzüngelten.

Da vernahm ich wieder die Stimme des Dämons:

ROTIDART! TRADITOR! Zermalmt wirst du werden, Verräter, zermalmt! In den drei Mäulern Luzifers, zusammen mit Judas Ischariot und den Cäsarmördern Brutus und Cassius!

Ich fröstelte. Rutschte beinahe in einer Pfütze aus. Konnte mich gerade noch auf den Beinen halten.

Ich spürte, dass Baphomet mir nahe war.

Näher als jemals zuvor.

5.

Sieh mal einer an, wenn das nicht unser Mönchlein ist!“

Der dicke Torwächter lachte, als er mich näherkommen sah. Die Zugbrücke war hinabgelassen, auch wenn der Morgen nur eine violett glimmende Verheißung am Horizont war. Ich hatte einen Beutel über der Schulter hängen, gefüllt mit Pökelfleisch, Brot und einigen Äpfeln – dem einzigen, was in der Markthalle noch feilgeboten wurde. In meiner Hand hielt ich einen Schlauch Wein.

„Wir mussten doch eine Ausnahme machen und die Zugbrücke früher hinunterlassen“, sagte die hagere Wache.

Ich blieb vor dem Torhaus stehen. „Dabei hatte ich euch nun eigens einen Schlauch Wein mitgebracht.“

„Können wir den trotzdem haben?“ Der Fette zeigte zum ersten Mal so etwas wie Interesse.

Ich umklammerte den Weinschlauch fester. „Nur, wenn ihr mir sagt, für wen ihr eine Ausnahme gemacht habt.“

Es interessierte mich, wen – oder was – die Wächter eingelassen hatten. Ich hielt jetzt, da sich Baphomet so plötzlich gemeldet hatte, alles für möglich. Die Angst kehrte zurück, fiebrig und pulsierend.

„Oh, ganz hohe Kirchenmänner“, sagte der Hagere voll Ehrfurcht.

„Jaja, übertreib’s nicht“, raunte der andere. „Irgendein päpstlicher Legat und sein Gefolge. Fünf Reiter in silbernen Rüstungen, mit feinen Verzierungen. Die Gesichter hätteste sehn’ müssen, Mönchlein. Engelsgleich, aber die Augen so flammend wie die von Dämonen. Einer davon noch dazu mit dunkler Haut, als hätte man ihn aus der Asche der Höllenfeuer geformt.“ Er kratzte sich im Schritt. „Krieg’ ich jetzt den Wein?“ Ich warf ihm den Schlauch zu.

Die beiden sagten mir noch etwas, als ich den Torbogen durchquerte, aber ihre Worte klangen in meinen Ohren viel zu blechern, als dass ich sie hätte verstehen können.

Ich schluckte trocken. Der päpstliche Legat. Nun war mir nicht nur Baphomet direkt auf den Fersen, sondern auch die Häscher des Vatikans. Ich fluchte so gotteslästerlich, dass es für drei Anklagen als Ketzer gereicht hätte.

Schnellen Schrittes ließ ich das Torhaus hinter mir und folgte der matschigen Straße gen Norden. Weißbirken drohten als riesige Blattungetüme auf den Feldern, von denen viele brachlagen oder auf denen Gruben für Massengräber ausgehoben wurden. Westlich von ihnen fraß sich der Rhein als matt schimmernder Wurm durch das Land, tobend unter einer titanischen Wut. Davon völlig unbeeindruckt zogen Nebelbänke über ihn hinweg, umwaberten mich wie meine Furcht und die Geheimnisse der vergangenen Nacht.

Warum war ich – ausgerechnet ich – von der Pest verschont worden? War es Baphomet, der mich von der Plage befreit hatte, damit ich weiter seinem teuflischen Spiel ausgeliefert war? Oder hatte Gott einfach einen furchtbaren Sinn für Humor? Wie auch immer – ich sollte diese Chance nutzen, um jenen gottgesandten Alchemisten zu finden.

Nicht für mich. Nur für euch, meine Brüder, nur für euch.

Nicht mir, o Herr, nicht mir, sondern eurem Namen gib Ehre ...

Jaques de Molay, Großmeister der Templer, schlurfte aus dem Nebel. Der Blick seiner Augen bohrte sich wie ein Armbrustbolzen in meinen Leib. Sein Bart war lang und ungepflegt, seine Wangen eingefallen – genau wie am Tag der Hinrichtung. Ich schreckte zurück, strauchelte und stürzte in das Farngestrüpp am Wegesrand. De Molay starrte auf mich hinab und ich rechnete damit, dass er mich nun bespucken und als Verräter beschimpfen würde. Stattdessen sagte er mit breitem rheinischen Dialekt: „Watt treibst du da, du Galgenkrähe?"

Ich atmete erleichtert aus. Ohne die Schleier meiner verqueren Gedanken erkannte ich, dass der Mann dem Templer nur oberflächlich ähnelte. Die Gesichtszüge waren völlig anders proportioniert, die Körperhaltung unterschied sich deutlich. Selbst mit der Gewissheit des Todes war Jaques de Molay noch stolziert, den Rücken durchgedrückt und die Schritte raumgreifend. Der Rücken der Gestalt vor mir krümmte sich hingegen wie ein Birkenast.

„Ich ... bin nur ausgerutscht." Ich rappelte mich auf und lächelte dem Fremden flüchtig zu. „Weiterhin eine gute Reise, mein Sohn."

Ich sah zu, dass ich verschwand und ließ den Kerl zurück. „Komisches Volk ist auf den Straßen ...", hörte ich ihn noch murmeln.

Wenn ich weiterhin so schleppend vorankam, würde der päpstliche Legat mich bald einholen. Pietro di Tremante gehörte zu den hartnäckigsten Vollstreckern des Heiligen Stuhls. Er würde in Duisburg so lange nachforschen und Bürger befragen, wenn nötig auch mit Gewalt, bis er wusste, wohin ich verschwunden war. Da mein Auftreten in der Salvatorkirche alles andere als unauffällig ausgefallen war, würde dies wohl nicht lange dauern.

Mit hastigen Schritten wanderte ich weiter. Der Nebel verdichtete sich und raubte die Sicht auf das Schwemmland des Rheins. Seine erdige, frische Luft war nach dem Gestank der pestschwangeren Stadt eine Wohltat und sättigte meine Lungen mit Kraft. Ab und an hörte ich das heisere Rufen einer Krähe, nur selten kreuzten ein Fuhrwerk oder andere Wanderer meinen Weg. Ich hatte das Gefühl, gut voranzukommen, auch wenn mich die Nebelwand nicht sehen ließ, ob es zutraf.

Du folgst dem Lauf des Höllenflusses Kokytos, dröhnte Baphomets Stimme in meinem Schädel. *Von seinen Wassern hast du schon längst getrunken, Verdammter. Nun kommst du zum Styx! Der Fährmann erwartet dich. Vergiss nur nicht sein Fährgeld!*

Ich stöhnte auf. Nicht jetzt. Nicht schon wieder. Zum ersten Mal sah ich den Nebel um mich herum als direkte Bedrohung an, fühlte mich verloren in seiner grauen Endlosigkeit.

Unter mir das stetige *Pflatsch-Pflatsch* meiner Schritte, vor mir die Konturen eines Ufers – und von etwas anderem. Die Umrisse eines hochaufgeschossenen Menschen; zwei Ziegenhörner, die ihm aus der Stirn wucherten; ein Flügelpaar, das aus seinem Rücken ragte; das fahle Leuchten eines Halbmonds, der über seiner ausgestreckten Hand schwebte, ein Irrlicht im Nebel. Er war plötzlich erschienen, wie aus dem Nebel manifestiert. Nur wenige Schritte von mir entfernt.

Ich erstarrte. Was der zügige Marsch noch nicht vermocht hatte, bewältigte nun diese Erscheinung: Mein Herz schlug mir bis zum Hals. Ich atmete stoßweise.

Baphomet beugte sich hinab, legte etwas auf die Straße. Er baute sich wieder zur vollen Größe auf und für einen Moment schien es mir, als würde er mich ansehen.

Durch den Nebel hindurch.

Durch mein Fleisch.

Geradewegs in meine Seele.

Dann verschlang ihn der Dunst.

Für einige Augenblicke stand ich einfach nur da, wobei es fast ein Wunder darstellte, dass mein schlotternder Körper dazu noch in der Lage war. Ab und an hatte ich Schatten auf Häuserdächern gesehen, glimmende Augen in engen Gassen. Hatte gemeint, einen Gehörnten in einer Menschenmenge zu sehen. Aber noch nie hatte sich Baphomet mir so nahe und deutlich gezeigt.

Zögerlich setzte ich einen Fuß vor den anderen, den Blick zu Boden gerichtet. Was hatte er auf die Straße gelegt? Ich erkannte im Dreck zwei Münzen, bückte mich und hob sie auf. Auf der einen Seite war das Profil eines Mannes abgebildet, auf der anderen stand etwas in einer Sprache, die ich nicht entziffern konnte, möglicherweise Griechisch. Trotzdem wusste ich nur zu gut um die Bedeutung der beiden Geldstücke. Sie waren der Obolus, der Preis für die Überfahrt ins Totenreich. Wollte Baphomet mir Angst einjagen? Verhindern, dass ich ins Pestland ging? Oder wollte er mich dorthin locken, um endlich sein Werk an mir zu vollenden?

Grimmig steckte ich die Münzen in meinen Geldbeutel. So leicht ließ ich mich nicht beirren. Die Schritte fester als zuvor setzte ich meinen Weg fort. Der Nebel klarte weiter auf und gab den Blick frei auf das Ufer der Ruhr. An die Straße schloss sich ein Steg an, gesäumt von einer Sandbirke, deren Äste müde in den Fluss hingen.

Ein Kahn ankerte am Steg, der noch nicht einmal diesen Namen verdient hatte. Er machte eher den Eindruck eines Floßes; notdürftig aneinandergebundene Stämme, ein langer Ast als Ruder. An der Birke lehnte ein großer Mann und nippte an seinem Becher.

„Seid gegrüßt, Reisender!“, rief er mit rasselnder Stimme. „Darf Euch Charon mit über den Fluss nehmen?“

Ich erstarrte, wenige Schritte vor dem Fährmann. Charon – dies war der Name des Fährmanns der Unterwelt. Und nur kurz zuvor hatte mir Baphomet die zwei Obolus überreicht. In mir erwuchs die Versuchung, von hier zu verschwinden und flussaufwärts nach einem anderen Fährmann zu suchen.

Während er grinste, vertieften sich Charons Falten wie neu aufgerissene Wunden. „Ist mir das letzte Mal vor Jahren bei ’nem Gelehrten aus Köln passiert, dass einer beim Hören meines Namens so zusammengezuckt ist. Der war so in Eile, der konnt’ mir nicht mal erklär’n, was da so Besonderes dran is'. Wenn du's mir sagst, fahr' ich dich umsonst rüber – auch wenn die Zeiten schlecht für mich sind."

Ich atmete erleichtert aus. Ein gewöhnlicher Mann. Etwas schrullig und mit rheinischem Dialekt. Seine Augen funkelten amüsiert und nicht glimmend rot wie in der Sage. Seinen Kopf bedeckten lediglich einige Altersflecken, doch keine schlohweißen Haare.

„Woher habt Ihr den Namen, wenn Ihr noch nicht einmal wisst, was er bedeutet?", fragte ich aus Vorsicht.

Charon machte sich an der Feuerstelle neben dem Steg zu schaffen. „Möchteste Tee?"

„Gern." Ich legte mein Bündel ab und setzte mich ins Gras, den Rücken gegen die Birke gelehnt. Bis Simon hier eintraf, konnte ich mir die Zeit ruhig so angenehm wie möglich gestalten.

„Mein Vater hat'n mir gegeben, den Namen. Und der hat'n von seinem alten Herrn. Und so weiter." Er holte einen weiteren irdenen Becher aus seiner Tasche, umfasste den Griff der Kanne mit einem Tuch und goß Tee ein.

„Charon – das ist in einer sehr alten Mythologie der Fährmann, der die Toten in die Unterwelt fährt", erklärte ich.

„Na, dann weiß ich ja, bei wem jetzt meine ganzen toten Kunden sind", lachte Charon und entblößte dabei mehrere Zahnlücken.

Er reichte mir den Becher. Einen Moment lang genoß ich den heißen Dampf und den Kräuterduft, der von ihm aufstieg. Der Fährmann setzte sich neben mich und sein Gestank nach Brackwasser vertrieb den Teegeruch. „Du willst also da rüber, mein Freund? Wie heißte überhaupt?"

„Lucien de Courogny. Und ja, ich will da rüber", sagte ich. „Nicht nur ich, sondern auch ein Junge. Er müsste bald hier auftauchen."

„Ich würd' Euch da – um ehrlich zu sein – nicht zu raten."

Ich verschluckte mich an meinem Tee. „Das sagst gerade du, der davon lebt, die Leute hinüberzufahren?"

Charons Blick huschte auf die andere Uferseite. So hastig, als müsste er erblinden, wenn er zu lang hinüber starrte.

„Ich weiß ja, ich weiß", flüsterte er. „Aber ich bin ja kein Unmensch. Ich will nachts ruhig schlafen, das sag ich dir. Da kann ich's nicht gebrauchen, so 'nen Mönch wie dich und dann auch noch 'nen Jungen in den sicheren Tod geschickt zu haben."

„Glaub' mir", winkte ich ab, „ich habe schon genug vom Pestland gehört, um zu wissen, dass es dort gefährlich ist."

„Nichts für ungut, aber du weißt gar nichts." Charon schlürfte seinen Tee und sah mich aus zusammengekniffenen Augen an. „Ich hatte meine Hütte da drüben. In der Nähe vom Dorf Laar. Hab' mich von den anderen Leuten ferngehalten – so war ich einer der letzten, der noch lebte." Er presste die Lippen aufeinander. „Dann fing es an mit den Schreien."

„Welche Schreie?"

„Langgezogenes Wehklagen. Als würd' jede Nacht eine Katze gefoltert werden, drüben im Dorf. Und am Ende tauchte sie auf, die Hexe. Schlich bei mir ums Haus. Hab' sie fortgejagt, aber sie kam immer wieder. Hat geschrien, das Weib, geschrien und geschrien."

Ich runzelte die Stirn. In solchen Zeiten ging oft die Fantasie mit den Leuten durch. Die Furcht in Charons Augen wirkte allerdings so echt, dass ich ihm Glauben schenkte. „Hat sie noch etwas getan?"

Charon brummte. „Hat mir vor die Tür gepisst. Und am letzten Morgen lag ein geköpftes Hühnchen vor der Tür. Mit dem Blut hat sie irgendwas auf die Wand geschmiert."

Eine Vorahnung kroch wie eine Spinne meine Eingeweide empor. „Wie sah es in etwa aus? Kannst du es aufzeichnen?" Ich reichte ihm einen Stock, den ich vor mir auf dem Boden aufgelesen hatte.

„Dafür, dass du angeblich schon alles weißt, biste aber ziemlich neugierig", grinste Charon. „Gut, woll'n mal seh'n."

Etwas ungelenk trieb er den Stock durch die dunstfeuchte Erde vor uns. Als er sein Werk vollendet hatte, legte er den Kopf schief und verschränkte die Arme vor der Brust. „Gar nich' übel – so sah's aus. Ich hoff', ich komm' dafür nicht in die Hölle, dass ich das aufgezeichnet hab', hmmm, Bruder?"

Schon nach wenigen Strichen hatte ich das Pentagramm erkannt. Das Zeichen der Magie, auch der Dämonen – Baphomets. War die Frau, von der Charon sprach, tatsächlich eine Hexe?

Hatte Baphomet seine Diener schon vorausgeschickt?

„Du wirst bestimmt nicht in der Hölle landen", sagte ich dem Fährmann. „Danke, dass du es mir aufgezeichnet hast."

„Weißte denn, was das Gekrakel bedeuten soll?"

Ich nickte. „Es ist ein Pentagramm."

„Penta-was? Musst schon ein wenig genauer werden, Bruder. Von einem Pentrogramm hab' ich noch nie …"

Weiter kam er nicht.

„LUUUCIEN!"

Ein langgezogener Schrei. Durchsetzt von Panik. Simon hastete aus dem Nebel, neben ihm ein weiß-braun gefleckter Brackenhund.

Ich war sofort auf den Beinen. Meine Glieder angespannt. „Mach das Boot bereit!", rief ich Charon zu.

„Hundesohn! Verfluchtes Drecksbalg!", schnarrte die Stimme von Kuno Aumann aus den Nebelfluten. Zusammen mit zwei weiteren Gestalten stürzte er in mein Sichtfeld. Kuno hielt sein Messer in der Hand. Einer seiner Kumpane, ein wahrer Hüne, schulterte eine Nagelkeule. Der andere, untersetzt und klein, trug ein schartiges Beil.

Schwer atmend blieb Simon vor mir stehen. Er hielt ein Buch umklammert. Sein Kittel war an der Schulter aufgerissen und entblößte eine Schnittwunde quer über das Schlüsselbein. Aus blutunterlaufenen Augen sah er zu mir auf, unfähig, Worte über seine bebenden Lippen zu bringen.

Unmerklich glitt meine Hand auf den Knauf meines Schwertes. Diesmal würde Kuno zahlen müssen. Ich legte meine andere Hand auf Simons unverletzte Schulter und bugsierte ihn hinter meinen Rücken.

„Lauf zum Boot und warte dort."

Er nickte und rannte los. Der Hund tollte weiter um mich herum, bellte, leckte meine Hand und wedelte mit dem Schwanz.

„Venga, Alessio, venga!", rief ihm Simon auf Spanisch zu. Das Tier gehorchte und folgte ihm Richtung Ufer.

Dieser Junge erstaunte mich immer wieder aufs Neue. War es der Hund gewesen, den er holen wollte? Oder doch das Buch? Ich verfluchte mich. Mir hätte klar sein müssen, dass sein Onkel sich nicht einfach zufrieden geben, sondern weiter auf ihn Jagd machen würde.

Kuno und die beiden anderen Verfolger waren einen Steinwurf von mir entfernt stehengeblieben.

„Das ist der Bastard aus der Kirche!", stellte er mich seinen Freunden vor. „Diesmal hast du nicht so eine große Klappe, was?"

„Oh, ich habe noch gar nicht angefangen."

Ich löste die Spange meines Mantels und ließ ihn von meinen Schultern in den Matsch gleiten. Dreckig war er ohnehin schon. Nun hatten die Drei volle Sicht auf *Saint Épée*, das noch in der lederumwickelten Scheide steckte.

„Denkst du, mit diesem uralten Käsemesser hast du eine Chance gegen Bertram hier?“ Kuno deutete auf den Riesen mit der Nagelkeule, der ein dümmliches Grinsen aufsetzte. „Sie nennen ihn auch den Brecher.“

Mit den beiden Kerlen im Rücken schien er seine Blamage in der Kirche vergessen zu haben. Ich ließ das Schwert aus der Scheide zischen. Lauschte dem Gesang der schwingenden Klinge. Wurde eins mit ihr.

Ein Mörder bist du, ein Verräter. Der Aussätzigste aller Aussätzigen.

Mein ärgster Feind waren nicht die drei Männer vor mir, sondern der, dessen Stimme durch meinen Schädel dröhnte.

Die Verunsicherung musste mir Kuno angesehen haben. „Ich will mal nicht so sein, Mönch – oder was immer du bist. Gib' mir den Jungen, das Geld und den Schlüssel und du kannst dich verziehen, ohne dass wir dir was tun.“

Versonnen fuhr ich mit dem Daumen über die Schwertklinge. Ich hatte schon deutlich mehr Sommer erlebt als die Drei und allmählich machte sich mein Alter bemerkbar, aber meine Erfahrung glich das aus. „Ich will mal nicht so sein, Kuno. Verschwinde mit deinen Saufkumpanen, lass mich und den Jungen in Ruhe und *ich* werde *dir* nichts tun.“

Kuno lachte, doch klang es nicht mehr so selbstbewusst wie zuvor.

„Jetzt komm schon, erledigen wir die Vogelscheuche.“ Bertram stieß ihn an, was Simons Onkel neuen Mut verlieh. Er tat einige Schritte nach vorn. Spuckte mir vor die Füße.

„Du wolltest es nicht anders.“

Nein, dachte ich. *Du* wolltest es nicht anders.

Er rannte auf mich zu.

6.

Der Dolch zischte durch die Luft.

Ich machte einen Schritt rückwärts und Kunos Streich ging ins Leere. Er taumelte unter der Wucht seines eigenen Angriffs und rannte beinahe von selbst in meine Faust. Der Schlag traf mitten in sein Gesicht. Ich spürte, wie sein Nasenbein unter meinen Fingerknöcheln brach. Blut sprudelte aus seinen Nasenlöchern. Die Hände über sie gebreitet, wich er zurück.

„Mach ihn fertig, Bertram“, brachte er schnaufend hervor.

Der Glatzkopf hielt auf mich zu, ebenso der andere Kerl. Ich presste meine Stiefelsohlen so tief in den Matsch, dass ich halbwegs festen Stand hatte.

Bertram schwang seine Keule. Ich riss das Schwert in die Höhe. Die nagelbewehrte Waffe donnerte auf die Klinge. Die Erschütterung zog sich über meine Arme durch meinen gesamten Körper. Holzsplitter und verbogene Nägel prasselten auf mich. Ich senkte den Kopf, um meine Augen zu schützen. Knurrend lehnte sich Bertram mit seiner ganzen Körpermasse gegen die Keule und zwang mich in die Knie.

Der andere Kerl kam mit erhobenem Beil auf mich zu. Wenn ich so verharrte, war ich ihm deckungslos ausgeliefert.

Ich zog mein Schwert weg und warf mich sofort zur Seite. Die Keule sauste knapp an mir vorbei. Einer der Nägel ritzte in meine Wange. Ich sog unter dem brennenden Schmerz scharf die Luft ein. Allerdings war Bertram von meiner plötzlichen Handlung so überrumpelt, dass er die Nagelkeule einen Moment zu spät hochriss.

Es reichte aus, damit ich zu einem Dachschlag über meinen Kopf ausholen konnte. Die Klinge fuhr wie ein Blitz auf ihn herab und spaltete ihm mit einem Schmatzen den Schädel. Bertrams Miene erfror zu einem Ausdruck der Überraschung. Die Keule glitt aus seinen Händen und er sackte auf die Knie.

Der Schatten des anderen Angreifers lag bereits über mir. Ich hatte keine Zeit mehr, meinen Fuß auf Bertrams Brust zu stemmen und das Schwert aus seinem Schädel zu ziehen. Gerade noch im rechten Moment ließ ich das Heft los. Sprang zur Seite.

Statt meines Brustkorbs riss die Axtschneide nur mein Hemd auf.

Mein Herz schlug wie wild. Rote Lichtpunkte flackerten vor meinen Augen.

Wut verzerrte das Gesicht meines Gegners zur Fratze. Speichel spritzte zwischen seinen gebleckten Zähnen hervor. Wieder schwang er das Beil nach mir und mir blieb nichts anderes übrig, als weiter zurückzuweichen. Musste mich bücken, die Gliedmaßen und den Kopf einziehen. Ich brauchte eine Waffe, brauchte einen passenden Moment. Er trieb mich zum Ufer. Der Axtkopf sauste immer knapper an meinem Körper vorbei.

In einem Anflug der Verzweiflung griff ich nach ihrem Schaft, als er sie gerade auf meine Schulter niederfahren ließ. Ich drückte gegen den hölzernen Griff und bremste das Beil nur eine Handbreit vor meiner Haut. Ehe ich ihn entwaffnen konnte, trat er mir gegen das Schienbein. Ich kam aus dem Gleichgewicht. Mein Feind entriss mir das Beil wieder und hieb es mir mit der stumpfen Seite gegen den Kopf.

Ich fiel ins Gras. Neben mir die Feuerstelle. Hinter mir Simons Rufe: „Lucien! Steh auf!“

Mein Schädel dröhnte wie das Innere einer Glocke. Machte jeden Gedanken stumpf.

Über mir das Astgewirr der Birke.

Und mein grinsender Feind.

Er reckte das Beil in die Höhe.

Ich nahm das Ende an. Gleichmütig. Schloss die Augen. Erwartete den Schmerz. Die Höllenfeuer und die Mäuler Luzifers.

Aber all dies blieb aus.

Ein Surren zerriss das Glockendröhnen. Neben mir landete etwas auf dem Boden. Ich riss die Augen auf. Sah geradewegs in die meines vermeintlichen Henkers.

Er hatte seine Pupillen nach unten gerichtet. Auf den Armbrustbolzen, der aus seinem Bauch ragte. Zitternd und unter einem schmerzerfüllten Stöhnen beugte er sich hinab. Wollte die Axt aufheben, die ihm aus der Hand geglitten war.

Sofort war ich wieder bei Sinnen. Alle Gleichmut wich von mir. Der Schmerz verkam zu einem fernen Pochen. Ich griff nach dem Beil und sprang auf.

Wie schon bei dem Glatzkopf ließ ich auch diesem Kerl keine Zeit zu reagieren. Ich hackte auf seinen Nacken ein. Bei den ersten Hieben versuchte er noch, die Hände schützend vor ihn zu halten. Als aber die ersten Sehnen und Nervenbahnen rissen, sanken sie schlaff herab. Zuletzt hing der Kopf vornüber, gab den Blick frei auf den Stumpf der Wirbelsäule und zerfranstes Gewebe. Ich ließ die blutverschmierte Axt ruhen und sah hinab auf meinen nicht weniger blutigen Oberkörper, verhangen von den Stoffbahnen des zerschnittenen Hemdes.

Schaut! Nicht nur ein Verräter, sondern auch noch ein brutaler Mörder!

Sie haben mich angegriffen, versuchte ich mich zu rechtfertigen. Sie hätten nicht anders gehandelt, wenn es anders gelaufen wäre.

Er hüllt sich in das Gewand eines Mönchs, trägt das Schwert des Großmeisters! Will die Menschheit erlösen! Zerhacken sollte man ihn, wie er es mit seinen Opfern tut!

Ich schüttelte den Kopf, als könnte dies die teuflischen Anklagen vertreiben.

„Nein! Nein!“

„Lucien!“ Simons Stimme.

Ich riss mich los und sah zur Fähre. Der Hund bellte. Charon war gerade dabei, die Armbrust nachzuladen, mit der er mein Leben gerettet hatte, während Simon auf den Planken umhersprang. Mit der einen Hand winkte er, mit der anderen deutete er hinter mich.

Gerade noch nahm ich die Schritte wahr. Verdammt … Kuno!

Ich fuhr herum, das Beil erhoben. Diesmal war ich es, dem keine Zeit blieb zu reagieren. Kuno sprang mich an und riss mich von den Füßen. In seiner Hand blitzte das Messer auf. Er stach sofort zu.

Ich drängte seinen Arm mit dem Ellbogen zur Seite, sodass die Klinge meine Kehle knapp verfehlte. Sie schabte über meinen Hals und zerstach mein rechtes Ohrläppchen. Blut spritzte über meine Wange. Die Haut am Hals brannte, in meinem Ohr rauschte es. Kunos Atem wallte über mein Gesicht, stoßweise, stinkend nach seinen verfaulten Zähnen. Er riss das Messer wieder in die Höhe. Auf seinem pockennarbigen Gesicht spiegelten sich Rachsucht und Triumph.

Er holte aus.

Ich fing die Attacke ab, indem ich sein Handgelenk packte. Zitternd verharrte die Messerklinge direkt über meiner Brust.

Bis Charon die Armbrust nachgeladen hatte, wäre es längst zu spät. Ich stöhnte. Sammelte meine letzten Kräfte. Schleuderte Kuno von mir. Warf mich auf ihn.

Unter einem Fauchen ließ er das Messer vorschnellen und schnitt über meinen Bauch. Ich schrie auf, schlug ihm ins Gesicht. So wälzten wir uns über das Gras, ringend und ächzend.

Als ich abermals die Oberhand gewann und über ihm war, befanden wir uns direkt neben der Feuerstelle. Kuno wollte mir das Messer unters Kinn jagen, aber ich umfasste seinen Ellbogen. Hämmerte seinen Arm so lange auf den Boden, bis er seine Waffe losließ. Sogleich ergriff ich ihn am Kragen. Schlug ihm auf die ohnehin schon gebrochene Nase.

Er heulte auf.

Ich drückte sein Gesicht in die Glut der Feuerstelle.

Er strampelte unter mir. Ein gellender Schrei entfuhr ihm. Qualm stieg von seinem Kopf auf, vermischt mit dem Gestank von verbranntem Fleisch.

„Lass den Jungen in Ruhe!“, zischte ich in sein Ohr.

Dann empfand ich doch Mitleid für diesen armseligen Hund und ließ von ihm ab. Wie ein Knochensack klappte er zusammen. Ich wagte es nicht, in sein Gesicht zu blicken.

Unterdessen hatte Charon seine Armbrust geladen und zielte auf Kuno. Ich bedeutete ihm, die Waffe zu senken. „Es reicht. Wir haben genug Blut vergossen.“

Er nickte und löste den Bolzen aus dem Schaft.

Ich zog *Saint Épée* aus Bertrams Schädel, wischte die Klinge notdürftig an seinem Gewand ab und ließ es zurück in die Scheide gleiten. Die Kutte hob ich aus dem Schlamm und warf sie mir um die Schultern.

Auf meinem Weg zur Fähre sah ich, wie Kuno sich an der Sandbirke aufrichtete. Sein Gesicht hatte nur noch wenig mit dem eines Menschen gemein, bräunlich und aufgequollen.

„Sterben!“, brüllte er und Blut und Erbrochenes schwappten aus seinem Mund. „Alle werdet ihr sterben! *Nur wer den Tod sucht, wird im Pestland fündig werden.“* Wie schon sein Gesicht hatte auch seine Stimme kaum noch etwas mit der eines Menschen gemeinsam, war ein Wechsel aus Heulen und Brüllen.

Er humpelte über die Felder davon und mein Blick heftete sich für einige Momente an ihn. War es klug, ihn laufen zu lassen? Ich zuckte mit den Schultern. Er würde wohl kaum noch eine Gefahr darstellen. Und wenn, dann würde er die geringste sein unter all jenen, die uns im Pestland erwarteten.

„Da biste ja endlich!", begrüßte mich Charon, als ich vom Steg auf das Boot sprang.

„Wurde nur kurz aufgehalten", sagte ich unter einem müden Grinsen. Erschöpft ließ ich mich auf die Planken hinab und lehnte den Rücken gegen ein Fass. Mir kam es vor, als würde ich langsam ausbluten, immer mehr an Lebenskraft verlieren. Der Schmerz pfiff in meinen Ohren. Mein Oberkörper sah aus und fühlte sich an, als hätte jemand eine Peitsche hundertfach über ihn knallen lassen. Und das in meinem Alter.

Ich konnte mir nicht vorstellen, heute auch nur noch einen Fuß vor den anderen zu setzen.

„Hoffentlich hat sich das gelohnt." Ächzend beugte ich mich vor und besah abwechselnd das Buch und den Brackenhund.

„Alessio konnte ich nicht zurücklassen", sagte Simon. Er setzte sich mir gegenüber und fuhr über das Fell des Tieres. „Der Graf von Kleve hat ihn meinem Großvater als Geschenk aus Kastilien mitgebracht. Ein Streuner, der dem Reitertross gefolgt ist. Er hört nur auf spanische Befehle."

„Ein schönes Tier."

Der Hund kam schnüffelnd auf mich zu, umkreiste mich, wedelte mit dem Schwanz und leckte meine Hand. Während ich ihn streichelte, verlor sich mein Blick. Einen Hund besitzen. Ein Gut. Auf die Jagd gehen. Kinder zeugen. All dies hätte ich haben können.

Stattdessen hatte ich nichts.

Nur ein Leben der Angst und des Verfolgtwerdens.

„Nun sag' uns endlich, wann sie Paris verlassen wollen!"

„Ich will fünfzig Goldflorin mehr."

„Du bist ein teurer Mann, Lucien. Das wären dann schon zweihundert Florin, die wir dir zahlen sollen. Gier ist eine der Todsünden, mein Freund."

„Das weiß ich – und noch dazu weiß ich, dass sie den Tempel am zwölften September verlassen wollen. In einem Heuwagen, gezogen von zwei Ochsen. Ihr Führer ist Aumont."

„Durch welches Tor wollen sie fahren?"

„Ich ... ich will auch noch das Schwert von Jacques de Molay. Das Schwert der Großmeister."

„Auch das sollst du bekommen. Aber wie heißt es so schön im Lukasevangelium? ‚Und er sprach zu ihnen: Hütet euch vor aller Habgier; denn niemand lebt davon, dass er viele Güter hat.' "

„Sagt das erst einmal eurem Papst und seinen Kardinälen. Wie auch immer: Sie wollen durch die Porte Barbette ..."

Ich war solch ein Narr gewesen. Verblendet von Gier.

„Bist du wohlauf? Du siehst müde aus."

Simon beugte sich vor.

Ich richtete meinen Blick wieder auf ihn. „Es ist … Ich war nur in Gedanken. Was ist mit deinem Buch? Der Einband sieht kostbar aus. Woher hast du es?"

Simon strich mit den Fingerkuppen über das gebeizte Leder. „Es ist die Bibel. Mein Vater hat sie von einem Mönch erhalten, als Geschenk für seine Dienste – er war Fischhändler, musst du wissen, und hat das Minoritenkloster für die Fastentage immer mit Heringen und Aal versorgt. Sie ist das Letzte, was mich noch an ihn und Mutter erinnert." Achtsam legte er das Buch neben sich. Er blinzelte unter aufkommenden Tränen und drückte seinen Rücken durch.

Charon hatte in der Zwischenzeit die Taue gelöst und sich am Heck des Kahns aufgebaut. Mit Bewegungen, so fließend, als wäre er ein Teil des Wassers, senkte er einen Stab in den Fluss. Sobald das Stabende in den Grund drückte, glitt die Fähre weiter. Es war eine langsame Art der Überfahrt, aber die rhythmischen Bewegungen kamen mir gerade recht. Sie gaben mir Ruhe und machten mich schläfrig.

Ich tätschelte Simons Wange. Der Junge zuckte zurück. „Schon gut", seufzte er. „Was mit meinen Eltern geschehen ist, liegt schon lange zurück."

„Das habe ich mir gedacht. So, wie dein Gesicht aussieht, warst du schon länger in der Obhut deines Onkels."

Simon ballte die Fäuste. Seine Augen loderten. „Er war schon immer der Schandfleck unserer Familie; stets in Betrügereien und Diebstähle verwickelt. Er hat mich für den Gerber oder den Schmied schuften lassen und danach meinen Lohn eingestrichen. Wenn ich Widerworte gab, prügelte er gleich auf mich ein …“

Seine Fäuste lösten sich. Er wandte das Gesicht unter einem plötzlichen, tiefen Schmerz von mir ab. Ich ging nicht weiter darauf ein, was für Untaten sein Onkel mit ihm getrieben hatte. Manche schmerzlichen Erinnerungen sitzen so tief, dass selbst die väterlichsten Worte sie nicht aus dem Fleisch ziehen können.

Ich konnte nicht behaupten, in diesen Zeiten selten auf Jungen wie Simon getroffen zu sein. Allein, arm, verstört. Aber sein Schicksal berührte mich mehr als das der anderen. Vielleicht, weil er mich so an mich selbst erinnerte. „Du bist wortgewandt und listenreich, Lucien. Du wirst einmal ein großer Ritter sein“, hatte Jacques de Molay einst zu mir gesagt. Das war wenige Tage vor der Verhaftung gewesen.

Simon fütterte seinen Hund mit ein wenig Pökelfleisch. Letztendlich war es gut, dass er zu seinem Heim zurückgekehrt und ihn und das Buch geholt hatte. Das Tier ließ seine Augen aufleuchten – und eine Bibel, die konnte nie nutzlos sein, dort, wo wir hinfuhren.

An diesem Jungen würde ich meine Buße ablegen. An ihm und der vom Schwarzen Tod gegeißelten Christenheit.

„Wie sieht es mit dem Fährgeld aus?“, fragte ich Charon. „Ich denke, nach deiner Rettungstat schulde ich dir mehr als den Preis für die Überfahrt.“

Der Fährmann winkte ab. „Ich freue mich, wenn meine Armbrust mal wieder Arbeit hat. Sonst nehme ich sie nur für Kundschaft, die nicht zahlen will. Und da ich zurzeit kaum Kundschaft habe, brauche ich sie nur noch selten. Gebt mir das Geld für den Jungen und ich bin zufrieden.“

Nickend griff ich in meinen Geldbeutel. Ich wollte einen der Obolusse hervorholen und hören, was Charon von ihm hielt. Meine Finger ertasteten Florin, Dukaten, Schillinge, Pfennige, Kreuzer, Groschen und Heller – aber nicht die zwei schweren Münzen.

Ich zog die Ränder des Beutels auseinander und starrte hinein.

Kein Zweifel.

Das Fährgeld war verschwunden.

7.

Rrring-Rrring. Rrring-Rrring.

Das Klingeln schwillt an.

Es betäubt mich. Lässt mich erstarren. Raubt mir den Atem.

Ich sehe die Lichtmaden. Überall um mich herum. Flackernd und pulsierend.

Sie winden sich auf mich zu, verdrehen ihre kleinen Körper. Ihre Mundwerkzeuge dringen durch meine Haut. Sie malmen, fressen und beißen sich durch mein Fleisch.

Bis zu meinen Adern. Lassen sich vom Blutstrom mitreißen bis in den Kopf.

Um in meinen Augen Eier aus Licht zu legen, das mich endlich wieder sehen lassen wird.

Rrring-Rrring. Rrring-Rrring.

Alles wegen dieses Klingelns. Wegen dieses verdammten Klingelns.

Ich muss es zum Schweigen bringen.

8.

„Wer bist du?“

Ich schrak auf. Hob das Kinn von der Brust hoch. Simon saß mir immer noch gegenüber und wiederholte seine Frage: „Wer bist du? Ein Mönch bist du auf jeden Fall nicht. Es sei denn, der heilige Franz von Assisi wollte, dass jeder seiner Bettelmönche Meister im Schwertkampf ist.“

Stöhnend streckte ich mich. Ich musste tatsächlich für einige Momente eingenickt sein. Wir hatten das Ufer des Pestlands beinahe erreicht. Charon sah grinsend auf mich herab und senkte den Stab wieder in den Fluss. Das Licht einer fahlen Mittagssonne tänzelte auf dem Wasser.

„In der Tat, ein Mönch bin ich nicht. Weder habe ich das Gelübde abgelegt, noch bin ich besonders keusch oder gottesfürchtig“, sagte ich. Mein Blick war gebannt vom Schimmern der Lichtflecken.

Dabei solltest du es sein, Lucien. Gottesfürchtigkeit ist das Letzte, was dir im Angesicht der Hölle noch bleibt.

Baphomet schmetterte die Worte durch meine Gedanken. Mir schien es, als würden die Lichtreflexionen auf der Ruhr eine Veränderung durchlaufen. So kurz, dass es kaum wahrnehmbar war, formierten sich die Lichtpunkte zu einem Pentagramm, brennend und hell.

Blinzelnd starrte ich auf das Wasser.

„He, was ist los?“ Simon tippte mich an. Ich zuckte zusammen. Alessio erschrak und kläffte mich an, die Zähne gebleckt, die Augen funkelnd. Seine Nackenhaare sträubten sich.

„Der kriegt sich ja gar nicht mehr ein!“, keuchte ich. Bei einer Treibjagd mit den Höflingen meines Vaters – Gott, wie viele Jahrzehnte seitdem vergangen waren – hatte mich einer der Hunde in die Wade gebissen. Seitdem begegnete ich diesen Tieren mit Vorsicht.

Simon kraulte den Hund hinter den Ohren und er beruhigte sich wieder, besah mich aber weiterhin mit Zerberusaugen. Nur ein Brackenhund, dachte ich mir. Noch bin ich nicht so weit, dass ich mich sogar vor so einer Töle fürchte.

„Normalerweise ist er nicht so nervös“, beteuerte Simon.

„Muss das Land sein", schaltete sich Charon ein. „Bekommt niemandem gut. Die Tiere merken das. Riechen den Tod."

Wir blickten noch kurz auf den Hund, der sich wieder einrollte, dann erhob ich die Stimme. „Wo war ich stehengeblieben?"

„Du hast aufgezählt, was dich alles von einem Mönch unterscheidet", sagte Simon.

„Gut. Diese Aufzählung ließe sich unendlich fortsetzen." Ich wog ab, wie viel Wahrheit ich dem Jungen offenbaren durfte. Wie viel ich ihm zumuten sollte und – ja, durfte. Denn es war auch mein Wissen, weswegen mich Pietro di Tremante jagte.

„Sagt dir der Templerorden etwas, Junge?"

„Mein Großvater hat einmal davon gesprochen. Sie sollen Häretiker gewesen sein. Sodomiten. Der französische König und der Papst glaubten, sie würden bei ihren Zeremonien aufs Kreuz spucken und ihren Oberen auf den Hintern küssen. Und irgendeinen Götzen sollen sie verehrt haben. Einen Dämonen. Baphilamot oder so."

„Baphomet", verbesserte ich mit trockenem Mund.

Ich weiß, wie schwer dir mein Name von den Lippen kommt. Warum denn, Lucien? Waaarum denn? NEMON TSE NEMO! Nomen Est Omen!

„Vieles davon waren bloße Gerüchte", erklärte ich. „Nur einige Umstände entsprechen der Wirklichkeit. Ich muss es wissen – denn ich war einstmals ein Templer."

„Was?"

„Nur ein Novize. Damals ungefähr in deinem Alter. Ich war der Zweitgeborene. Mein Vater, der Comte de Courogny, hatte ein Priesteramt für mich vorgesehen. Doch ich hatte mich dafür entschieden, den Templern beizutreten. Ruhm und Ehre zu erlangen durch den Schutz der Pilger und der Verteidigung der heiligen Stätten." Ich nahm einen Apfel aus meinem Beutel und biss hinein.

„Die Templer wurden doch 1307 allesamt verhaftet. Von einer Nacht auf die andere. Eine groß angelegte Aktion. Was ist mit dir passiert?"

„Richtig. Sie wurden verhaftet und fünf Jahre später wurde der Orden aufgelöst. Die Templer sind Philipp IV. zu einflussreich geworden. Papst Clemens V. hat sie am Ende verraten. Jacques de Molay und viele andere sind als Ketzer verbrannt worden, die Bulle

Vox in excelso hat den Untergang der Templer besiegelt und ihre Güter wurden in die Hände der Johanniter übergeben. Warum ich noch lebe und nicht …"

„Ich unterbreche euer Gespräch nur ungern", lachte Charon, „aber wir haben das Ufer erreicht!"

Alessio knurrte erneut und sprang vom Boot auf den Steg, wo er wachsam umherstreunte. Ich nahm mehrere Schilling aus meinem Beutel und drückte sie Charon in die stoffumwickelten Hände. „Nimm sie. Danke für alles."

Er zwinkerte mir zu. „Ich habe eurem Gespräch gelauscht, muss ich gesteh'n. Muss mich verbessern: So wie's klingt, ist das Pestland nicht viel gefährlicher für dich als der Rest der Welt."

„Ich weiß deine Aufmunterung zu schätzen."

Ich schwang mir mein Bündel um die Schulter und stieg aus der Fähre. Alessio setzte sich zu meinen Füßen und sah zu mir auf, die Ohren noch immer angelegt und die Zähne gefletscht.

„Was ist jetzt?" Simon stand noch im Boot und blickte mich auffordernd an. „Warum hast du überlebt? Warum bist du nicht eingesperrt worden?"

Auch Charon lehnte die Arme neugierig auf seinen Fährstab.

Ich seufzte, trat vom einen Fuß auf den anderen. „Was glaubt ihr? Denkt ihr nicht, ein so mächtiger Bund wie die Templer wusste von der bevorstehenden Verhaftung?"

„Nun, sie hatten sicher Spione und Ähnliches." Simon zuckte mit den Schultern.

„Und sie wussten es auch. Sie hatten eine kleine Schar Auserwählter erkoren, die in einem Heuwagen versteckt aus Paris fliehen sollte. Die Gruppe, geleitet von Pierre D'Aumont, sollte nach Schottland gelangen und dort den Orden im Verborgenen weiterführen, damit sie irgendwann Vergeltung üben können.

Ich war einer dieser Auserwählten. Aber in dem Irrglauben, Macht und Reichtum erlangen zu können, verriet ich mein Wissen über den Fluchtversuch an die Getreuen des Königs. Was ich forderte, waren zweihundert Goldflorin und dieses Schwert hier." Ich klopfte gegen die Scheide.

„Die Männer des Königs ließen sich so leicht erpressen?" Charon stutzte.

„Natürlich nicht. Nachdem der Heuwagen an der Porte Babette aufgehalten worden und die Verhaftung durchgeführt worden war, überreichten sie mir zwar im Tempel Schwert und Geld, aber nur, um mich dort zu töten. Es war eine Falle. Das einzige, was ich retten konnte, waren das Schwert und mein Leben. Aber viel wert ist dieses Leben nicht mehr. Seit diesem Tag bin ich ein Gejagter der Kirche."

„Ich verstehe immer noch nicht." Simon lief auf der Fähre auf und ab. Das Schifflein schwankte bedenklich unter jedem seiner Schritte. „Nur, weil du das Schwert besitzt und von dem Fluchtversuch weißt, lässt dich der Papst seit über vierzig Jahren verfolgen?"

Ich verschlang den letzten Bissen meines Apfels und schmiss seine Überreste in die Ruhr. „Ich bin ein Symbol der Macht der Templer. Solange ich lebe, existieren sie weiter." Die wahren Gründe verschwieg ich. Das Wissen um sie würde Charon und Simon selbst in Gefahr bringen.

Das ist es noch nicht einmal, Lucien, das ist es noch nicht einmal. Du traust dich nicht, es in Worte zu fassen. Du fürchtest, sie könnten dir die Lippen versengen. LAERGNAS! SANGREAL!

Glücklicherweise gaben sich der Fährmann und der Junge mit meiner Erklärung zufrieden. Simon verabschiedete sich von Charon und sprang auf den Steg.

„Vollenden wir das Werk meines Großvaters." Seine Augen leuchteten. Ich nickte. „Und sehen wir zu, dass wir so wenig Zeit wie möglich hier verbringen."

Wir verließen den Steg und drehten uns noch einmal zum Fluss um. Die Fähre hatte abgelegt und glitt davon. Charon nahm eine Hand von seinem Fährstab und winkte uns zu.

„Gott steh' euch bei!", rief er. „Gott steh' euch bei!"

Sein dritter Ausruf verlor sich irgendwo auf der Ruhr, wurde zermalmt von den Wassern und fortgetragen von der Strömung.

Alessio bellte und Simon sah beklommen zu mir herauf.

Nun waren wir allein.

Teil Zwei

Das Land

9.

Leichenberge, brennende Hütten, umherstreunende Hunde. Ungeheuer hinter jedem Gesträuch und auf den Wegen der Schnitter selbst, reitend auf seinem fahlen Ross.

All dies hatte ich vom Pestland erwartet.

So erstaunte es mich, dass der Landstrich bisher nicht viel anders aussah als die Gegend um Duisburg. Hügel zogen sich sanft geschwungen über das Land. Einige Vögel flogen von den Feldern auf, ansonsten lagen die Äcker und kleinen Wäldchen unberührt da. Nichtsdestotrotz machte mich die Stille nervös. Immer wieder sah ich über meine Schulter, ließ den Blick über die Hügelkuppen streifen. Erwartete, dass jeden Moment die Hölle losbrach.

„Meinst du, du kannst noch den ganzen Tag über laufen?“, fragte Simon. „Dein Ohr sieht ziemlich schlimm aus.“ Stets war er mir um einige Schritte voraus.

Ich tastete die Wunde ab. Getrocknetes Blut klebte an den Resten meines Ohrläppchens. Sobald ich die Stelle berührte, durchzog mich ein Brennen und ich sog scharf die Luft ein. Aber es war nichts, das mir auf der Wanderschaft hinderlich werden könnte. Zwar fühlte ich mich vom Kampf und meiner Pesterkrankung erschöpft, trotzdem traute ich mir zu, bis in die Dämmerung weiterlaufen zu können. Wenn ich bedachte, dass ich noch am Morgen im tiefsten Fieberwahn gelegen hatte, sollte ich den Heiligen dafür danken, überhaupt schon wieder laufen zu können.

„Es wird gehen“, murmelte ich und machte einige schnelle Schritte, um zu Simon aufzuschließen. „Wir wandern tagsüber. Ich bin in diesen Landen noch nie gewesen, du wirst uns leiten müssen.“

„Ich bin mit meinem Großvater nur einmal in der Burg gewesen. Das war, nachdem er den Dienst bei dem Alchemisten angetreten hatte. Ich kann mich nur noch schlecht erinnern, du solltest dich nicht auf mich verlassen."

„Viel anderes bleibt mir nicht übrig." Ich lachte auf, ohne dass irgendein Humor in meiner Stimme mitschwang. „Ich glaube nicht, dass wir hier irgendwen nach dem Weg fragen können."

Der Pfad zog sich ohne Abzweigung zwischen Feldern und kleinen Gehöften entlang. Simon brauchte seine Wegkenntnisse vorerst nicht unter Beweis stellen.

Rinder und eine Schar Hühner waren die einzigen Lebewesen, die wir antrafen. Wenigstens verhungern würden wir hier wohl nicht. Ein Kupferhimmel leuchtete auf uns herab und die Schatten der kahlen Erlen und Kastanien wuchsen an wie meine Furcht.

„Es ist hier zu … gewöhnlich", sagte ich über das Knirschen unserer Schritte hinweg. „Alles ruhig, das einzig Auffällige ist, dass wir niemandem begegnen."

„Du beschwerst dich, weil uns bisher noch nichts geschehen ist?" Simon lächelte verschmitzt. „Ich kann recht gut damit leben."

„Du weißt schon, was ich meine", seufzte ich leicht entnervt.

„Tut mir leid." Simons Blick rutschte erst hinab auf seine Schuhspitzen und stieg dann wieder zu mir hinauf. „Auf jeden Fall … Ich … ich bin dankbar, dass du mich begleitest. Allein wäre ich noch nicht einmal über die Ruhr gekommen."

„Das stimmt allerdings." Mit einem Anflug von Rührung fuhr ich ihm durch das krause Haar.

„Wie ist es nun mit deinen Verfolgern?", fragte er. „Sind die Leute des Papstes tatsächlich noch hinter dir her?"

Ich nickte. „Es sind schon viele gewesen. Einige haben aufgegeben, andere sind während der gewaltigen Zeitspanne gestorben oder mit anderen Aufgaben betraut worden. Zurzeit ist es der päpstliche Legat Pietro di Tremante, der mich mit seinen vier Handlangern verfolgt."

„Ist er gefährlich?"

„Er ist wohl der gefährlichste Kerl, der mich bisher gejagt hat. In Lyon bin ich ihm einmal nur knapp entkommen, als er und seine Männer mich in einem Wirtshaus eingeengt hatten. Di Tremante ist ein sturer Dogmatiker, so überzeugt von der Richtigkeit und Heiligkeit seines Auftrags, dass ihm jedwedes Mittel recht ist, egal ob es nun Folter oder Mord von Unschuldigen ist. Versteh mich nicht falsch, er ist keiner dieser tumben, brutalen Ritter. Er hält sich für einen aufrichtigen Christen, einen *militus christi*, und das macht ihn gefährlicher als den gottlosesten Heiden."

„Klingt nicht gerade so, als würde ich ihm begegnen wollen." Simon schluckte.

„Nein, mein Sohn, das willst du …"

Alessio, der stets einige Ellen vor uns den Weg entlang strich, stürzte plötzlich laut bellend los. Ich zuckte zusammen. Meine Hand glitt wie von selbst zum Griff meines Schwertes. Der Hund rannte auf einen Handkarren zu, der einige Meter von uns entfernt den Weg versperrte.

„Bleib hinter mir!", raunte ich Simon zu und näherte mich dem Gefährt. Ein bestialischer Gestank ging von ihm aus. Fliegen schwirrten um mich herum. Ich schlug nach einigen der Insekten, die sich auf meine Wangen setzen wollten, und sah auf die Ladefläche.

„Was ist da?" Simon stellte sich auf die Zehenspitzen.

Ich starrte auf die tote Frau, zerrissen von einem seltsam fernen Gefühl der Trauer. Ihre Haut bleich, ihr dunkles Haar wirr. Sie trug ein weißes Leinenkleid, in dem sie fast wie ein Geist aussah. Jemand hatte ihre Hände gefaltet und ihr einen Rosenkranz in die erstarrten Finger gedrückt. Um den Hals hatte er ein Tuch gewickelt, wahrscheinlich um die schwarzen Beulen zu verbergen. Ich legte meine Hand auf die ihren. Es fühlte sich an, als würde ich die Glieder einer Statue berühren. Die Augen geschlossen murmelte ich ein Gebet, erschüttert von diesem plötzlichen Vorboten des Todes.

Während ich weiterhin so verharrte, lief Alessio kläffend den Hügel links des Weges hinauf. Simon eilte ihm nach. „Da sind noch mehr Tote! Oben auf der Kuppe!"

Ich löste mich aus meiner Versteinerung, sah noch einmal auf die Frau und folgte ihnen.

Den Hügel krönte eine mächtige Eiche; einer jener Bäume, deren Schatten im Sommer Schutz vor der Hitze und deren Stamm im Winter Schutz vor dem Eiswind bot. Es war ein schöner Ort. Ich stellte mich neben Simon, der bereits auf das grausame Bild sah, das die Pest hier für uns entworfen hatte.

Nicht die Toten erschütterten mich so sehr. Es war allein die Geschichte, die sie uns erzählten.

Unter den Eichenästen waren zwei frisch ausgehobene Gräber. Vor diesen lag der Leichnam eines Mannes, eines vierschrötigen Bauern in grober Kleidung. In seinen Armen hielt er noch den kleinen Körper eines Kindes, eingewickelt in Leinen.

Er hatte seine Frau und sein Kind beerdigen wollen. Aber bevor er sein Werk vollenden konnte, hatte ihn selbst die Seuche geholt. Schwarze Beulen an seinem Hals. Nun lag auch er hier. Unbestattet und ungeweiht. Der Blick verloren im Gezweig der kahlen Baumkrone.

Du hast sie hierher gebracht, dachte ich. Hast sie in diesem Karren zu dem Hügel gezerrt, weil du wusstest, hier würden sie Frieden finden. Du musst schwach gewesen sein, dein Körper ausgezehrt von der Krankheit. Du musst gezittert haben, die Augen starr auf den Weg gerichtet, die Muskeln schlaff. Doch vollbringen konntest du es nicht.

Ich hielt meine Hand auch über das Gesicht des Mannes und sprach ein kurzes Gebet.

Simon nagte an seiner Unterlippe. Alessio hatte sich ins eisstarre Gras gelegt und winselte leise.

Ich wandte mich ab. Rieb die Hände aneinander, um sie zu wärmen.

„Wir können sie nicht einfach so hier liegen lassen“, sagte Simon steif.

Ich nickte. Lief bereits den Hügel hinab, um die Frau zu holen.

„Nein“, hauchte ich. „Nein, das können wir nicht.“

10.

Per signum crucis de inimicis nostris libera nos, Deus noster. Amen.“

Ich löste meine gefalteten Hände und sah ein letztes Mal auf die beiden jämmerlichen Holzkreuze, die wir aus Ästen und Stofffetzen gefertigt hatten. Aber selbst dieses Begräbnis war besser, als die Leichen hier als Fraß für wilde Tiere liegen zu lassen.

Es hatte Zeit gekostet, die Gräber zuzuschütten, und der Abend drohte bereits an den Himmelsrändern.

„Wir müssen eine Bleibe für die Nacht finden.“

„Wie wäre es mit dem Dorf da?“ Simon streckte den Zeigefinger aus. Vom Hügel aus hatten wir Blick auf eine kleine Siedlung, die mehrere hundert Fuß entfernt an einer Wegkreuzung lag. „Das muss Walsem sein. Die Johanniter haben dort ein Ordenshaus. Wir könnten in ihm sicher Zuflucht finden.“

Ich nickte. „Guter Vorschlag.“

Unsere Kleider waren vom Wühlen in der Erde dreckbesprenkelt, unsere Lungen von der kalten Novemberluft erfüllt und unsere Körper ausgezehrt. Mit etwas Glück würden wir im Ordenshaus nicht nur Schlafstätten, sondern auch reichliche Vorräte finden. Wir stiegen den Hügel hinab, betraten wieder die Straße und folgten ihr bis zum Dorf. Es bestand vornehmlich aus Holzhütten, windschief und nur ab und an mit Lehm verputzt. Die einzigen Steingebäude waren die Kirche und das angrenzende Johanniterstift.

Auf viele der Türen waren mit Kreide Kreuze oder Totenköpfe gemalt – ein Zeichen dafür, dass die Pest in ihnen eingekehrt war.

In der Dämmerung meinte ich, Leichen in den Gässlein zwischen den Häusern zu sehen, aber es konnten auch nur Säcke und Beutel gewesen sein.

Eine Katze miaute von einem der Fenstersimse herab. Alessio ging bellend auf sie los. Simon musste ihn mit einem „Deja!“ zurückrufen.

„Wie Charon sagte … das Land macht ihn unruhig.“

„Nicht nur ihn“, murmelte ich, während wir den Platz vor Kirche und Stiftsgebäude durchmaßen.

Das Tor des Stifts stand offen und wir traten in die Dunkelheit seiner Hallen. Das Gebäude war aufgebaut wie ein Kloster. So strömte das Abendlicht durch den Hof hinein und umspielte die Säulen des Kreuzgangs. Es gab einen kleinen Kräutergarten und Bänke, die zum gottgefälligen Innehalten einluden. Die meisten Sträucher waren allerdings kahl, der Garten sah verwildert aus. Ich konnte mir vorstellen, wie sich schon bald Efeuranken von ihm ausbreiten und über die Fresken und Wände wuchern würden.

Gott hat diesen Ort verlassen, dachte ich. In Jahrzehnten wird die Kirche nichts mehr sein als eine Ruine, überwuchert und verfallen, nicht besser als die versunkenen Heiligtümer der Heiden.

Ich fröstelte. Die Fackeln waren längst erloschen, ebenso wie die Glut in den Kaminen. Das Stift war ausgekühlt. Wir würden auch nach Öl und Zündsteinen Ausschau halten müssen.

„Suchen wir zuerst das Dormitorium“, schlug ich vor, damit wir in der Schlafstätte nach Decken und Matratzen sehen konnten.

„Ich wäre für die Speisekammer.“ Simon strich sich über den Magen.

„Mach dich nur nach ihr auf die Suche und schlag dir den Wanst voll. Ich sichere mir schon einmal das bequemste Lager im Dormitorium.“

Sich auf den Bauch klopfend, stimmte er zu und lief zusammen mit Alessio weiter den Kreuzgang entlang, während ich durch eine der Türen ins Innere abbog. Willkürlich betrat ich einen der finsteren Flure, der so eng war, dass ich mich regelrecht durch ihn hindurchzwängen musste. Je weiter ich wie eine Ratte durch den Gang schlich, desto mehr vernebelte ein fauliger Gestank meine Sinne. Er drängte sich durch Mund und Nase, ließ mich das Gesicht verziehen wie nach einem Faustschlag.

Der Flur mündete ins Dormitorium. Was der Gestank in mir als dunkle Vorahnung heraufbeschworen hatte, wurde in dem Schlafsaal Gewissheit: Wie schon in Duisburg hatten die Mönche ein notdürftiges Krankenlager eingerichtet. Jetzt war es nur noch eine Gruft.

Die Mönche mussten geflohen sein und die Kranken einfach hier zurückgelassen haben.

Das einzige Licht fiel durch ein kreuzförmiges Fenster und warf das Symbol orangefarben auf die Fliesen, als wäre es dorthin gemalt worden. In seinem schwachen Schein waren die etwa zwanzig Bettstatten an den Wänden nur als Schemen auszumachen. Was gut war, denn so musste ich nicht genauer die Körper betrachten, die auf ihnen lagen. Ich konnte nur erkennen, dass sie oftmals völlig verrenkt waren, gekrümmt unter Todesqualen. Der Gestank tat sein Übriges und ließ mich stark husten. Ich hielt mir den Ärmel vor den Mund, um weiter atmen zu können. Hier konnten wir jedenfalls nicht nächtigen.

So suchte ich nach ungenutzten Decken und Matratzen, die wir nehmen konnten, um an einem anderen Ort zu schlafen. Zuerst entdeckte ich auf einem Schemel Verbandszeug und eine Kräutertinktur. Sie würden mir helfen, meine Wunden zu kurieren. In der hinteren Ecke des Saales fand ich schließlich einen Stapel Wolldecken. Ich nahm so viele, wie ich tragen konnte.

Als ich mich zum Gehen wandte, irritierte mich etwas. Erst konnte ich nicht ausmachen, was es war, dann fiel mir der Lichtstrahl auf, der durch das Fenster fiel. Obwohl er sich in keinster Weise verändert hatte, war das Kreuz, das er auf den Boden warf, umgekehrt.

Ich erstarrte. Umklammerte die Decken.

Das umgedrehte Kreuz. Das Zeichen der Feinde Christi.

Ein Rascheln ertönte hinter mir. Ich fuhr herum. Eine der Leichen erhob sich von ihrer Strohmatratze. Gezwirbelte Ziegenhörner ragten aus ihrem Schädel. Auf ihrer Stirn funkelte ein Pentagramm, auf ihrer Handfläche tanzte ein Sichelmond.

Willkommen, Lucien!

Der Boden erbebte unter Baphomets Stimme.

Er hielt etwas in der Hand. Schleuderte es mir entgegen. Der Gegenstand schlitterte über den Boden und stieß gegen meine Stiefelspitzen. Panisch machte ich einen Satz zurück, blickte hinab. Es war ein Buch.

Als ich wieder aufsah, war Baphomet verschwunden, die Strohmatratze verwaist. Auch das Lichtkreuz auf den Fliesen erstrahlte wieder in der richtigen Position. Nachdem ich mich nochmals vergewissert hatte, dass Baphomet wirklich nirgendwo mehr zu sehen war, beugte ich mich hinab. Ich legte die Decken zur Seite und hob das Buch hoch.

Ich stieß die Luft aus. Der kostbare Ledereinband, die vergilbten Seiten. Es sah genauso aus wie die Bibel, die Simon aus seinem Haus in Duisburg gerettet hatte. Ich schlug sie an einer willkürlichen Stelle auf.

„Durch mich geht man hinein zur Stadt der Trauer,
Durch mich geht man hinein zum ewigen Schmerze,
Durch mich geht man zu dem verlornen Volke.
Gerechtigkeit trieb meinen hohen Schöpfer,
Geschaffen haben mich die Allmacht Gottes,
Die höchste Weisheit und die erste Liebe.
Vor mir ist kein geschaffen Ding gewesen,
Nur ewiges, und ich muss ewig dauern.
Lasset, die ihr eintretet, alle Hoffnung fahren!"

Die Schrift war raumgreifend und verschnörkelt, die Tinte von einer Schwärze, die sich in meine Augen brannte. Ich kannte den Text. Es war die Inschrift des Höllentors, entnommen aus Dantes „Göttlicher Komödie". Deshalb hatte Baphomet *Willkommen!* gesagt – weil ich durch das Höllentor getreten war, hinein in dieses Land der Trauer und des ewigen Schmerzes, bewohnt von einem verlorenen Volk.

Die Verse standen auf beiden Seiten. Ich blätterte weiter. Auch hier, derselbe Text. Mit pochendem Herzen schlug ich die nächsten Seiten um. Überall dieselbe, tiefschwarze Tinte. Überall dieselben Worte.

Ich schlug das Buch zu, klemmte es mir unter den Arm und hob die Decken auf. Ich musste hier weg. Zu Simon. Sehen, was mit seiner Bibel war. Die Kirche, dachte ich, wir müssen in die Kirche, in den Schoß Gottes. Dort könnten wir schlafen.

Schlaf finden wirst du, Lucien, aber sicher nicht den Schlaf der Gerechten.

Ich rannte los, zurück durch den engen Gang. Der Hall meiner Schritte wogte durch die Dunkelheit. Es schien, als würde sich das Deckengewölbe immer weiter auf mich herabsenken. In der Ferne hörte ich Alessios Bellen. Ich bekam kaum noch Luft, meine Lungen erfüllt vom Gestank der Pest.

Lasset, die ihr eintretet, alle Hoffnung fahren!

11.

„Simon! Wo bist du?“

Ich eilte in den Kreuzgang. Unvermittelt traf mich von der Seite ein Stoß und riss mich beinahe zu Boden. Die Decken, das Buch und das Verbandszeug glitten mir aus den Händen. Ich ruderte mit den Armen. Sah auf den, der mich angerempelt hatte.

„Tut mir leid – aber wie kommst du auch aus dem Gang gerannt!“ Simon erwiderte meinen Blick halb vorwurfsvoll, halb besorgt. Alessio streunte hechelnd zwischen uns umher. Der Junge hatte einen prall gefüllten Beutel geschultert, unter dessen Last er deutlich in die Knie ging. Sein Blick glitt von mir weg auf die Sachen, die ich über den Boden verstreut hatte. „Da ist ja meine Bibel!“, stutzte er.

„Sie ist auch der Grund dafür, warum ich so gerannt bin“, erklärte ich. „Sieh’ nach, ob sie noch in deinem Bündel ist!“

„Aber sie liegt doch dort – wie, wie kann …“

„Sieh nach! Sofort!“

Simon leistete endlich Folge. Erst nahm er den dicken Beutel von seinen Schultern, dann das Bündel, in dem seine Habseligkeiten waren. Nachdem er mit verengten Augen in ihm herumgewühlt hatte, schüttelte er den Kopf. „Nein. Sie ist nicht drin. Wie sollte sie auch? Sie liegt ja da!“

Er wollte sie aufheben, aber ich schlug seine Hand weg und nahm sie selbst an mich. Er starrte mich irritiert an. In seinen Augen züngelte eine Spur von Zorn.

„Ich erkläre dir alles, wenn wir hier raus sind“, sagte ich, während ich die Decken und das Verbandszeug von den Fliesen auflas. Mein Blick fiel auf den düsteren Gang, aus dem ich gekommen war. Es schien mir, als würde seine Finsternis nach mir schnappen wie ein Raubtier. Wir mussten hier fort. Auf der Stelle.

Du fliehst, Lucien? Fliehen, seit Jahrzehnten immer nur fliehen! Wann wirst du begreifen, Verdammter, dass du vor mir nicht fliehen kannst? Du kannst vielen Dingen entkommen, nicht aber vor deiner Schuld. Und ich bin sie, Lucien, ich bin sie. Ich bin deine Schuld.

„Ich … Du … Verdammt, was ist los?“

Simon stand so reglos da wie eine Heiligenstatue. Ich packte ihn am Arm und zerrte ihn mit mir. „Komm schon! Komm schon!“

Auch Alessio spürte meine Unruhe und bildete die bellende Nachhut. Wir durchquerten den Kreuzgang und betraten die angeschlossene Kirche durch die Sakristei. In dem schmalen Raum residierte der süßlich-brennende Geruch von abgestandenem Messwein. Die liturgischen Gewänder und Paramente hingen an der Wand. Die Ablage vor ihnen war allerdings leer. Ich schätzte, die wertvollen Kelche, Hostienschalen und Leuchter waren entweder von den Mönchen mitgenommen oder von Plünderern geraubt worden.

Im Kirchenschiff herrschte Finsternis. Nur die winzigen Bleiglasfenster leuchteten sanft im Dunkelblau der nahenden Nacht. Ein kaum wahrnehmbarer und dennoch penetranter Weihrauchduft lag in der Luft. Durch die Empore des Chors liefen wir bis zum Altar, ein rechteckiger Schemen im Angesicht der Schwärze.

„Ich habe Zunder und Feuerstahl im Keller gefunden. Ich mache uns erst einmal Licht“, verkündete Simon.

Ich merkte, dass ich mich langsam entspannte. Im Hause Gottes, umgeben von seinen Heiligen, konnte Baphomet mir vorerst nichts anhaben. Nur ein wenig Licht wäre jetzt noch gut.

„Warum zündest du das Feuer nicht endlich an?“, fragte ich meinen Begleiter.

„Dafür müsstest du erst mal meinen Arm loslassen, verdammt!“

„Oh.“

Ich hatte nicht bemerkt, dass ich den Oberarm des Jungen immer noch umklammert hielt. Mich räuspernd ließ ich ihn los, kam mir vor wie ein kleines, ängstliches Kind.

„Dann wäre da noch ein weiteres Problem: Wo nehmen wir das Holz her?“

Grinsend deutete ich in die Kirche hinein. „Das Holz steht da vor uns. Sogar massenweise.“

Wie in den meisten Dorfkirchen waren die Bänke hier ohne Lehnen oder irgendwelche Verzierungen. Es bereitete mir keine größere Mühe, eine von ihnen mit meinem Schwert in mehrere Spalte zu zerhacken. Wir schichteten das Holz vor dem Altar aufeinander und Simon holte den Feuerstahl hervor, ein gebogenes Stück Bandeisen mit rauer Kante.

Er klemmte den Zunder unter den Stahl und begann, mit einem Flint gegen ihn zu schlagen, bis Funken aus ihm sprühten und den Zunder in Brand setzten. Schließlich steckte er die glühenden und rauchenden Reste von Feuerschwamm, Holzmehl und Stoffresten in die Holzspalten. Wir setzten uns auf den Boden, die Rücken gegen den Altar gelehnt, und beobachteten, wie die Flammen immer höher schlugen. Alessio streckte sich zu unseren Füßen aus und gab ein behagliches Gähnen von sich. Das Knistern des Feuers vertrieb die erdrückende Stille, sein Schein und seine Wärme beruhigten mein rastloses Herz.

„Was sollte diese plötzliche Flucht?“ Simon wandte mir den Kopf zu. „Und warum können wir nicht im Dormitorium schlafen?“

„Sie hatten es zu einem Krankenlager gemacht. Die Betten waren allesamt … nun … belegt.“

„Verstehe. Was ist mit meiner Bibel? Ich verstehe das immer noch nicht.“

Du verstehst es ebenso wenig wie ich selbst, dachte ich und starrte in das Flammenzüngeln vor uns, ein Tanzbankett lodernder Dämonen.

Unweigerlich musste ich an Baphomet denken. „Glaubst du, dass Gott uns gnädig ist? Dass es Erlösung gibt von unseren Sünden?“, fragte ich.

„Was hat das jetzt mit meinem Buch zu tun?“ Simon knabberte an einem Laib Brot, den er aus seinem Beutel geholt hatte.

„Ich verstehe es selbst nicht, mein Sohn. Mach’ dir keine Sorgen darum. Und wundere dich nicht, es steht etwas anderes auf den Seiten. Wir sind im Pestland. Hier wird man wohl so manche Unglaublichkeit akzeptieren müssen.“

Simon hob die Augenbrauen. „Sicher, dass mit dir alles in Ordnung ist?“

Mein Magen schaltete sich knurrend in das Gespräch ein. Ich ignorierte seine Frage. „Was hast du eigentlich aus der Vorratskammer ergaunert?“

„Brot“, sagte Simon kauend. „Und Aale, ein ganzes Fass voller Aale.“

„Gott segne die Fastenzeit“, seufzte ich, griff in den Beutel und holte einen der glitschigen Fische hervor. Ich spießte ihn auf der Schwertklinge auf und röstete ihn über dem Feuer, brach Brot ab und holte mir etwas von dem Messwein. Wir aßen schweigend, fast schon andächtig. In Zeiten der Pest lernte man nur allzu schnell, Stunden der Ruhe voll auszukosten.

Als wir uns die Finger ableckten und das Feuer bereits halb heruntergebrannt war, sagte Simon: „Ich glaube, Gott vergibt nur selten. Das, was geschehen ist, ist seine Strafe. Für all den Krieg und die Ketzerei. Nichts von Vergebung. Aber wir müssen sie erlangen können, er muss erlösen, sonst wäre Gott ja nicht Gott. Wir müssen eben nur Reue zeigen, Buße tun. Wahrhaftige Reue und Buße."

Ich nickte bedächtig.

Reue und Buße.

Wie oft hatte ich Buße getan? Wie oft hatte ich bereut? Das einzige, was ich noch nicht getan hatte, war den Flagellanten beizutreten und mich selbst mit Peitschenschlägen auf Brust und Rücken zu kasteien. Ich wollte meine Schuld begleichen, um im Angesicht unseres Herrn Jesus Christus den Blick aufrecht halten zu können.

„Ich tue meine Buße, Simon. Ich will diesen Alchemisten finden und den Menschen mit seinem Mittel helfen. Dann möge Gott mich von meiner Schuld erlösen."

„Er wird es tun", sprach Simon mir Mut zu. Jetzt bedurfte es schon eines jungen Mannes, kaum dem Knabenalter entwachsen, um mich am Glauben an die Rettung meines Seelenheils festhalten zu lassen.

„Wie machst du das nur?", fragte ich ihn. „Wie bleibst du so stark, wo du doch noch so jung bist? Andere wären längst an dem zu Grunde gegangen, was du heute erleben musstest."

Er strich über Alessios struppiges Fell. Sah zu mir hinüber. Das Feuer leuchtete die Schrammen auf seinen Wangen aus. „Es gab da ein Mädchen in Duisburg. Josefine", brachte er hervor. „Sie ist ein Jahr jünger gewesen als ich. Der ganze Stolz ihres Vaters, dem Goldschmied. Jeden Morgen bin ich an ihrem Laden vorbeigekommen und sie hat mir zugewunken und gelächelt. Ihr Haar war so golden wie die Stücke in der Auslage."

„Hast du sie angesprochen?"

Er nickte. „Sie hat einmal in einem Buch mit romantischen Liedern gelesen. Ihr Vater war so reich, dass er sich so etwas wie Bücher leisten konnte. Ich habe sie gefragt, ob sie mir etwas aus ihm vorlesen würde."

Ich musste an meine eigenen Schwärmereien als junger Mann zurückdenken und schmunzelte. „Und das hat sie getan?“

„Ja. Von diesem Tag an hat sie mir jeden Morgen eine Strophe vorgelesen. Danach haben wir geredet. Einmal sogar, als ihr Vater und die Lehrlinge nicht im Laden waren, hat sie mich geküsst.“

„Trotzdem hat diese Geschichte kein gutes Ende genommen, was?“

Simon legte den Kopf schief. „Ich weiß nicht so recht. Als die Nachricht kam, dass die Pest wohl bald auch Duisburg erreicht, sind ihre Eltern mit ihr und ihren Geschwistern fortgegangen. Nach Norden. Vom einen auf den anderen Tag war der Laden geschlossen und ich erfuhr davon erst von einem der Gehilfen.“

Für einen Moment hatte ich das Gefühl, seine Lippen würden beben.

„Vielleicht ist sie dort, wo sie jetzt ist, in Sicherheit“, versuchte ich ihn aufzuheitern.

„Das hoffe ich. Wenn all das hier vorbei ist, werde ich sie suchen. Und wenn ich dafür genauso lang auf Reisen sein muss wie du.“

Er drehte sich von mir weg, stand auf und lief mit bedächtigen Schritten um das Feuer herum. Unterdessen machte ich mich daran, die Kräutertinktur auf mein zerfetztes Ohr aufzutragen. Als ich es am Ende großzügig mit dem Verbandszeug umwickelt hatte, stand Simon auf der anderen Seite des Feuers, den Rücken zu mir gekehrt. Hatte ich einen Jungen in seinem Alter jemals so düstere Worte sagen hören? Jemals so stark erlebt im Angesicht von Tod und Grauen? Das Beben seiner Lippen. Seine gebrochenen Augen. Vielleicht hatte er lernen müssen, sein Fühlen so weit wie es möglich war einzustellen, um nicht völlig zu verzweifeln. Das einzige, was ihn noch anzutreiben schien, war das Andenken an seinen Großvater und die Hoffnung, Josefine irgendwann wiederzusehen.

„Welchem Heiligen ist diese Kirche geweiht?“, fragte er plötzlich.

„Warum fragst du?“

„Ich will wissen, zu wem ich beten kann.“

Mit der Hand glitt ich über den Altar hinter mir. Ein Fresko war auf seine Vorderseite eingraviert. Ich drehte mich um und betrachtete es. Auf ihm war ein Mann zu sehen, gehüllt in die Tracht eines Kardinals, der seinen eigenen Kopf unter dem Arm trug. Eindeutig.

„Das ist eine Kirche des heiligen Dionysius.“

„Danke.“ Simon ging in die Knie und faltete die Hände.

„Herr im Himmel“, begann er in einem Flüsterton, der doch so durchdringend war, dass er die ganze Kirche mit seinem Hall ausfüllte. „Heiliger Dionysius, bitte beschütze Josefine, Lucien und mich – und natürlich Alessio auch – vor allem, was noch kommt. Falls es möglich ist, sieh auch nach meinem Großvater, Daniel Aumann, ob es ihm gut geht. Sag ihm, ich werde tun, was er mir aufgetragen hat. Amen.“

Er schlug die Augen auf und fing meinen Blick ein. „Betest du nie?“

„Ich habe es schon lang nicht mehr.“

„Dann glaube ich, hier und jetzt wäre der rechte Zeitpunkt, um wieder damit anzufangen.“ Seine Stimme klang ausgehöhlt, ließ mich an das Gesicht eines Hungerleidenden denken.

Beten – was nutzten fromme Worte gegen solch ein ausgemachtes Übel wie Baphomet? Wahrscheinlich erhörten Gott und seine Heiligen einen Erzverräter wie mich noch nicht einmal.

Trotzdem schloss ich die Lider, faltete die Hände und ließ den Kopf herabsinken. „Heiliger Vater im Himmel, heiliger Dionysius, beschütze uns vor dem Bösen. Vergib’ mir, oh Gnädiger, vergib’ mir armen Sünder und halte deine Hand über mein Haupt. Ich will reuige Buße tun, im Gedenken an deinen Sohn, der für unser aller Sünden starb. Amen.“

„Na, besser als nichts.“

Simon hatte eine Decke neben dem Feuer ausgebreitet und sich auf sie gelegt. Er zog sich eine weitere bis über die Schultern und bettete seinen Kopf auf den ausgestreckten Arm.

„Gute Nacht, Lucien.“

„Gute Nacht.“

Da ich vermutete, sowieso keinen Schlaf zu finden, beschloss ich, Wache zu halten. Den Kopf gegen den Altar gelehnt, Messwein trinkend, beschwor ich noch einmal die Eindrücke des Tages herauf. Die Pestheilung, die Obolusse, die Bibel. Die seltsamen Gesprächsfetzen und Alpträume meines Fieberwahns. Es waren zu viele Mysterien auf einmal, um genauer über sie nachdenken zu können. Meine Gedanken sprangen vom einen zum anderen, ohne länger an ihnen festzuhalten.

Der Wind umheulte die Kirchenmauern, pfiff durch den löchrigen Dachstuhl. Ließ das Feuer unruhig flackern, das immer mehr an Größe und Scheinkraft einbüßte. Alessio wälzte sich immer wieder von einer Seite auf die andere, trat mit der Pfote aus und schmatzte. Ich spürte, wie meine geschundenen Glieder schwer wurden und sich eine bleierne Schläfrigkeit um mich legte. Für einen Moment schloss ich die Augen. Verschränkte die Arme vor der Brust. Glitt weg.

„Aaah! Nein! Nein! Neeein!"

Ich sah sofort hinüber zu Simon. Der Junge warf sich auf seiner Decke umher. Strampelte mit den Beinen. Das Gesicht war von Angst zerfurcht, seine Augen allerdings weiterhin geschlossen. „Josefine!", kreischte er. „Bitte, ich … ich vergesse dich nicht! Nein, geh nicht fort!"

Schnell stand ich auf und trat zu ihm. Ich wollte ihn aus seinem Alptraum erretten und wachrütteln.

Doch bevor ich ihn erreichte, entspannten sich seine Züge. Er atmete einmal tief durch und drehte sich weiter in seine Decke ein. Es wirkte, als wäre nie etwas gewesen.

Verwirrt kehrte ich zurück zu meinem Platz, breitete eine Decke über meine Beine und rieb meine Hände aneinander. Es wurde immer kälter. Bald würde ich neue Holzscheite ins Feuer werfen müssen. Aber ich war es von unzähligen Nächten im Freien gewohnt, frieren zu müssen. So sank mein Kopf auch jetzt auf meine Schulter und ich dämmerte weg.

12.

Die heilige Dreifaltigkeit thronte über dem Kirchenportal und die Blicke von Vater, Sohn und heiligem Geist ruhten ehrfurchtgebietend auf mir. Die Tore der Kathedrale von Saint-Denis standen weit offen.

Ich trat in die Leere ihres Spitzrippengewölbes und spürte die Erhabenheit all der französischen Könige, die hier begraben lagen. Als ich noch ein Knabe gewesen war, hatte mich mein Vater hierher mitgenommen. Hatte mich aufgefordert, St. Dionysius, dem Schutzpatron und ersten Bischof von Paris, meine Aufwartung zu machen. Damals fiel das Licht in bläulichen Bahnen durch die großen Chorfenster, streiften Dutzende Menschen zwischen den Säulen umher. Jetzt war ich allein. Das einzige, was die Fenster einem Betenden in diesem Moment zeigen konnten, war die Schwärze der Nacht.

Ich sah an mir herab. Ein dreckiges Büßergewand war mein einziger Schutz gegen die Kälte. Mit den Händen über meine Oberarme reibend lief ich weiter Richtung Altar. Von den Kerzenscharen, die auf ihm standen, erhoffte ich mir ein wenig Wärme. Allerdings schien es immer kälter zu werden, je näher ich kam. Unweigerlich begann ich mit den Zähnen zu klappern.

„Was geht hier vor?“, fragte ich und sah hinauf zur kopflosen Statue des heiligen Dionysius, direkt hinter dem Altar. Wie zur Antwort fegte ein Windstoß durch die Kathedrale und blies alle Kerzenflammen aus. Woher er kam, blieb mir schleierhaft. Hier gab es nirgendwo eine Öffnung, die so starken Wind hereinlassen könnte. Blinzelnd sah ich zu den Chorfenstern. Der schwache Sternenschein, den sie einließen, war die letzte Lichtquelle. Die Statue des Dionysius zeichnete sich dunkel vor ihr ab.

Ich erstarrte, als ich sie näher betrachtete. Der Heilige hatte seinen Kopf nicht wie zuvor unter den Arm geklemmt, sondern streckte ihn empor wie es die Priester mit dem Abendmahlskelch taten.

Furchterfüllt wich ich zurück. Nun holte die Statue – ich fragte mich, ob es überhaupt noch eine war – mit dem Kopf aus und schleuderte ihn nach mir. Er landete vor dem Altar, rollte weiter über die

Fliesen, die Treppenstufen hinab und blieb schließlich wenige Ellen vor meinen Füßen liegen.

„Traditor!", schrie der Kopf. „Traditor!"

Immer wieder. Gellend und voller Anklage.

Ich konnte nicht erkennen, ob er immer noch aus Stein oder tatsächlich aus Fleisch und Blut war, sah allerdings, dass sich etwas auf dem Gesicht regte.

Ich fuhr herum und rannte los. Nur raus aus der Kirche!

„TRADITOR!" Der Klang des Rufes wurde nicht leiser. Stattdessen schien er sogar noch durchdringender zu werden. Kurz bevor ich das Portal erreichte, veränderte er sich.

„Traditowouaff! Wouaff!"

Aus dem Rufen wurde ein Bellen.

13.

Ich warf die Decke zurück und riss die Augen auf. Auch Simon war aufgeschreckt worden und stand bereits auf den Beinen. Das Feuer war erloschen und ließ nur ein schemenhaftes Konglomerat aus Schwarz- und Grautönen zurück, das mich kaum noch das Kirchengewölbe erkennen ließ. Das Bellen kam aus Richtung des Portals, wurde unterlegt von einem Scharren und Kratzen. Irgendjemand draußen vor der Kirche erwiderte mit einem Schrei, so schrill, dass ich die Zähne aufeinanderbiß und mir die Hände vor die Ohren hielt, um ihn ertragen zu können.

Simon hatte seine Habseligkeiten im Bündel verstaut und lief nun mit großen Schritten auf das Portal zu. „Alessio! Tranquilo!“

„Wo willst du hin?“, rief ich ihm nach, schnappte mir mein Schwert und hängte die Scheide wieder an meinen Gürtel.

Irgendjemand musste dort draußen sein. Alessio hatte ihn wohl gehört. Ein wahrer Wachhund. Kurz stellte ich mir vor, der kopflose Dionysius würde vor den Kirchenmauern umherwandern, verwarf dieses Bild aber sogleich. Ich hatte nur schlecht geträumt. Nichts weiter.

Als ich die Reihen der Kirchenbänke hinter mir gelassen hatte, sah ich wieder Simon und Alessio. Der Hund hatte sich auf die Hinterbeine gestellt, scharrte mit den Vorderpfoten über das Holz des Portals und jaulte, den Kopf in den Nacken gelegt.

„Nimm ihn weg! Ich öffne die Tür“, sagte ich, die Stimme vom scharfen Ton absoluter Konzentration beherrscht. Während Simon seine Hände in das Rückenfell des Tieres grub und Alessio unter einem „Tranquilo! Tranquilo“ von der Tür wegzerrte, zückte ich *Saint Épée*. Die Hand um den massiven Eisenring des Portalflügels gelegt, rief ich: „Wer immer da auch ist, gib dich zu erkennen!“

Keine Antwort.

Ich riss das Portal auf und hieb mit dem Schwert sofort auf die Nachtfinsternis ein, die sich hinter ihm erstreckte. Aber die Klinge zerschnitt nur Luft, die Spitze schlug schwungvoll im Morast auf und spritzte Matsch auf meine Kutte. Ich nahm das Schwert sofort wieder als Deckung vor meine Brust und entsandte Blicke zu beiden Seiten, sah jedoch niemanden.

Im fahlen Mondlicht erkannte ich keine einzige Gestalt auf der Straße oder zwischen den Häusern. Die Augen immer noch verengt, ließ ich die Klinge sinken. Mit der Schuhspitze stieß ich an etwas Weiches und sah hinab. Es war der Torso eines Huhns, das schwarze Gefieder glänzend vor Blut. Direkt neben ihm der abgeschlagene Kopf.

Die Hexe, von der Charon erzählt hat, fuhr es mir durch den Kopf.

„Simon, bring' einen der Holzscheite zum Brennen. Ich brauche hier Licht!"

Ich hörte seine hallenden Schritte. Alessio, nun wieder ungebändigt, kam schnüffelnd heraus und begutachtete höchst interessiert das tote Huhn. Ich schob ihn ein wenig mit dem Fuß beiseite. „Lass es! Das ist kein Fressen." Auch wenn der spanische Hund meine Worte wohl nicht verstand, tat mein Fußstoß das Übrige und er schlich davon.

Wieder zerfetzte ein Schrei die Stille, noch markerschütternder als zuvor. Ich ließ meine Finger auf dem Heft des Schwertes umhertanzen wie ein Minnesänger auf den Saiten seiner Laute. Die Hexe musste irgendwo in der Nähe sein.

Ich wirbelte herum, aufgeschreckt von einem plötzlichen Knistern. Doch das einzige, was mich von hinten angefallen hatte, waren einige trockene Blätter, die der Wind von einer der Erlen geweht hatte.

Simon kehrte zurück, das blasse Gesicht beschienen vom Licht der Fackel, die er in der Hand hielt. Er überreichte sie mir und ich hielt sie vor die Torflügel. Als ich das Symbol erkannte, schluckte ich nur, nicht weiter überrascht. Meine Vermutung bestätigte sich.

„Was ist das?", fragte Simon, den Blick auf die im Fackelschein leuchtenden Blutlinien gerichtet.

„Ein Pentagramm … Ein Bannzeichen." Ich presste die Lippen aufeinander. Was wollte dieses Weib von uns?

Alessio brach erneut in Gebell aus. Simon und ich fuhren herum. Ein Schatten löste sich von den Häusern auf der linken Straßenseite und huschte davon. Sogleich umfasste ich den Schwertgriff fester. Eilte los. Sie sollte mich zu ihrem Unterschlupf führen – und dort würde ich sie unschädlich machen.

Meine Stiefel versanken bei jedem Schritt im Morast. Ich ging schnell, rannte aber nicht. Simon war mehrere Ellen hinter mir, darum bemüht, den knurrenden Alessio im Zaum zu halten.

Die Fackel brandmarkte nur einen kleinen Ausschnitt der Nacht mit Licht. In ihrem unsteten Flackern bäumten sich Schatten zu Ungeheuern auf. Irgendwo fauchte eine Katze und Alessio antwortete mit Jaulen. Mir lief es kalt den Rücken hinab.

Die Hexe war nur drei Häuser von mir entfernt, fast am Ende der Ortschaft. Am letzten Haus, einer besonders windschiefen Hütte, blieb sie stehen. Sie öffnete die Tür und wurde vom Licht beschienen, das aus dem Inneren fiel. Sie war nicht einmal klein, ihre Haltung aber so krumm, dass sie wie eine Zwergin wirkte. Ihr Haar bedeckte eine schwarze Haube. Das Gesicht sah ich nur undeutlich. Das einzige, was ich eindeutig an ihm erkannte, war das spitze Kinn.

Sie verschwand in der Hütte und schloss die Tür hinter sich. Ich verharrte kurz vor dem Haus und ließ nachdenklich das Schwert sinken.

Simon blieb hinter mir stehen. „Was machen wir jetzt?"

„Ich schaue nach, ob das Haus auf der anderen Seite ein Fenster hat." Ich wandte mich zu ihm um. „Du wartest hier."

„Verstanden." Simon musste erneut nach Alessios Nacken greifen, damit der Hund nicht sogleich auf die Hütte losstürmte.

Ich bog in das schmale Gässchen zwischen den Häusern, nur begleitet vom Fackelschein. Beinahe stolperte ich gegen etwas auf dem Boden. Erst jetzt nahm ich durch den Rußgestank der Fackel hindurch einen weiteren, beißenden Geruch wahr. Nach Moschus, einer Spur Blut, Eiter. Ich wagte es nicht hinabzusehen. Stieg über das Hindernis hinweg und lief schnell weiter. Tatsächlich gab es auf der Rückseite ein Fenster, gerade mal so groß wie ein Kindskopf. Ein orange glimmendes Quadrat inmitten der Schwärze. Ich ging auf die Knie, legte die Fackel weg und schlich mich an der Wand entlang bis zu seiner Unterseite. Den Kopf reckte ich so hoch, dass ich knapp über die Fensterkante sehen konnte. Als sich meine Augen an die Helligkeit gewöhnt hatten, konnte ich sehen, dass die Hexe nicht allein war.

Ihr Mann war bei ihr.

Er saß an dem grob gezimmerten Tisch in der Mitte des Raums. Tief gebeugt über eine irdene Schüssel. In der zitternden Hand hielt er einen Holzlöffel. Sein zahnloser Mund bewegte sich; ein klaffendes, hungriges Loch. Die rostfarbenen Haare umkränzten seinen Hals wie der Nackenschutz eines Helms.

„Gleich gibbet wat zu Essen, mein Arno.“ Die Hexe rührte in einem bauchigen Kessel. Dann kam sie zum Tisch und holte die Schüssel. Ihre Schritte waren klein. Jederzeit drohten ihre Beine nachzugeben und ihr gebrechlicher Körper zu stürzen. Nichts war mehr übrig von dem Schattenwesen, das gerade eben noch durch die Nacht gehuscht war. Sie goss Suppe in die Schüssel und als sie das Mahl vor ihren Mann stellte, konnte ich sehen, dass sie nur aus Wasser bestand, in dem einige Möhren und Kohl schwammen.

„Hrrruhm, mjam, mmmmhaaa“, brachte der Mann hervor und schlürfte die Suppe. Die Hexe setzte sich neben ihn und strich ihm mit den Fingerkuppen über den Rücken. „Iss nur jut, mein Arno, iss nur jut. Ich hab grad’ noch ein paar Leut’ geschützt vor d’n Dämon’n. Komische Zeiten sind’s und Gott kann nicht überall sein, um die Leut’ zu schützen. Da müssen’s ältere Mächte richten.“

Ich glaubte, meine Sinne würden mich täuschen. Jetzt erst nahm ich all die getrockneten Kräuter wahr, die von der Decke hingen. All die Töpfe und Tiegelchen. Diese Art, wie sie mit ihrem Mann sprach. Die Sorge, die in ihrer Stimme lag.

Sie war keine Hexe.

Nur eine Kräuterkundlerin. Eine Mystikerin. Keine dämonische Gespielin. Eine, die noch mit den alten Praktiken vertraut war und den Frauen des Dorfes möglicherweise bei Geburten geholfen hatte – oder dabei, diese zu verhindern.

Was war mit diesem Paar los? Wussten sie nicht, was vor sich ging? Wie konnten sie nach alldem, was in diesem Land geschehen war, noch ruhig dasitzen? Mir dämmerte, dass sie es sich vielleicht gar nicht eingestehen wollten. Weitermachten, wie sie es immer getan hatten, das Wüten der Pest ignorierend.

Charon hatte einem Irrglauben aufgesessen. Das Handeln der Frau musste für den Fährmann beängstigend gewesen sein, doch wollte sie sein Haus mit dem Pentagramm nur schützen. So, wie sie es mit der Kirche getan hatte, indem sie es als Abwehrzeichen verwendete. Wir konnten beruhigt zurückkehren …

„Töten wir sie!“

Simon stand direkt neben dem Fenster. Er musste sich unbemerkt herbei geschlichen haben. Rau hatte seine Stimme an meinen Ohren gekratzt, klang lange nach. Im Fackelschein sah ich seine blutunterlaufenen Augen. Angriffslust schimmerte in ihnen. Alessio kreiste um seine Beine. Nicht mehr knurrend, aber immer noch unruhig.

„Verdammt, was machst du hier?“, zischte ich.

„Ich … ich wollte nicht allein bleiben.“ Voller Unbehagen strich er sich über die Oberarme.

„Ah, mon Dieu!“ Ich kroch vom Fenster weg und stand auf. „Sie ist keine Hexe. Sie ist nur eine alte, verwirrte Frau. Lass uns wieder zur Kirche zurückkehren. Ich frier mir noch den Hintern ab.“

„Nein, wir müssen sie töten!“, beharrte Simon mit so lauter Stimme, dass ich Angst hatte, das Ehepaar könnte uns hören. Was war mit dem Jungen los? Wo war seine Ruhe, seine Vernunft geblieben? Ich steckte das Schwert weg, rempelte ihn zur Seite und lief zurück durch die Gasse. „Wir werden sie nicht töten. Ich verstehe nicht – warum willst du es? Sie ist völlig harmlos.“

Ich hörte seine Schritte hinter mir.

„Es ist, … nun. Ich … ich weiß es nicht.“

Als wir wieder die breite Straße erreicht hatten, fuhr ich zu ihm herum und presste ihm den Finger auf die schmächtige Brust. „Ich kann dir sagen, warum du es willst: Weil du Angst hast. Und du glaubst, wenn du sie tötest, änderst du etwas daran. Nach außen hin versuchst du, den Abgeklärten zu spielen – aber ich habe dich im Schlaf schreien hören.“

„Was soll das? Nur weil ich genau so viel Angst habe wie du, machst du es mir zum Vorwurf?“ Simon funkelte mich an.

Ich wandte mich halb von ihm ab, den Finger immer noch ausgestreckt. „Wir … wir werden das nicht tun. Du denkst, die Angst lässt sich besiegen, wenn wir das töten, was sie auslöst. Aber damit zerstörst du nur den Auslöser. Die Angst war schon vorher in dir und wird es immer bleiben. Du musst dir den Brustkorb aufreißen, zwischen deinen Rippen hindurch greifen und sie tief aus deinem Herzen zerren. Dann, erst dann, hast du sie besiegt.“

Ich ließ den Finger sinken, fuhr mit der Zunge durch meinen trockenen Mund. Was war da nur auf einmal von meinen Lippen gesprudelt? Unschlüssig erhob ich noch einmal den Arm, ließ ihn jedoch sogleich wieder sinken. Simon starrte mich mit weit aufgerissenen Augen an. „Es … es tut mir leid", murmelte ich und lief weiter in Richtung Kirche.

Meine Worte hatten eine neue Entschlossenheit in mir erweckt. Ich würde meine Angst besiegen, sie zusammen mit der Schuld in einen Schlund werfen, wenn ich erst einmal den Alchemisten von Kleve gefunden hätte.

Ich nahm noch wahr, dass Simon etwas erwidern wollte, da unterbrach ihn das Knurren von Alessio. Der Hund hatte seine Ohren wieder angelegt, die Zähne gefletscht.

„Was ist …?"

Bevor ich zu Ende sprechen konnte, wurde meine Frage bereits beantwortet. Aus allen Richtungen drang Heulen, Jaulen und Bellen. Ein ganzes Wolfsrudel schien dort draußen zu sein und Alessio musste es gewittert haben. Wir waren auf dem Platz, kurz vor den sicheren Mauern der Kirche.

„Los!", rief ich zu Simon und eilte auf das Portal zu, Blicke nach allen Seiten schleudernd. Trotz der kühlen Nacht trat mir Schweiß auf die Stirn. Ich musste an all die Geschichten und Gerüchte denken. Hatte einer der Torwächter nicht von Höllenhunden gesprochen, die durch diese Lande zogen?

Ehe wir die Kirchentüren erreichten, huschten zwei Schatten aus der Finsternis und blockierten den Weg. Die beiden Tiere waren alles andere als Höllenhunde – nur zwei Köter, unter deren Fellen sich deutlich die Rippen abzeichneten. Sie bellten uns an, die Augen funkelnd vor Hunger. Alessio wollte sich auf sie stürzen, aber Simon packte ihn am Nacken und hielt ihn zurück.

Ich blieb stehen. Reckte mein Schwert in die Höhe.

Hinter uns ertönte weiteres Bellen und Pfotengetrampel. Ich fuhr herum und erblickte ein halbes Dutzend Hunde und Wolfshunde, manche groß wie Kälber, die uns wie ein Rudel einkreisten.

Mein Herz raste, meine Finger verkrampften sich um den Schwertgriff. Ich sah zu Simon. Auch sein Gesicht hatte sich vor Angst verzerrt. Gegen zwei von den Biestern hätte ich vielleicht eine Chance gehabt, nicht aber gegen die ganze Meute.

Die Viecher bellten und scharrten, zogen den Kreis immer enger. Der größte Hund, mit gewaltigen Schultern und glimmenden Augen, löste sich von den anderen und wagte sich auf mich zu.

Ich holte mit dem Schwert aus und versetzte ihm einen Hieb auf die Schnauze. Blut spritzte auf. Jaulend zog sich das Untier zurück. Ich hoffte, wenn ich einige tötete oder verletzte, würde sich das Rudel zurückziehen. Dann durften sie jedoch nicht alle auf einmal angreifen.

„Neeein! Alessio!“ Hinter mir erklang Bellen und Jaulen.

Ich fuhr herum.

Einer der Hunde, besonders ausgehungert und klein, war auf Simon zugestürzt. Alessio hatte sich von dem Jungen losgerissen und war dem Vieh entgegen gerannt. Die Tiere hatten sich ineinander verbissen, warfen sich im Matsch hin und her. Simon wollte auf die Kämpfenden zu rennen, aber ich packte ihn an der Schulter. „Nein! Wir müssen zusammen bleiben!“

Anscheinend von den beiden Vorstößen angespornt, jagten nun auch die übrigen Wildhunde auf uns zu. Ich schwang mein Schwert, bereit, so viele von ihnen zu töten wie ich konnte. Das Blut pochte in meinen Ohren.

Mir war, als würde sich noch ein weiteres Geräusch zu dem Pochen gesellen. Näher kommend. In schnellem Takt.

Es klang wie Hufgetrappel.

Das Kläffen von einem der Hunde riss mich aus meinem Lauschen. Die Bestie nahm Anlauf und sprang mich an. Ich hielt ihr die Schwertspitze entgegen und das Untier spießte sich durch den Sprung selbst auf. Seine stinkenden Lefzen verharrten vor meinem Gesicht. Speichel tropfte mir auf Kinn und Brust. Die schwarzen Augen ruhten auf mir, dann verloren sie sich ins Leere. Ich packte ihn am dreckverklebten Fell und zog die Klinge aus seinem Rumpf.

Als ich aufschaute, sah ich, dass meine Ohren mich nicht getäuscht hatten. Vier Reiter preschten die Straße entlang.

Einer saß auf einem weißen Pferd. Er hatte seinen Bogen gespannt. Nach kurzem Zielen entließ er den Pfeil – er bohrte sich geradewegs in den Hals eines Wildhundes. Ein weiterer saß auf einem roten Pferd, bewaffnet mit einem Schwert. Der dritte auf einem schwarzen. Ich konnte es nicht genau erkennen, aber er schien ein Maß Weizen in den Händen zu halten. Der vierte schließlich saß auf einem ausgehungerten Schimmel, den man nur noch schwerlich als Pferd bezeichnen konnte. Sein Kopf: ein Totenschädel.

Die vier apokalyptischen Reiter.

Sie brachten Verderben über die Hunde.

14.

Ich wusste nicht, vor wem ich mich mehr fürchten sollte: vor den Wildhunden oder den Ankömmlingen, die das Rudel mit Leichtigkeit niedermachten. Die Hunde, die nicht unter den Pferdehufen zerquetscht wurden, starben durch Schwerthiebe, Pfeile und die Knüppelschläge des Knochenmanns. Nur zwei von ihnen gelang es zu fliehen. Der Gestank nach aufgerissenen Gedärmen und Blut umwaberte uns. In der Ferne verhallte das Jaulen der Fliehenden. Ein Hund wimmerte im Todeskampf.

Simon hatte den verwundeten Alessio auf seine Knie gelegt und streichelte über seinen Kopf. Er war so konzentriert auf seinen winselnden Gefährten, dass er die Reiter gar nicht weiter beachtete.

Die Vier zügelten ihre Pferde; keiner von ihnen hatte bisher auch nur ein Wort gesprochen. Ich dachte an die Worte Baphomets. Die Höllenhunde hatten sich als Gerücht erwiesen. Wie war es mit ihnen? Wer waren sie?

Zitternd, meinen ganzen Mut zusammen nehmend, trat ich auf den Schwertträger zu, der gerade von seinem roten Ross stieg.

Als er die Zügel am Sattel befestigt hatte, wandte er sich mir zu. Sein grobschlächtiges Gesicht, von dunkelblonden Haaren eingerahmt, zeigte keinerlei Regung. Muskelberge spannten sich unter seinem Kettenhemd. Den mächtigen Zweihänder hatte er in die Scheide gesteckt, die auf seinen Rücken gespannt war.

„Wer seid ihr?“ Ich versuchte, meine Stimme so gefasst wie möglich klingen zu lassen.

Zur Antwort schlug mir der Reiter ins Gesicht.

Ich stürzte in den blutdurchtränkten Schlamm. Alles drehte sich. Lichtpunkte flackerten vor meinen Augen auf. Blut sprudelte aus meiner Nase.

Simon schrie auf. Alessio kläffte, aber es klang eher mitleiderregend als gefährlich.

Ich wollte mich aufrichten, aber der Schwertträger drückte seinen Stiefel auf meine Brust.

„Schön unten bleiben, ja?“ Eine Stimme wie Kettenrasseln.

„Durchsucht ihre Taschen! Schaut auch in der Kapelle nach“, erklang eine weitere Stimme, hohl und bleiern. Ich ordnete sie unweigerlich dem Skelettmann zu.

Der Reiter über mir trat auf meine Hand, mit der ich immer noch *Saint Épée* umklammert hielt. „Eine prächtige Waffe“, sagte er, als er mir das Schwert entrissen hatte.

Ich ächzte und wollte mich aufrichten. Nicht *Saint Épée*. Doch sein Stiefel ruhte wie aus Blei gegossen auf meiner Brust. Den Kopf verdreht konnte ich sehen, wie der Bogenschütze aus der Kapelle zurückkehrte. Das einzige, was er erbeutet hatte, war Simons Bibel.

Was konnte die Apokalyptischen Reiter dazu veranlassen, ein Gotteshaus zu plündern? Allmählich erwuchs in mir die Ahnung, dass es sich bei den Männern um etwas ganz anderes handeln musste.

Der Bogenschütze warf das Buch dem Skelettmann zu, der immer noch auf seinem Schimmel saß. „Sonst hab' ich nichts gefunden.“

„Der Junge hat noch einen Silberschlüssel um den Hals!“, rief der Kerl mit dem Maß Weizen, der Simon auf den Boden gedrückt hielt.

„Es ist gleich“, dröhnte ihr knöcherner Anführer. „Die beiden und das Schwert werden uns genug Dienste erweisen. Fesselt sie und lasst uns von hier verschwinden!“

Geübte Finger umschlossen meine Handgelenke und umwickelten sie mit einem Tau, bis sie stramm auf den Rücken gefesselt waren. Der Schwertträger hob mich am Kragen hoch und drängte mich dazu, auf sein Pferd zu steigen.

„Was machen wir mit dem Hund?“, rief der andere Reiter, der dabei war, Simon zu fesseln.

Wieder versuchte der treue Alessio trotz seiner Verwundung, den Jungen zu schützen. Bellend baute er sich zwischen dem Räuber und dem Knaben auf, blutend und verschmutzt.

„Töte das Mistvieh!“

Der Reiter neigte den Kopf und trat Alessio in die Rippen. Das Tier winselte und wich zurück. Simon verlor die Beherrschung. Ihm entwichen tränenerstickte Schreie. Er stürzte auf den untersetzten Bastard zu, dessen volle Größe durch seine krumme Körperhaltung nicht gleich erkennbar war. Simon warf sich zwischen den Hund und den Räuber. Hieb mit blanken Fäusten auf den Lederharnisch des Mannes ein.

Ich konnte das Leid des Jungen nicht ertragen und zerrte an meinen Fesseln, aber der Strick war straff und unnachgiebig.

Der Räuber fegte Simon zur Seite. Er stapfte wieder auf den nur noch fiepsenden Alessio zu.

„Venga, Alessio! Lauf weg!“ Simons Stimme erbebte unter Schluchzern.

Mit großen, schwarzen Augen sah Alessio zu seinem Herrn. In seinem Blick jenes sanfte, tierische Unverständnis.

„Alessio, venga – por favor!“

Endlich reagierte der Hund. Bevor der Reiter ihn erreichen konnte, machte er kehrt und eilte davon. Obwohl er durch die Verletzung eine Hinterpfote nachzog, verschluckte ihn schnell die Dunkelheit. Der Räuber machte sich nicht die Mühe ihm nachzurennen.

„Blöde Töle“, winkte er ab, beugte sich zu Simon herunter und fesselte auch ihm die Hände auf den Rücken.

Der Muskelprotz warf mich wie einen Sack auf den Rücken seines Pferdes. Er schwang sich hinter mir in den Sattel und rief zu seinem Anführer: „Ich bin bereit! Kehren wir zurück!“

Auch der andere Reiter hatte Simon vor sich in den Sattel gesetzt und die Zügel umfasst. Die Rösser tänzelten auf und ab, spürten, dass eine erneute Hatz bevorstand. Atem dampfte aus ihren Nüstern. Sie wieherten und warfen ihre Mähnen zurück.

„Heja!“, brüllte der Skelettmann und sein bleiches Pferd bäumte sich auf, als er ihm die Hacken in die Flanken stieß. Er galoppierte zwischen den Hütten entlang davon. Die anderen Reiter trieben ihre Pferde zur Eile an und jagten ihm nach. Der Wind pfiff mir ins Gesicht. Mit dem Bauch auf dem Rücken des Pferdes hämmerte sich jede Erschütterung schmerzhaft in meine Gedärme. Immer wieder legte ich den Kopf in den Nacken, um sehen zu können, wohin sie ritten. Aber das einzige, was ich erblickte, waren weite, dunkle Felder. Hie und da die Umrisse von Erlen und Weiden. Meine Panik wuchs an – wohin brachten sie uns?

Schließlich vernahm ich das Rauschen eines Flusses. Kurz darauf spritzte mir Wasser ins Gesicht. Die Reiter durchquerten eine Furt. Jeder Schritt des Pferdes schleuderte mir einen Schwall Wasser entgegen. So lang waren wir nicht geritten. Wir mussten also den Rhein passieren.

Als der Fluss hinter uns lag, ließ sich der Knochenmann so weit zurückfallen, bis er auf der Höhe meines Reiters war. Die Pferde fielen in einen leichten Trab, was meinem geschundenen Magen eine noch schlimmere Tortur bescherte.

„We… wer seid ihr?“

Ich hoffte, diesmal würde die Antwort nicht ein Schlag ins Gesicht sein.

„Martin von Steelen, einstmals Hirte in Gottes Namen.“ Bei den letzten Worten stieß er einen Lacher aus, dumpf und verzerrt durch die Schädelmaske, die er trug.

Ein Priester? Ich zog die Augenbrauen zusammen. „Was sollen diese Verkleidungen? Wo bringt ihr uns hin?“

Von Steelen griff mit Zeige- und Mittelfinger in die Augenhöhlen der Maske und zog sie ab. Ich musste meinen ganzen Körper verrenken, um sein Gesicht sehen zu können. In der Dunkelheit konnte ich nur erkennen, dass seine Augen hervorstanden, was seinem Blick etwas Fanatisches verlieh. Schatten zogen sich über seine Wangen und ließen mich vermuten, dass sie ausgehöhlt sein mussten.

„Die sieben Schalen sind zerbrochen, die Posaunenstöße werden schon bald ertönen. Die Menschen tragen das Zeichen des Tieres – die Geschwüre! Alles weist darauf hin, dass die Endzeit angebrochen ist. Und was wäre da passender, als die Apokalyptischen Reiter durch die Lande ziehen zu lassen!?“

Ich verstand kein Wort. Wovon schwafelte der Kerl?

Der Räuberführer schien dies zu bemerken und fuhr ungeduldig fort: „Diese Lande sind verlassen – und noch dazu voller Schätze. Viele Kirchen und Klöster haben wir schon ausgeräumt, aber viele haben wir noch gar nicht besucht. Deshalb soll das Pestland zunächst auch verlassen bleiben.“

Langsam dämmerte es mir. All die Gerüchte, die Angst, die Erzählungen. Das musste den vier Räubern äußerst zuträglich sein. So konnten sie ungestört ihre Raubzüge unternehmen und Schätze anhäufen.

„Einige, die uns sehen, lassen wir am Leben, damit sie zurückkehren und den Leuten erzählen, dass die Apokalyptischen Reiter selbst durch das Pestland ziehen.“ Von Steelen lachte auf. Nun nicht mehr durch die Maske gedämpft, klang es ächzend und gefährlich wie das Abbrechen von Ästen während eines Sturms.

„Warum habt ihr uns am Leben gelassen?“

Von Steelens Lachen hielt an, bis er sich wieder die Maske übergezogen hatte. Ohne ein weiteres Wort galoppierte er zurück an die Spitze der Reiter.

Die pochenden Fragen zerfraßen meinen Verstand. Ich betete, auch wenn die einzigen Antworten, die ich erhielt, Baphomets Schmähungen waren.

Du hast einen falschen Priester gefunden, Lucien. Vielleicht kann er dir ja die Beichte abnehmen. Sie wird Stunden dauern. Tage. Jahre. Ewigkeiten ...

15.

„Endlich!"

Der Ruf meines Reiters riss mich aus dem Dämmerschlaf, in den mich Schmerz und Müdigkeit gewiegt hatten. Wir mussten wohl bald unser Ziel erreichen. Blinzelnd wandte ich den Kopf, um sehen zu können, wohin wir ritten.

Die Silhouette einer Stadt brandete an den dunkelgrauen Nachthimmel. Türme, Giebel und Wälle. Viel größer als das Dorf, aus dem wir kamen. Simon wusste sicher, wo wir nun waren, ich konnte den Ort aber nicht zuordnen.

Der Weg wurde zur Pflasterstraße, was meine Magenschmerzen nochmals verstärkte. Durch ein gedrungenes Tor überquerten wir den Wallgraben, der das Städtchen umschloss. Die Straßen und Gassen lagen verlassen da.

„Unsere Stadt, Jungs!", grölte der Bogenschütze. „Unsere Stadt!"

Die Reiter folgten dem Wall in Richtung Norden. Dort ragte ein steinerner Turm aus der Stadtbefestigung hervor, höher als manche Kirchtürme. Wie ein unheilvoller Gebieter wachte er über die umliegenden Häuserdächer. Sein Spitzdach ruhte einem Messer gleich an der Kehle des Himmels.

Von Steelen zügelte sein Pferd und schwang sich aus dem Sattel. Die anderen taten es ihm gleich, hoben uns von den Rücken der Tiere und stiegen ab. Ich atmete erleichtert auf. Zwar hielten die Magenschmerzen an und meine Knie wackelten, aber ich war froh, endlich wieder auf eigenen Füßen stehen zu können.

„Wo sind wir hier?", fragte ich Simon, den einer der Räuber neben mich gedrängt hatte.

„Berka. Eine Stadt westlich des Rheins. Der Turm da ist der Zollturm."

„Oder besser gesagt: unser Versteck."

Der Muskelprotz hatte uns belauscht. Lachend stieß er uns in die Rippen und drängte uns zum Turmeingang. Martin von Steelen hatte sich auf den Stufen vor der Bogentür aufgebaut und bedachte uns und die übrigen Räuber mit dem gewinnenden Lächeln eines falschen

Predigers. „Wie ich sehe, konntet ihr mit Dirk schon Bekanntschaft machen.“ Sein Blick glitt auf den Schwertträger. „In der Pfalz ist ein kleines Vermögen auf ihn ausgesetzt. Der Kurfürst persönlich will seinen Kopf – wie viele Frauen hast du nochmal abgeschlachtet?“

„Dreizehneinhalb“, erwiderte Dirk voller Stolz.

Was er mit *einhalb* meinte, wollte ich lieber nicht wissen. Die Räuber lachten.

Irgendwo hörte ich zur Antwort das Miauen einer Katze. Einige Krähen flogen erschrocken auf und verloren sich als schnell kleiner werdende Schattenflecken auf dem Nachthimmel. Ich wusste nicht, wie wir aus den Händen dieser Halunken entkommen sollten. Meine Hoffnungslosigkeit schwang in Panik um.

„Auf jeden Fall ist Dirk nun eher bekannt als erster Reiter der Apokalypse. Wenn ich fortfahren darf“, von Steelen sprach noch immer so, als würde er eine Predigt halten, „der zweite Reiter der Apokalypse, Thor Weiler, besser bekannt als der Verrückte von Nassau.“

Der Bogenschütze keifte und reckte sein Mordwerkzeug in die Höhe.

„Und der dritte Reiter, Matthias Haller, der für seine furchtbaren Witze ebenso berüchtigt ist wie für seine schädelbrechende Rechte.“

„Ganz recht, ganz recht“, schloss der vierschrötige Kerl mit vor Stumpfsinn dumpfer Stimme.

„Wir alle heißen euch herzlich Willkommen in unserer Stadt – ja, *in unserem Land!*“

Die letzten Worte brüllte von Steelen speichelspeiend heraus, was mir nach dem fast schon sakralen Klang seiner Rede klar machte, dass auch er völlig von Wahnsinn besessen war.

Wie ich sehe, bist du in bester Gesellschaft gelandet!

Ich wollte sie fragen, was sie von uns wollten. Ja, warum sie uns nicht schon längst getötet hatten. Aber um ihnen keinen Anlass zu bieten, sagte ich nur: „Was habt ihr jetzt mit uns vor?“

„Nuuun“, von Steelen machte eine ausschweifende Handbewegung, „da die Pest all die Leute hier dahingerafft hat, brauchen wir neue. Jemand, der den Turm instand hält, kocht, uns bedient. Ihr könnt’ euch tatsächlich glücklich schätzen. Die meisten anderen sind längst tot. Ihr hingegen dürft leben.“

Ich stöhnte. Sie wollten uns zu Leibeigenen machen. Zu Sklaven. Der Tod wäre erträglicher gewesen. An Ketten geschmiedet würden sie uns hier wie Nutztiere halten, bis Baphomet mich schließlich holen und in die Mäuler Luzifers schleudern würde.

„Für den Jungen finden wir vielleicht noch anderweitige Verwendung – Thor, du stehst doch auf solche Jünglinge, nicht?"

Als Thor Weiler und Matthias Haller ins Innere traten, gab Weiler dem Jungen einen beiläufigen Klaps auf den Po. „Lang nichts mehr zwischen die Beine gekriegt, der Thor."

Auch wenn Simon sich in keinster Weise rührte, noch nicht einmal seine geschürzten Lippen erbebten oder seine Augen feucht zu schimmern begannen, konnte ich spüren, wie er innerlich Todesqualen litt.

Baphomet hatte recht gehabt.

Als ob es nicht schon genug wäre, hatte ich durch meinen Leichtsinn auch noch das zerstört, was vom Leben des Jungen übrig geblieben war. Ich hätte niemals mit ihm ins Pestland aufbrechen dürfen. Ich Narr, ich unbeschreiblicher Narr.

Sie drängten uns in den Turm. Traten uns in die Nieren und gaben uns Hiebe auf die Hinterköpfe.

Ich musste meine Wut hinunterschlucken. Durfte sie nicht angreifen. Sie würden mich auf der Stelle töten. Und Simon wäre allein.

Das Erdgeschoss des Turms musste eine Lagerhalle gewesen sein, in der beschlagnahmte Waren aufbewahrt wurden und der Zollaufseher an seinem Schreibtisch saß und Buch führte. Wenn hier einmal Ordnung geherrscht hatte, so war von dieser nichts mehr zu sehen. Umgestürzte Kisten, zertrümmerte Bretter, Tonscherben und Essensreste bestimmten das Bild. Ein langgezogener Tisch stand quer im Raum. Auf ihm herrschte ein Chaos aus Weinkrügen, Bechern, Knochenresten und Plündergut; Abendmahlspokale, Talare, Zinnbesteck, versilberte Kerzenständer, Schmuck aller erdenklichen Art. Von der Decke hingen an langen Ketten und Seilen Schweinehälften, Pökelfleisch und Säcke. Ich meinte sogar, aus einem der Säcke würde eine rote Flüssigkeit auf die Tischplatte tropfen.

„Na komm schon, beweg dich!"

Dirk packte mich im Nacken und stieß mich vorwärts. Während er mich wegbeförderte, behielten die anderen Simon in der Halle. Malträtierten ihn lachend und schubsten ihn herum. Mehr konnte ich nicht sehen. Dirk drängte mich eine Treppe hinauf, die an der kreisrunden Wand der Halle entlangführte. Sie hatte kein Geländer, womit der Aufstieg dem auf einer schmalen Bergpiste glich. Je höher wir kamen, desto mehr verhallten Simons Schreie.

Die Treppe führte zu einer Falltür, durch die wir in das ehemalige Wohngemach des Zollaufsehers traten. Es diente den Räubern nun als Schlafkammer; eine nach Bier und Schnaps stinkende Gärkammer, voll von Fellen und Decken.

Nun war es eine Leiter, die weiter hinaufführte. Der Räuber zückte ein Messer, durchschnitt meine Fesseln und bedeutete mir, die Sprossen hinaufzusteigen. Ich nickte nur. Widerstand war zwecklos. Ich stieg durch die Luke am Ende der Leiter und befand mich in Dunkelheit.

Dirk zog die Luke zu und verriegelte sie. „Wir holen dich, wenn wir dich brauchen", hörte ich noch dumpf seine höhnische Stimme. Dann seine schweren, sich entfernenden Schritte.

Ich befand mich in der Dachkammer des Turms. Durch vier sich gegenüberliegende Fenster, so schmal und hoch wie Schießscharten, fiel schwaches Mondlicht. Im Gegensatz zu den übrigen Räumen war die Kammer bis auf einen irdenen Nachttopf und eine strohbefüllte Matratze leer. Erschöpft ließ ich mich darauf nieder. Die Verzweiflung pochte in meinem Kopf. Meine müden Augen schmerzten.

Aus der Tiefe hörte ich dröhnendes Lachen, das Scheppern von Geschirr, immer wieder Simons durchdringende Schreie.

Fieberhaft sann ich darüber nach, wie ich ihn und mich aus dieser misslichen Lage befreien konnte. Doch so sehr ich mich auch mühte, meine Gedanken drehten sich im Kreis, verfingen sich ineinander und wurden unentwirrbar.

Ich habe dich bereits erwartet, Lucien.

Ich sah auf. Der Schrecken zerfetzte mich und ließ mich zurückzucken. Nur wenige Fuß von mir entfernt, gehüllt in Finsternis, saß Baphomet. Die Silhouette seines gehörnten Kopfes zeichnete sich pechschwarz gegen das Halbdunkel ab.

Mit dem ersten klaren Gedanken kehrte auch wieder Ruhe in mich zurück: Er war nicht hier, um mich mitzunehmen. Nein, nicht hier. Nicht jetzt.

Es widerstrebt mir, dich durch die Hand dieser ungewaschenen Unholde sterben zu lassen. Der Tod eines Erzverräters muss stets ein Symbol sein: Judas richtete sich selbst. Brutus und Cassius wurden zerstückelt von den Legionen. Nein, Lucien, hier und jetzt wirst du nicht zugrunde gehen.

„Wie? Was soll geschehen?"

Du wirst sehen. Deine Retter sind bereits auf dem Weg. Nur denke ich nicht, dass du ausgerechnet auf diese gehofft hast.

Baphomet stimmte ein bedrohliches Lachen an, das für einen Moment den gesamten Dachstuhl ausfüllte und schließlich überging in ein Kläffen.

Alessio!, schoss es mir durch den Kopf.

Als ich wieder in die Finsternis starrte, war Baphomet verschwunden. War er in die Dunkelheit übergegangen oder diese in ihn? Eine seltsame Frage. Ich wischte sie aus meinen Gedanken wie ein Traumgespinst.

Das Bellen erklang erneut. Schwach und heiser, aber unverkennbar Alessio. Ich sprang auf, lief von Fenster zu Fenster, um den Brackenhund zu erspähen. Unter mir hörte ich wütende Rufe. Etwas wurde umgeworfen. „Alessio!", peitschte Simons panischer Schrei über den Lärm hinweg.

Endlich erspähte ich den Hund. Er lauerte auf der Gasse vor dem Turm, den Kopf in den Nacken gelegt, jaulend und bellend. Ich war erstaunt. Das Tier musste in kürzester Zeit eine gewaltige Strecke zurückgelegt und unserer Fährte nachgegangen sein. Allerdings würde seine Aufopferung ebenso sinnlos wie traurig sein. Gegen Martin von Steelen und seine Männer konnte er nichts ausrichten.

Ich hörte, wie die Tür aufgestoßen wurde. Mein Blickwinkel ließ allerdings nicht zu, dass ich sehen konnte, wer aus ihr trat. Noch bevor ich die Räuber aber vor die Augen bekam, ertönten Schreie. Dann das Klirren aufeinandertreffender Klingen. Unmerklich trieb ich meine Fingernägel in den Mauerputz. Da unten musste ein Kampf vor sich gehen. Das Bellen Alessios, der weiter vor den Kämpfenden stand, unterlegte Schwerterklirren, Stöhnen und Schreie. Wer griff die Räuber an? Die Männer mussten sich neben der Tür versteckt und darauf gewartet haben, dass von Steelens Leute hinauskamen, um den Hund zum Schweigen zu bringen.

Ich hörte schnelle Schritte.

„Lucien? Wo bist du?“ Simons atemlose Stimme. Er musste während des Kampfgetümmels die Treppe hinaufgestürmt sein. Guter Junge. Ich hämmerte gegen die Luke. „Hier oben! Schnell! Klettere die Leiter hinauf und lös den Riegel.“

Wenig später kündigte ein Klicken an, dass sich die Luke nun öffnen ließ. Ich zerrte sie in die Höhe und das schummrige Kerzenlicht des Schlafsaals flutete herein. Simon war die Leiter bereits wieder hinuntergestiegen. Seine Lippen waren aufgeplatzt und das Blut verklebte sein Kinn. Der Kittel hing in Fetzen von seinen Schultern herab. Er sah jämmerlicher aus als jemals zuvor. Schnell stieg ich die Leitersprossen hinab und kam auf dem staubigen Bretterboden zum Stehen. „Wer greift die Räuber an?“

„Keine Ahnung. Ich konnte nur sehen, dass sie edle Rüstungen tragen. Vollkommen aus Metall. Einer von ihnen ist anscheinend ein Maure. Ich bin sofort losgerannt, als der Kampf begann.“

Ich ballte die Fäuste. Schluckte. Mir kam eine beunruhigende Ahnung.

Was habe ich gesagt, Lucien? Was habe ich gesagt?

„Wir müssen sofort verschwinden.“

„Brauchst du dein Schwert?“, fragte Simon.

„Nein. Wir müssen uns hinausschleichen. Wenn es die Burschen sind, die ich befürchte, habe ich ihnen selbst mit *Saint Épée* nichts entgegenzusetzen.“

„Wir müssen Alessio mitnehmen!“

„Ich weiß.“

Den Blick bereits auf die Tür zur Halle gerichtet, fuhr ich Simon durchs Haar. Ich trat auf die Treppe und spähte hinab. Gleichzeitig hörte ich eine bekannte, sonore Stimme, unterlegt vom Schwung des Italienischen: „Er möge mir sagen, ob er je einen Mann gesehen hat, der sich als Mönch verkleidet und Lucien de Courogny nennt.“

„Nie gehört …“

Martin von Steelen saß auf einem ledergepolsterten Thron, weiß Gott, woher die Räuber ihn erbeutet hatten. Ein Krieger in einer blutverschmierten Plattenrüstung stand hinter der Lehne und hatte den Arm um von Steelens Hals geschlungen, damit er nicht aufstehen konnte. Ich hielt nach den anderen Räubern Ausschau und entdeckte die Leichen von Thor und Dirk an der Tür. Zwischen ihnen stand der Sarazene, von dem Simon gesprochen hatte. Den Krummsäbel hatte er immer noch erhoben, so als rechnete er weiterhin mit Angreifern.

Pietro di Tremante, päpstlicher Legat und persönlicher Vollstrecker von Clemens VI., umkreiste den Thron, die Hände auf dem Rücken verschränkt. Er trug einen Brustpanzer mit silbernem Relief, darunter eine rote Tunika aus edlem Samt. Ein Spitzbart zierte sein massiges Kinn und die polierte Glatze schimmerte im Kerzenlicht.

„Wenn er weiterhin seine Pflicht als Christenmensch verweigert und dem päpstlichen Legaten keine zufriedenstellenden Antworten gibt, müssen ihm Schmerzen zugefügt werden."

Di Tremantes Gewohnheit, nie das „Du" oder „Ich" zu benutzen, wurde sicherlich in manchen Kreisen verspottet. Aber ebenso sicher nur dann, wenn es ausgeschlossen war, dass ihm der Hohn zu Ohren kommen könnte. Denn seine Gefährlichkeit bestand nicht nur darin, dass er die Bibel sowie sämtliche päpstliche Bullen und Schriftsätze auswendig konnte, sondern dass er nicht davor zurückschreckte, sie stets zu seinen Gunsten zu interpretieren. Wer ihn zum Feind hatte, hatte somit gleich das gesamte Recht und Gesetz der Römischen Kirche gegen sich.

„Jetzt hör mir mal zu", sagte von Steelen. Er schien ein viel zu geübter Redner zu sein, um seiner Stimme die Angst anmerken zu lassen. Aber dass er sie hatte, da war ich mir sicher. Ich hatte schon von deutlich stärkeren Männern gehört, die vor Pietro di Tremante winselnd in die Knie gegangen waren. „Ich bin auch Priester, ein Mann der Kirche, so wie Ihr. Glaubt mir, von einem Lucien habe ich noch nie gehört. Aber ich habe einen komischen Kerl gefunden, zusammen mit diesem Jungen ..." Von Steelen blickte sich um. „Der Junge ... der Junge, wo ist er hin?"

Auch di Tremantes Männer suchten die Halle ab. Ich musste hier verschwinden, bevor ihre Blicke auf mich fielen.

„Da ist er!"

Wie von dem donnernden Ruf betäubt, blieb ich versteinert stehen. Der Sarazene hatte sein Krummschwert ausgestreckt, die Spitze genau auf mich gerichtet. Die anderen zwei Gefolgsmänner des Legaten stürmten die Treppe hinauf, drei Stufen auf einmal nehmend.

„Lucien, lauf!“ Simon stand hinter mir. Noch immer rührte ich mich nicht. Von der Gewissheit erfüllt, nicht entkommen zu können, ganz egal, wie schnell ich lief oder wie erbittert ich kämpfte. Die beiden Geharnischten hatten von Krieg und Wetter gegerbte Gesichter, glühende Augen, lange Haarmähnen – zwei Dämonen in der Rüstung des Vatikans. Sie packten mich an den Oberarmen, grinsend vor Zufriedenheit. Für sie war die Hetzjagd nach mir endlich beendet. Einer von ihnen zerrte mich die Treppe hinab, während der andere sich auf die Jagd nach Simon machte, der zurück in das obere Stockwerk geflohen war.

„*Extra ecclesiam nulla salus*“, schwadronierte di Tremante. „Lucien de Courogny befindet sich wieder in den Händen der Heiligen Mutter Kirche, bereit, ihr das wiederzugeben, was er ihr vor langer Zeit gestohlen hat.“

„Ich habe euch nichts gestohlen.“ Ich versuchte, mich aus dem Griff des Geharnischten loszureißen. „Zumindest nichts, was ihr nicht schon vorher gestohlen hättet.“

Di Tremante verzog keine Miene, weder zeigte sein aufgedunsenes Gesicht Triumph, noch Verachtung oder gar Hass. Gemessenen Schrittes ging er auf mich zu und mir stieg sein Geruch nach Rosenwasser und Weihrauch in die Nase.

„Die Kirche stiehlt nicht. Sie nimmt sich nur zurück, was schon längst ihr gehörte. Lucien de Courogny ist einen Handel mit ihr eingegangen, aber dabei hat er nicht nur die Templer, sondern auch die Heilige Mutter Kirche betrogen und bestohlen. Nun, nach über vierzig Jahren, kann endlich Gottes gerechter Zorn auf ihn niederfahren.“

„Ich habe den Jungen!“ Der andere Geharnischte kam die Treppe herab, Simon an den Haaren hinter sich her ziehend. „Was machen wir mit ihm?“, fragte er auf Italienisch.

„Gott habe Gnade mit dieser erbarmungswürdigen Kreatur!“, sagte di Tremante, nachdem er Simon einen kurzen Seitenblick gewidmet hatte. „Er soll hier zurückgelassen werden, auf dass seine Seele Frieden finden möge.“

Der päpstliche Gardist nickte und ließ Simons Haarmähne los. Der Junge sackte auf den Steinboden und blieb dort benommen liegen. Unter einem Kläffen stürmte Alessio durch die Tür, eilte auf Simon zu und leckte ihm das Gesicht ab.

„Eccellente!“, lachte der Geharnischte, der mich festhielt, und verstärkte nochmals seinen Griff. „Der Kerl mit der verbrannten Fresse hat tatsächlich die Wahrheit gesagt.“

„Kuno …“, flüsterte ich. Pietro di Tremante und seine Männer mussten ihn aufgegriffen und verhört haben. Sicherlich war es für ihn ein willkommener Akt der Rache gewesen, die fünf Recken auf uns anzusetzen.

„Ah!“ Der Gardist stieß mir in den Rücken. „So, wie das klingt, warst du es, der ihn so zugerichtet hat. Kein Wunder, dass er so bereitwillig alles ausgespuckt hat.“

„Ganz im Gegensatz zu diesem Fährmann“, schwatzte der Sarazene, der nun endlich seinen Krummsäbel weggesteckt hatte, „der hat noch nicht einmal geredet, kurz bevor wir ihn im Fluss ertränkt haben.“

„Gott möge seiner Seele gnädig sein.“ Der Kämpfer, der Simon aufgegriffen hatte, bekreuzigte sich mit einem spöttischen Grinsen.

Ich schäumte vor Wut, schluckte sie aber notgedrungen herunter und stieß stattdessen ein stilles Gebet für Charon aus.

Nun ist er es, Lucien, der über den Styx gefahren wird. Hin, hin ins Land der Trauer.

„Noch zu dieser Stunde muss der Aufbruch nach Avignon erfolgen“, verkündete di Tremante, dessen kraftvolle Stimme dazu geschaffen war, Befehle zu geben. „Der Papst selbst will Lucien de Courogny sehen.“

„Gut, ihr habt ja, was ihr wollt“, brachte Martin von Steelen hervor, der unter dem Würgegriff des Geharnischten hinter ihm kaum noch Luft bekam.

„Bevor wir allerdings aufbrechen“, fuhr der päpstliche Legat fort, „muss ein falscher Priester, der sich selbst als solcher denunziert hat und auf schändliche Weise die Worte des Herrn missbraucht, mit dem Zorn Gottes belegt werden.“ Seelenruhig zog sich der Legat seine Lederhandschuhe an. „Deswegen ist es nach den Beschlüssen der letzten Konzile nur angebracht, ihm die Zunge herauszuschneiden, auf dass er nicht mehr gotteslästerliche Worte hervorbringen möge.“ Ohne den sich windenden und schreienden von Steelen zu beachten, verließ di Tremante den Turm. Der Geharnischte, der den Räuber festhielt, zückte sein Messer und machte sich daran, ihm den Mund aufzuklemmen. Der Sarazene trat herbei, um ihm zu helfen. Als ich zur Tür hinausgezerrt wurde, hörte ich hinter mir von Steelens gellende Schreie.

Simon wollte mir nachrennen, aber einer der Männer verpasste ihm einen Tritt, der ihn wieder zurück auf den Boden beförderte. Wimmernd blieb er dort liegen, während ich immer weiter von ihm fortgestoßen wurde.

Vor der Tür schlug mir die ungehemmte Kälte der Nacht entgegen. Über ihre Flanken stürmte bereits das Gleißen des Morgens, der Kern ihrer Finsternis aber blieb unberührt. Auf der Treppe lag die Leiche von Matthias Haller. Achtlos trat der Geharnischte sie zur Seite und führte mich die Stufen hinab, vor denen bereits die Pferde der Fünf warteten. Allesamt Schlachtrösser, mit kräftigen Sehnen und edlen Häuptern, kein Vergleich zu den Kleppern der Räuber. Auf ihren Rossharnischen prangte das Wappen Clemens VI.. Der Papst hockte in Avignon immerzu zwischen zwei Feuern, um sich auf diese Weise vor den Ausdünstungen der Pest zu schützen. Seine berüchtigten Bankette und Jagden gehörten damit aller Wahrscheinlichkeit nach zunächst der Vergangenheit an.

Es war das zweite Mal in dieser Nacht, dass ich bäuchlings auf einen Pferderücken geschmissen wurde. Auch jetzt war es nicht weniger unangenehm. Während sich der Geharnischte hinter mir in den Sattel schwang, hörte ich aus dem Zollturm ein klägliches, unartikuliertes Jaulen.

Der Sarazene und die beiden anderen Gardisten traten aus der Tür. Der Gardist mit der schwarzen, glänzenden Lockenflut hielt voller Triumph einen blutigen Lappen in die Höhe.

„Disgustoso! Er möge es wegwerfen“, befahl di Tremante angewidert. „Sein Verhalten ziemt sich nicht – es ist unchristlich.“

16.

Wir verließen Berka in westliche Richtung, aber selbst die mächtigen Schlachtrösser konnten die Strapazen des Galopps nicht ewig aushalten. So legten di Tremante und seine Männer am Rande eines kleinen Birkenhains eine Rast ein.

Sie fesselten mich mit den Händen an einen der Baumstämme. Ihre christliche Nächstenliebe hatten sie anscheinend nicht gänzlich vergessen, denn der schwarzhaarige Gardist versorgte mich mit verdünntem Wein und hartem Brot. Anscheinend sollte ich Clemens VI. nicht halb verhungert unter die Augen treten.

Derweil feierten die Kirchenmänner ihren Jagderfolg. Auf einem Lagerfeuer brieten sie Hühnerfleisch aus ihrem Proviant, tranken Wein – selbstverständlich unverdünnt – und erzählten sich Anekdoten.

Nur der Sarazene entsagte Rebensaft und Geselligkeit. An den Birkenstamm mir gegenüber gelehnt, ließ er mich nicht aus seinen dunklen Augen.

Selbst wenn ich nicht immerzu von ihm bewacht worden wäre, hätte ich keinen Fluchtversuch gewagt. Wie weit wäre ich jetzt auf meinen müden Beinen gekommen, gejagt von diesen Kriegern?

Mir blieb nur zu hoffen, dass sich im Verlauf der Reise nach Avignon noch eine günstigere Gelegenheit bieten würde.

Meine Gedanken wanderten immer wieder zu Simon. Würde es ihm gelingen, allein mit seinem Hund nach Duisburg zurückzukehren? Hoffentlich kam er nicht auf Idee, mich zu suchen oder gar weiter nach Kleve zu ziehen. Aber der Junge sollte klug genug sein, um zu wissen, dass das blanker Wahnsinn war.

Was sollte ich von dem Jungen halten? Niemand hatte es verdient, in solchen Zeiten zum Mann zu reifen. Aber er schien gegen die Hiebe, die ihm das Leben versetzte, bestehen zu können, wenn auch nicht ohne Blessuren. Seine Verteidigung schien dabei aus seinem Glauben und seinem Hund zu bestehen. Wobei Alessio wohl eher für die Erinnerung an seine Eltern stand. An gute Zeiten.

Pietro di Tremantes Stimme riss mich aus meinen Gedanken.

„Arda bin Nabil, lasse mich mit dem Häretiker allein.“

Der Sarazene nickte ihm zu. Mit den gemächlichen Schritten eines Mannes, der um seinen Platz in der Welt wusste, ging er zum Lagerfeuer davon.

Lautlos wie ein Kater hatte sich der päpstliche Legat genähert. Nun ging er vor mir in die Hocke, um auf gleicher Augenhöhe zu sein.

„Wo ist er?"

Ich wandte das Gesicht ab „Keine Ahnung, wovon du redest."

„Die Kirche hat ihre Informationen. Alles deutet darauf hin, dass die Templer ihn Lucien de Courogny übergaben, damit dieser ihn versteckt. Was hat er mit ihm getan? Verkauft an Hehler? Versteckt? Wo ist er?"

„Die Kälte scheint dir deine Sinne geraubt zu haben", spie ich hervor. Den Mut zu solchen Angriffen brachte ich nur auf, weil ich genau wusste, dass di Tremante mich nicht töten oder verstümmeln durfte, solange ich nicht dem Papst unter die Augen getreten war.

„Er möge sich unterstehen, kirchliche Autoritäten zu beleidigen."

Wieder blieb die Tonlage des Legaten unverändert. Selbst seine Mimik veränderte sich nicht, auch wenn ich dies in der Dunkelheit der Nacht nicht ganz ausmachen konnte.

Du weißt nur zu genau, wo er ist, Lucien. Warum hast du nicht an ihm genippt? War dies selbst dir zu heilig?

Ja, dachte ich, selbst der Häretiker und Verräter Lucien de Courogny hat noch so etwas wie Ehrfurcht.

„Willst du von ihm trinken, Pietro?", fragte ich mit der Wut von vierzig Jahren Verfolgung. „Deshalb fragst du mich doch schon jetzt, bevor der Papst mich sieht. Damit du ihn dir unter den Nagel reißen kannst. Damit du mächtig wirst. Warum all dieser Ehrgeiz? Willst du an seine Stelle treten? Willst du Papst werden?"

Pietro di Tremante starrte mich an. Zum ersten Mal nahm ich in seinem Gesicht eine Regung wahr. Ich konnte es mir auch nur eingebildet haben, aber es schien, als flog über seine Miene ein Ausdruck der Trauer.

Er versetzte mir einen Schlag in die Magengrube. Meine Eingeweide zogen sich zusammen und der Schmerz trieb mir die Tränen in die Augen. Dann wandte er sich ab und ging zurück zum Feuer.

Trotz des Schlags währte für einen Moment Triumpfgefühl in mir. Ich hatte anscheinend seinen wunden Punkt getroffen. Schnell trug es allerdings die Verzweiflung davon und drangsalierte mich wieder mit Fragen. Wie sollte ich entkommen? Was war mit Simon? Und wie sollte ich Pietro di Tremante erklären, dass das, wonach er suchte, wohl schon längst verloren war?

Am nächsten Morgen riss mich Arda bin Nabil mit einem Schwall Flusswasser aus meinem unruhigen Schlaf.

Bevor ich auch nur zu Atem kommen konnte, warfen sie mich über den Rücken von einem der Rösser.

Über brachliegende Äcker und vorbei an verlassenen Dörfern ritten meine Wächter immer weiter hinaus aus dem Pestland. Die Morgensonne übergoss die Ebene mit fahlem Licht, tänzelte auf den Rüstungen der Geharnischten und auf dem Tau im Gras.

„Enfin! Ich werde meine Frau wiedersehen“, sprach zum ersten Mal der Gardist, der von Steelen die Zunge herausgeschnitten hatte und gab sich so als Franzose zu erkennen. Nach langer Zeit traf ich mal wieder auf einen Landsmann – die Umstände für solch eine Zusammenkunft hatte ich mir allerdings deutlich angenehmer vorgestellt.

„Wenn die nicht schon längst mit einem anderen abgehauen ist, André!“, höhnte der Italiener und wollte gerade aus seinem Lederschlauch trinken, da sirrte etwas durch die Luft. Der Pfeil hämmerte gegen die Schulterplatte des Recken, worauf dieser halb vor Schreck und halb vor Schmerz den Schlauch fallen ließ. Sofort zückten die Männer ihre Schwerter und rissen die Zügel ihrer Rösser herum. Der Maure brüllte etwas auf Arabisch. Weitere Pfeile prasselten auf die päpstlichen Gesandten nieder, zerbrachen aber knackend an ihren Rüstungen. Nun konnte ich hinter uns ein Rattern und Poltern hören, unterlegt von wildem Gebrüll.

Ich verdrehte den Kopf, um sehen zu können, was sich uns da näherte. Was ich sah, ließ meine Augen weiten. Sprachlos, das Herz vor Hoffnung gegen die Rippen donnernd, starrte ich auf das Gefährt, das über den Weg auf uns zu rumpelte. Gezogen wurde es von zwei Ackergäulen mit struppigen Mähnen. Vor ihre Köpfe und ihre Brustkörbe hatten die Tiere Leisten gespannt, die vorn mit Nägeln und Stacheln besetzt waren.

Auf der Kutsche stand ein halbes Dutzend Gestalten, bewaffnet mit Bögen und Schleudern. Unablässig feuerten sie Geschosse auf di

Tremante und seine Geharnischten ab, auch wenn sie von den Rüstungen der Männer abprallten.

Was mich aber am meisten erstaunte, war der Junge, der auf dem Kutschbock stand: Simon hielt ein für ihn viel zu großes Schwert empor. Es konnte nur *Saint Épée* sein. Unter dem Gewicht der Waffe ging er beinahe in die Knie. Die Zügel selbst hielt eine Frau in Händen. Ihr kupferrotes Haar wehte im Wind. Ihre gellenden Rufe klangen hell und klar aus dem übrigen Getöse heraus.

„Presto! Presto!“ Di Tremante schwang sein Kurzschwert. „Diese Wahnsinnigen werden die Schar noch aufreiben. Reitet!“

Die päpstlichen Häscher trieben ihre Pferde zur Eile an. Die Tiere wieherten und sprengten mit schäumenden Mäulern über den Weg, aufgeschreckt von dem seltsamen Gefährt. Die Pfeile sausten weiterhin über uns hinweg, prallten klirrend gegen Rüstungen oder bohrten sich ins Erdreich. Dies hier war die Gelegenheit – ich musste die Unruhe nutzen. Mein Reiter konzentrierte sich völlig auf das Halten der Zügel und wandte oft den Kopf, um nach neuen Geschossen Ausschau zu halten. Als er ihn gerade wieder umgedreht hatte, stieß ich mich bäuchlings vom Rücken des Pferdes ab.

Das Aufschlagen auf dem Boden war schmerzvoller, als ich erwartet hatte. Die Hände gefesselt, hatte ich keine Möglichkeit, mich zu schützen.

Mit voller Wucht krachte ich mit dem Brustkorb voran auf den Pfad und rollte mich über ihn ab. Meine Rippen fühlten sich an, als hätten sie sich allesamt nach innen gebogen. Ich konnte nur noch flach atmen. Kurz wurde mir schwarz vor Augen. Mühsam drehte ich mich auf den Rücken und sah nach rechts. Di Tremante und seine Männer hatten die Pferde angehalten und wollten zu mir zurückkehren.

Ich wandte den Kopf nach links und sah, dass der Wagen schon viel näher war als die Reiter. Die Frau zog die Zügel an und die beiden Gäule kamen zum Stehen. Sofort schwangen sich zwei Männer vom Gefährt und eilten auf mich zu. Der eine war ein schmächtiger Jüngling, der andere ein Hüne von bärenhafter Gestalt, der Vollbart und die Lockenmähne silbern schimmernd. Er hielt einen Speer umklammert, dessen Spitze mit Widerhaken besetzt war. Der Jüngling zerschnitt meine Fesseln, griff mir unter die Achseln und zog mich zur Kutsche, während sich der Mann vor uns aufbaute und mit dem Speer ausholte. Di Tremante und seine Gefolgsleute preschten genau auf uns zu, ungehindert von den Pfeilen und Steinen, die auf sie niedergingen. Das Hufgetrampel ließ die Erde unter mir vibrieren.

Unter einem kehligen Brüllen schleuderte der Alte den Speer auf die Reiter. Die Waffe trudelte geradewegs auf den Italiener zu. Im Gegensatz zu den übrigen Geschossen prallte er nicht vom Brustpanzer des Kriegers ab. Mit all seiner Wucht bohrte er sich in die Brust des Häschers und riss ihn aus dem Sattel. Da sein linker Fuß noch immer im Steigbügel hing, zog sein Ross durch das Gewicht des über den Boden schleifenden Körpers nach links, mitten in die Bahn der Übrigen. Ihre Pferde scheuten zurück und sie mussten anhalten. Nun waren sie zudem so nah, dass die Treffer der Wurfgeschosse zunahmen. Der Franzose wurde an der Schläfe getroffen und schrie wutentbrannt auf, die Faust geballt.

All dies verschaffte dem Jüngling die nötige Zeit, mich zur Kutsche zu bringen. Mit Hilfe der anderen Leute auf dem Gefährt stemmten sie mich auf die Ladefläche. Ich wurde auf eine Decke gelegt, mein Blickfeld beschränkte sich auf den Himmel, über den das Inferno der Morgendämmerung hereingebrochen war.

Ertönt nun, wo die Gestirne in Flammen stehen, die Posaune des ersten Engels?

Durch das Ruckeln hörte und spürte ich, dass die Kutsche sich wendete. Pietro di Tremantes Rufen drang zu mir heran, zum ersten Mal klang er tatsächlich zornig: „Diesmal mag er entkommen sein! Doch die, auf denen Gottes Zorn lastet, werden niemals ruhen, sich niemals sicher fühlen können! Das hier war nicht das letzte Mal!"

Auch wenn ich ihn genauso wenig mag wie du, Lucien, recht hat er.

Dem Gewirr aus di Tremantes und Baphomets Stimme folgte endlich die von Simon: „Sie fliehen! Der Legat und seine Helfer fliehen!"

Er sprang vom Kutschbock zu mir auf die Ladefläche. Ich hatte mich unterdessen aufgerichtet. Das Schmerzen meiner Rippen hatte nachgelassen. Vermutlich hatte ich mir doch nichts gebrochen.

Simon umarmte mich. Ich drückte seinen schwachen, hageren Körper an meinen. Erkannte, dass er das Letzte war, was mir noch Halt gab. Der Junge löste sich von mir und überreichte mir *Saint Épée.*

Erleichtert hielt ich wieder den ehernen Schwertgriff umfasst. Der stets muntere Alessio tänzelte um unsere Füße und kläffte.

„Wie … wie kann das alles sein? Wer sind diese Leute?“, fragte ich und sah in die Runde.

Erst jetzt stellte ich fest, dass es bis auf den Jüngling und den bärigen Alten allesamt Frauen waren. Sie trugen zerschlissene Kleider, einige von ihnen sogar Hosen anstatt Röcke, was ich äußerst anstößig fand. Die Haare hatten sie sich entweder kurzgeschnitten oder zu Zöpfen geknotet. Eine Blässe ruhte auf ihren Gesichtern, die ihre ausgemergelten Wangen nur noch mehr zur Schau stellte. Aus ihren Augen sprach eine Härte, die ein unruhiges Kribbeln in meinem Nacken hervorrief.

„Nachdem du und die Reiter weg wart, sind sie aufgetaucht. Sie sind bewaffnet in den Turm gestürmt und waren völlig überrascht über mich und die toten Räuber“, erklärte Simon.

„Wir wollten diese Schweinehunde, diese drecksverdammten, ein für alle Mal ausrotten“, fuhr der Silberhaarige fort, während er mit einem Dolch den Dreck unter seinen Fingernägeln wegkratzte. „Das hätten wir schon viel früher machen sollen, aber unsere glorreiche Anführerin wollte ja warten …“

Er streckte mir die Hand entgegen.

Als ich sie schüttelte, stellte er sich vor: „Adalbert, Besitzer der Eisenminen nördlich von Berka – oder eher von dem, was noch von ihnen übrig ist.“

„Lucien de Courogny.“

„Ah, ein Franzose!“ Adalberts Lachen war so, wie ich es erwartet hatte – wie das Jagdgebrüll eines Bären.

Seine Worte verwirrten mich jedoch; wer war ihre Anführerin? Was hatte es mit der Truppe auf sich? Ich beugte mich zu Simon und raunte ihm zu: „Dafür, dass dieses Land verlassen sein soll, ist ziemlich viel Volk auf den Beinen.“

Adalbert ignorierte mein Flüstern. Wenn es ihm aufgefallen war, so besaß er anscheinend jene Art ungezwungener Freundlichkeit, die oft gerade raubeinigen Gesellen wie ihm zu Eigen war. Er überspielte meine Unhöflichkeit mit Neugier: „So, Lucien, mich würd’s doch zum Henker nochmal interessieren, wer du und dein Junge seid. Vor allem, wer waren die Kerle, die euch da ans Leder wollten? Die hab’n die vier Apokalyptischen auseinandergenommen, bei Gott, ich bin froh, dass mein Speerwurf gesessen hat." Seine Augen begannen zu glänzen, als sie über die Klinge von *Saint Épée* glitten. „Aber vor allem, woher habt ihr dieses verteufelt edle Schwert?"

Ich schluckte. Wie gottesfürchtig waren Adalbert und die Frauen? Sie hatten uns gerettet – doch dies hier könnte sich auch schnell wieder zu einer Rettung nach der Art der vorigen entwickeln, wenn ich ihnen erzählte, was meine Vergangenheit war. So beschloss ich, ihnen eher von dem zu berichten, was wir vorhatten: „Dies ist der Enkel von Daniel Aumann", ich deutete auf Simon, „dem Gehilfen des Alchemisten von Kleve. Dieser kam nach Duisburg, wo er uns kurz vor seinem Tod davon berichtete, dass der Alchemist auf der Burg von Kleve ein Mittel gegen den Schwarzen Tod gefunden hat."

Adalbert starrte mich an, die dunstblauen Augen allerdings mehr von Traurigkeit als Überraschung durchtränkt.

„Ein Ende der Seuche … so sehr ich es mir auch für die Christenheit herbeisehne, mir ist es gleich. Ich habe bereits alles verloren, was sie mir noch nehmen könnte."

In keinster Weise erinnerte seine Stimme noch an einen Bären. Eher an einen verletzten Wolf, zusammengekauert zwischen dem Wurzelwerk einer Eiche.

Die Kutsche hielt unvermittelt. Ihre Insassen mussten sich an den Seitenverkleidungen festhalten, um nicht umzufallen.

„So, das ist weit genug!" Die Frau mit dem Kupferhaar sprang vom Kutschbock. „Der Junge und der Franzose – sofort absteigen!" Ihr rigoroser Ton sagte mir nicht nur, dass jegliche Widerrede zwecklos war, sondern auch, dass es sich bei ihr anscheinend um die Anführerin handelte.

Nachdem wir uns kurz angeblickt hatten, leisteten Simon und ich Folge und stiegen von dem Gefährt. Die Kutsche stand etwas abseits des Weges kurz vor einem Hain aus Trauerweiden. Das Morgenlicht brach in Streifen zwischen den peitschenartigen Ästen hervor und beleuchtete das Gesicht der Anführerin. Golden schimmerten die feinen Härchen ihrer Brauen, die sich herrisch über die Mandelform ihrer Augen schwangen. Ihre Nase verlief so gerade wie eine Schwertklinge und mündete in volle Lippen, zwischen denen ihre weißen

Schneidezähne hervorsahen. Sie war das Erhabenste, was ich seit langer Zeit erblicken durfte.

„Zieht eure Gewänder aus!“, befahl sie.

Ich glaubte, mich verhört zu haben, und runzelte die Stirn. „Wozu das?“

„Macht schon!“, sagte sie mit einem scharfen Unterton und las einen Stock vom Boden auf. Simon gab als Erster nach und streifte sich seinen dreckigen Kittel ab, entblößte die bleiche Haut seines Oberkörpers, unter der die Rippen deutlich hervortraten. Ich seufzte und tat es ihm gleich. Als ich meine Tunika neben mich ins Gras geworfen hatte, sah ich hinab an meinem von den Blessuren und Prellungen der letzten Stunden verfärbten Körper. Erschrocken heftete sich mein Blick auf ein Zeichen auf meiner Brust. Erst meinte ich, es sei ein Pentagramm, bei näherer Betrachtung erkannte ich allerdings, dass es deutliche Unterschiede aufwies. Es war ein schwarzer Stern, umgeben von einem Kreis.

Als ich mich das letzte Mal nackt betrachtet hatte – das musste noch vor meiner Pesterkrankung gewesen sein – war das Zeichen noch nicht dagewesen. Stand es mit der Pest in Zusammenhang? Ich konnte mir nicht erklären, woher es kam. In einem Anfall von Panik strich ich über meine Brust, versuchte es wegzuwischen, als wäre es Schmutz. Aber es verschmierte nicht, wurde auch nicht blasser. Das Symbol schien tief in meine Haut verwoben zu sein.

„Was machst du da?“ Die Anführerin starrte mich an.

„Dieses Ding, dieses Zeichen – auf meiner Brust –, siehst du es nicht?“

„Da ist nichts, kein Zeichen.“

Mehrmals piekste sie mit dem Stock auf die Stelle. „Eine Pestbeule scheint dort auf jeden Fall nicht zu wachsen.“

„Ich habe es noch nie zuvor gesehen“, sagte ich mürrisch. Ich hatte einmal von einem Kaufmann gehört, dass die Menschen im Orient sich mit Henna Zeichen auf die Haut malten. Ich musste das Symbol unbedingt genauer untersuchen. Jetzt aber galt es, zu überstehen, was auch immer die Anführerin mit uns vorhatte.

Du erkennst, Lucien, langsam erkennst du. Aber dafür ist es ein wenig zu spät, findest du nicht? INVERS, SREVNI! STELLA – the star, the star of enlightenment is shining. But it is too late to stop me, Marcel!

Ich runzelte die Stirn. In was für einer wirren Dämonensprache redete Baphomet mit mir? Ich verstand kein Wort, obwohl der Klang der Worte mir auf entfernte Art bekannt vorkam.

Eine der Frauen kicherte, wohl nicht nur über mein Gehabe, sondern auch über unsere Nacktheit. Fröstelnd und verlegen standen Simon und ich da.

„Mein Name ist Anna von Rill“, sagte die Anführerin, als sie in genau bemessenem Abstand um uns herumlief. „Bleibt da, wo ihr seid!“

Sie musterte mit wachsamen Augen unsere Hüften und Hälse. Unvermittelt schlug sie mir mit dem Stock gegen meine Lenden. Wut und Schmerz ließen mich aufschreien. „Verdammt, was soll das?“

„Seid ihr blöde, dass ihr das nicht erkennt? Ich untersuche euch auf die Pest!“, gab sie zurück und machte weiter.

„Heb’ die Arme, Junge!“

Simon streckte die Gliedmaßen in die Höhe und sie musterte seine Achselhöhlen. Sie nickte zufrieden und wiederholte die ganze Prozedur bei mir. „Ihr zeigt keine Anzeichen des Schwarzen Todes.“

„Dann kann ich mich ja wieder anziehen“, sagte ich giftig, als ich meine Tunika vom Boden auflas.

„Das könnt ihr.“ Sie wandte sich ab und wollte zur Kutsche zurücklaufen.

„Was hättet ihr eigentlich getan, wenn wir die Seuche gehabt hätten?“ Simon hatte seinen Kittel bereits wieder übergezogen.

Anna drehte sich mit bebenden Lippen zu ihm um. „Dann hätte ich euch auf der Stelle getötet.“

17.

„Setz dich zu mir auf den Kutschbock, Lucien!“

Anna von Rill hatte die Zügel aufgenommen und ließ sie über die Rücken der Ackergäule schnellen. Gerade als die stämmigen Tiere lostrotteten, schwang ich mich neben sie auf die Holzbank.

„Euer Gespräch mit Adalbert habe ich mitgehört. Auch wenn ich nicht glaube, dass es tatsächlich ein Heilmittel geben sollte, will ich die Hoffnung wahren und euch unterstützen.“ Wieder diese flüchtige Trauer, die sie unruhig auf der Bank hin und her rutschen ließ. Sie trug eine Hose aus gebeiztem Leder, die deutlich die Form ihrer schlanken, muskulösen Beine erkennen ließ. Über ihr Wams waren mehrere Gürtel gespannt, in die Wurfmesser und Dolche gesteckt waren. Das kupferrote Haar umrahmte ein Gesicht von fast adliger Blässe, dominiert von wachsamen grauen Augen.

„Bist du eine Herzogin? Gar eine Ritterin?“ Im Gefühl der Sicherheit war ich sogar wieder zu Witzeleien fähig.

„Nein“, gab sie zurück, während sie sich darauf konzentrierte, das Gefährt wieder auf die Straße zu lenken. „Ich versuche nur, zu überleben.“

„Das Gefühl hatte ich weniger, als ihr nur mit Frauen, Alten und Jünglingen die apokalyptischen Reiter angreifen wolltet. Wo sind eure Männer?“

„Sie sind allesamt tot. Vom Schwarzen Tod entrissen, als sie aus der Mine ausgezogen sind, um in die Stadt zu gehen, um nach Überlebenden oder Essbarem zu suchen.“

„Wie bitte?“ Ich erinnerte mich daran, dass Adalbert sich als Besitzer einer Erzmine vorgestellt hatte. „Ihr lebt unter der Erde?“

Anna nickte und lehnte sich zurück. Der Wagen war nun wieder auf dem Feldweg und sie brauchte weniger auf das Leiten der Tiere zu achten. Von Wind zerfetzte, graue Wolkenfelder zogen über den Himmel und verschluckten immer wieder das Licht der Morgensonne. Ich befürchtete, sie würden Regen mit sich bringen.

„Ein Pestarzt kam in unser Dorf – damals, als uns die Seuche noch nicht erreicht hatte“, erzählte Anna. „Er sagte, der Schwarze Tod wäre durch eine ungünstige Konstellation der Gestirne entstanden, die einen üblen Dunst über der Welt verbreitet – ich glaube, er nannte ihn Miasma. Man könne sich vor ihm schützen, indem man tief in die Erde geht, wo einen die schlechte Luft nicht mehr erreichen kann."

„Und warum seid ihr dann hier draußen? Warum haben die Männer die Mine verlassen?" Ich hielt nicht viel von der Theorie, ebenso wie von der Behauptung, man könne den Schwarzen Tod durch Aderlass bekämpfen.

„Irgendwann gingen die Vorräte zu Neige. Wir mussten das Risiko eingehen. Allein auf Gottes Gnade vertrauen. Die ersten Männer kamen gesund zurück. Es muss der vierte gewesen sein, der die Seuche mit sich brachte. Er hat nur einen seiner Freunde angesteckt, dann konnten wir ihn …" Sie brach ab und schluckte. Spie aus und warf ihr Haar zurück. Mon dieu, ich hatte noch nie eine Frau gesehen, die sich so sehr wie ein Mann verhielt.

„… dann konntet ihr ihn töten", vollendete ich ihren Satz. „Das muss auch der Moment gewesen sein, in dem ihr erkannt haben müsst, dass die Pest nicht durch irgendein Miasma verbreitet wird."

„Bewegt eure Ärsche, ihr verfluchten Mistviecher!", brüllte sie den Gäulen zu, dann wandte sie den Kopf wieder zu mir: „Ja. Wir erkannten, dass sie wohl vom einen Menschen auf den anderen übergeht. Dadurch fühlten sich die übrigen Männer erst recht dazu ermutigt, die Mine zu verlassen. Von ihnen kehrte kaum einer zurück – und die, die zurückkehrten, untersuchten wir so gründlich, wie wir es bei euch taten."

„Bis nur noch die Frauen, Alten und die Jungen übrig waren …"

„So ist es." In der Art, wie sie das Gesicht von mir wegdrehte, spürte ich, dass dies noch nicht die volle Wahrheit war. Trotzdem hakte ich nicht weiter nach, sondern ging auf etwas anderes ein: „Wieso führst du eure Schar an und nicht Adalbert – er ist doch sogar Besitzer der Mine?"

„Adalbert mag zwar ein Hüne mit den Kräften eines Bären sein, aber er ist alt und gebrochen. Er wollte nicht die Verantwortung für uns alle übernehmen – also habe ich es getan." Sie kratzte sich zwischen den Beinen und zog die Nase hoch.

„Dein Benehmen ist mehr als unüblich, wenn ich das so sagen darf."

„Wenigstens werde ich nicht von den Männern der Kirche verfolgt – über dein Benehmen will ich besser erst gar nichts wissen."

Geschlagen senkte ich den Kopf. „Ich … ich kann alles erklären", sagte ich kleinlaut.

„Oh, davon bin ich überzeugt", lachte sie und trieb die Ackergäule zur Eile an.

Damit schien für sie das Gespräch beendet zu sein. Ich stieg vom Kutschbock auf die Ladefläche und hockte mich neben Simon, den die übrigen Frauen mit lieben Worten und Streicheln über die Wangen zu beruhigen versuchten. Eine hatte ihm sogar eine Birne gegeben, die er bereits zur Hälfte aufgegessen hatte. Die Frucht war so reif, dass der Saft über seines ganzes Gesicht spritzte, als er erneut in sie hineinbiss.

Ich zerzauste ihm das Haar. „Es ist ein Wunder, dass wir beide diese Nacht überlebt haben."

„Fast könnte man wieder an die Güte des Herrgotts glauben", schmatzte Simon.

„Hört, hört!", meldete sich Adalbert zu Wort. „Ich habe selten einen so jungen Knaben gesehen, der schon solch gotteslästerliche Worte von sich gibt. Allmählich kann ich mir vorstellen, warum die Kirche euch auf den Fersen ist."

„Warum habt ihr dann nicht ihnen geholfen, statt uns?", fragte ich neugierig.

Bevor Adalbert antworten konnte, erhob Anna die Stimme. Wieder musste sie vom Kutschbock aus die ganze Zeit zugehört haben. „Ihr beiden schmächtigen, harmlosen Gestalten wirkt nicht gerade wie gefährliche Häretiker – ganz im Gegensatz zu diesen schwerbewaffneten Bluthunden. Ich suche mir die Leute, denen ich helfe, nicht nach ihrer Gottesfürchtigkeit aus."

Sie klopfte neben sich auf den Kutschbock und ich setzte mich erneut neben sie. „Zudem schickten mich meine Eltern in ein Nonnenkloster. Ihr ganzes Erspartes haben sie dafür aufgebracht. Dabei hätten sie doch meine viel fügsamere, jüngere Schwester nehmen sollen …"

Ich grinste. „Der Mutter Oberin hast du es wohl nicht leicht gemacht."

„Schon nach einem Jahr entließen sie mich."

Als sie lachte – es war das erste Mal, dass sie so etwas wie Unbeschwertheit zeigte – entblößte sie ein vollständiges Gebiss. „Nachdem sie ohne Wirkung versucht hatten, mich durch Fasten, Schweigegelübde und tagelange Gefangenschaft in meiner Zelle gefügig zu machen. Ich habe mich immer eher wie ein … Mann gefühlt."

„Das ist unnatürlich. Und das ist gefährlich."

Sie funkelte mich an. „Ich habe nicht das Gefühl, dass du derjenige bist, der über solche Dinge urteilen sollte."

Wie recht diese kleine Teufelsgespielin doch hat. Nicht wahr, Traditor?

Ein gereiztes Schweigen währte zwischen uns, während der Wagen über die Straße holperte, vorbei an trostlosen Äckern, auf denen sich Krähenscharen breitgemacht hatten und die Samen aus der Erde pickten. Es wurde erst wieder gebrochen, als Anna die Kutsche von der Straße weg auf einen schmalen Pfad lenkte. „Das ist der Weg zur Mine. In wenigen Momenten sind wir da."

„Wo befinden wir uns jetzt?"

„Im Norden von Berka, auf der Strecke nach Xanten, der alten Römerstadt. Wenn ihr der Straße dorthin folgt und von der Stadt aus weiter gen Norden reist, erreicht ihr schon bald Kleve."

Ich nickte. Wir waren also wieder auf unserem Reiseweg. Wir waren unserem Zielort sogar näher als zuvor.

„Wie lange können wir bei euch bleiben?"

„Solange ihr wollt. Erwartet allerdings keine allzu große Gastfreundschaft. Unsere Vorräte sind immer noch knapp. Das einzige, was wir zur Genüge haben, ist Platz zum Schlafen."

Müdigkeit und Schmerz ummantelten meine Knochen wie Blei. Ich blutete aus unzähligen kleinen und größeren Schürfwunden und Schnitten. Auch Simon sah mehr als mitgenommen aus. Wir würden zumindest den Tag über bleiben. Vielleicht sogar die Nacht über. Schließlich könnte sie wieder genauso schlimm werden wie die letzte.

Ein kaum spürbarer Nieselregen hatte eingesetzt. Ich steckte den Kopf in den Kragen meiner Kutte und musste blinzeln, als mir einige Tropfen in die Augen fielen. Anna lachte mich aus. Sie genoss den Schauer – wohl seit Tagen in der Mine auf Regen wartend – und legte den Kopf in den Nacken, um die Erfrischung zu empfangen. Vielleicht eine Spur zu auffällig starrte ich auf die Tropfen, die die Bahn ihres gestreckten Halses hinabrannen und in ihrem Ausschnitt verschwanden.

Grinsend nickte sie nach vorn. „Du solltest deinen Blick lieber dorthin richten. Die Mine ist bereits zu sehen."

„Nun, ähm … ich …" Mich im Nacken kratzend sah ich zum Ende des schmalen Feldwegs. Der Hügel, der sich dort erstreckte, war umgeben von mehreren grob gezimmerten Unterständen. Ich erkannte Werkzeuge, Holzlatten und zu hüfthohen Haufen aufgeschichtete Erzbrocken. Alles wirkte, als wäre es gerade eben zurückgelassen worden. Als würden die Arbeiter jeden Moment zurückkehren, um die Joche ihrer Ochsen mit Säcken voll Erz zu behängen. Fast meinte ich, aus dem Schacht, der unter die Erde führte, ihre gellenden Flüche und den hellen Gesang ihrer Spitzhacken zu hören.

Aber hier ist nichts, Lucien. Kein einziger Laut. Nur das Säuseln des Regens und das ferne Krächzen einer Krähe.

Ich schluckte. Sie sind alle tot, dachte ich.

Zum ersten Mal stellte ich mir die Mine als ein gewaltiges Grab vor.

18.

Anna umwickelte einen Kiefernscheit mit grobem Stoff, den sie mit Harz aus einem kleinen Lederschlauch übergoss. Diese Fackel entzündete sie an einer anderen, fast heruntergebrannten, die den Eingang der Mine ausleuchtete.

„Die Fackeln brennen nicht immer – der Ruß macht uns sehr zu schaffen. Stellt euch also auf Dunkelheit ein. Aber keine Angst, die Augen gewöhnen sich daran."

Ich lief mit ihr und den anderen voraus. Nur Simon blieb zurück, weil Alessio sich sträubte, das Gewölbe zu betreten. Zitternd und leise winselnd saß der Hund auf dem steinigen Grund.

„Nun komm schon, kleiner Freund!"

Simon kraulte ermutigend den Nacken des Tieres, aber der Bracke blieb standhaft.

„Nimm ihn einfach auf den Arm", seufzte ich. „Ich will endlich schlafen."

„Scher dich um deine eigenen Angelegenheiten." Simons Stimme war von einer bösartigen Schärfe, die ich so noch nie von ihm gehört hatte. Er hob Alessio unter einem Ächzen auf. Trotz des schummrigen Lichts konnte ich erkennen, wie er mich anfunkelte.

Ohne ein weiteres Wort machte ich kehrt und versuchte kopfschüttelnd, zu Anna und den anderen aufzuschließen, viel zu müde und erschöpft, um ihn zurechtweisen zu wollen. Es war Simons zweites Aufbegehren nach dem Ereignis mit der vermeintlichen Hexe. Er würde noch früh genug lernen, wohin ihn sein jugendlicher Zorn führen würde.

Die Luft wurde immer schlechter, wohl einerseits durch den Ruß der Fackeln, andererseits durch all die Menschen, die hier auf engstem Raum zusammenlebten.

Zu den anderen hatte ich schnell aufgeschlossen. Adalbert hielt ein Lächeln für mich bereit, aber es schien nicht mehr so befreit wie noch auf der Kutsche. Hier unten lasteten Enge und Finsternis wie Bleigewichte auf seinen Mundwinkeln und es schien ihm Schmerzen zu bereiten, sie hochzuziehen.

Er breitete die Arme aus „Es möge Friede sein in deinen Mauern und Glück in deinen Palästen – Willkommen in unserer bescheidenen Behausung!“

Wir befanden uns nun in einem langgezogenen, hohen Tunnel. An den mit Balken gestützten Wänden stapelten sich Kisten und Fässer, Decken und allerlei Gerümpel. Mehrere große Schritte von uns entfernt erstreckte sich eine grob gezimmerte Tafel, auf der ein karges Mahl bereitet war.

Im flackernden Zwielicht erkannte ich Pökelfleisch und einige Scheiben Brot, Zwiebeln und eine dünne Suppe. Am Tisch saßen vornehmlich Kinder, behütet von mehreren alten Frauen. Das sorglose Geplapper und Gekicher der Kleinen klang nach all den Stunden des Schweigens und der Schreie wie der Gesang von Engelschören.

„Ihr könnt im Tunnel direkt links hinter dem Tisch schlafen. Zwei Lager sind dort bereits aufgeschlagen – vor zwei Tagen sind sie noch benutzt worden.“ Anna hatte gesprochen, während sie zur Tafel gelaufen war. Das Gesicht von uns abgewandt, die Worte kaum hörbar.

Gebettet unter den Decken von Toten – passend, findest du nicht auch, Lucien?

„Mama!“

Ein kleines Mädchen schwang sich unbeholfen von seinem Schemel, rannte auf Anna zu, umarmte ihre Knie und schmiegte sein Gesicht an ihren Bauch. Liebevoll strich ihr Anna durch das verfilzte, kurze Haar.

„Na komm, Agnes, lass deine Mutter erst mal zufrieden und sich ausruhen.“ Adalbert hieb dem Mädchen eine seiner Pranken auf die Schulter. „Oder füll’ mir meinen Bierhumpen auf, damit du wenigstens was Sinnvolles zu tun hast.“ Die gekünstelte Fröhlichkeit in seinen Worten schmerzte mich fast mehr als Annas Trauer.

Agnes löste sich von ihrer Mutter und hockte sich wieder auf ihren Schemel. Kurz sah Anna ihr nach, dann glitt ihr Blick zurück zu uns. Sie biss sich auf die Lippen, knetete mit den Fingerspitzen die Ärmel ihres Untergewandes.

„Ich hoffe, ihr werdet euch so wohlfühlen, wie es hier möglich ist. Brecht auf, wann immer ihr wollt.“ Sie senkte das Kinn auf die Brust. „Entschuldigt mich.“ Sie wandte sich ab und entschwand in einen der Schächte.

„Mama!“ Agnes wollte wieder von ihrem Schemel aufstehen, aber Adalbert, der sich an das Kopfende des Tisches gesetzt hatte, hielt sie zurück. „Mama muss allein sein, Liebes.“

Simon streckte sich neben mir. „Ich gehe ins Bett“, sagte er unter Gähnen. „Was ist mit dir?“

Mein Magen knurrte beim Anblick der Speisen auf dem Tisch schon länger. Zudem wollte ich Adalbert noch einige Fragen stellen. „Geh nur, ich komme später. Hol dir Schlaf, du wirst ihn brauchen.“

„Entschuldige meinen Ausbruch von vorhin. Ich … ich bin nicht ganz ich selbst. Das Ganze hier …“ Simon räusperte sich und verzog den Mund.

„Ich verstehe schon.“ Ich winkte ab. „*Ego te absolvo.*“

Dass gerade du das sagen musst …

„Danke.“ Simon nickte und bedeutete seinem Hund, ihm zu folgen. „Komm schon, Alessio!“

Als Simon aus dem Hauptschacht verschwunden war, suchte ich mir einen Platz am Tisch. „Kann ich mich hier hinsetzen?“ Die Augen auf Adalbert gerichtet, deutete ich auf einen Platz nahe des Kopfendes.

Das halbe Gesicht des Alten verschwand hinter seinem Humpen und sein Adamsapfel hüpfte bei jedem Schluck. „Mach nur!“, sagte er, als er das Gefäß abgesetzt und sich Bierschaum vom Bart gewischt hatte.

„Willst du auch was?“, fragte er, nachdem ich mich auf der bedenklich knarrenden Bank niedergelassen hatte. „Gottverdammt, das einzige, was wir im Überfluss haben, ist Bier. In einer Mine darf es an dem Gesöff nie mangeln. Und jetzt gibt’s ja keine Männer mehr, die es trinken könnten.“

Ich schüttelte den Kopf und blickte auf die Bergkette ineinander zerlaufenden Kerzenwachs, die sich über die Mitte der Tischplatte zog und aus der noch vereinzelt brennende Dochte wie Leuchtfeuer herausragten. „In meiner Lage darf ich es mir nicht erlauben, meinen Verstand zu benebeln.“

Adalbert lachte und seine Wangen liefen rot an. „Und in meiner Lage darf ich es mir nicht erlauben, noch klaren Verstandes zu sein. Fast glaube ich, Gott hat die Gerste einzig für diese Zeiten erschaffen. Nach drei Bechern vergisst man fast, dass alle Freunde bereits der

Schwarze Tod geholt hat – und man selbst nur noch darauf wartet, dass man die Beulen unter den eigenen Achseln entdeckt." Er nahm einen tiefen Schluck aus seinem Humpen.

Die Kinder um uns herum waren verstummt. Einige sahen mit großen Augen zu dem alten, grauen Mann am Kopfende. Die Frau, die immerzu um die Kleinen herumschwirrte, schüttelte ihr silberbehaartes Haupt und ihre Entnervtheit ließ mich vermuten, dass sie es in Adalberts Anwesenheit schon oft tun musste. „Kommt, Kinder, ich werde euch weiter vorlesen", sagte sie mit einer zarten Stimme, die im völligen Gegensatz zu ihren schroffen Gesichtszügen stand. Unter dem Scharren von Stuhl- und Hockerbeinen verschwand die Schar zusammen mit der Frau.

„Die gute Schwester Cäcilia", sagte Adalbert in seinen Bierhumpen, aus dem seine Stimme hohl hervordrang. „Meint immer, ich würde die Kinder verstören mit meinem Gerede. Recht hat sie ja. War in demselben Kloster, in dem auch Anna war. Gut, dass wir sie haben. Sehr gut. Liest den Kindern etwas vor. Lenkt sie ab." Er unterdrückte einen Rülpser, musste husten und klopfte sich auf die Brust.

„Du solltest weniger trinken." Ich hatte die Holzplatte vor mir freigeräumt und piekste mit dem Messer Reste von den anderen Tellern auf, um sie auf ihr zu sammeln.

„Trinken! Weniger trinken!" Er lachte so laut, als hätte ich einen Witz gerissen, und schüttete sich Bier nach. „Trinken ist das einzige, wozu ich noch von Nutzen bin – davon abgesehen, irgendwelche Gotteskrieger abzuwerfen. Anna kümmert sich doch um alles." Er breitete die Arme aus. „Früher gehörte diese Mine mir. Die Menschen haben gearbeitet, ich habe dafür gesorgt, dass die Tunnel nicht eingestürzt sind und wir das Erz an den Meistbietenden verkauft haben. Die Leute haben gesungen, wenn sie zur Arbeit kamen, gesungen!" Er legte den Kopf in den Nacken und leerte den Humpen in einem einzigen Zug. „Ich habe schon lange nicht mehr gesungen", sagte er, als er ihn weggestellt hatte.

So hatte ich mir das Gespräch mit Adalbert nicht vorgestellt. Ich aß eine Brotkrume, die ich mit Sülze bestrichen hatte, und sagte schmatzend: „So eine Frau wie Anna habe ich noch nie erlebt."

Adalbert goss die letzten Tropfen Bier aus dem Krug in seinen Humpen. „Als hier alles zusammenbrach, war sie die einzige, die

Ruhe bewahrte. Die uns führte. Verflucht nochmal, die überhaupt etwas tat. Die Pfaffen und Ritter sind aus den Landen geflohen, so schnell konntest du nicht gucken. Pah! Predigen Gottvertrauen und sind dann die ersten, die sich vor Angst bepissen und ihre Schäfchen hier allein zum Sterben zurücklassen." Um seine Worte zu unterstreichen, hämmerte er mit dem Humpen auf die Tischplatte und erhob den Zeigefinger.

„Aber Anna, Anna ist geblieben. Ist ganz wie ihr Vater, der Alte von Rill. Verarmter Adeliger, dem ein Gehöft hier in der Nähe gehört hat. Sie hat den Rat von einem Quacksalber befolgt, der uns sagte, wir sollten uns unter der Erde verkriechen." Als er die letzten Schluck Bier trank, verschüttete er die Hälfte auf seine massive Brust. „Jetzt hocken wir hier wie die Hasen in ihrem Bau. Anna geht's auch immer schlechter. Hast ja gemerkt, wie düster sie ist. Seit sie ihren Mann töten musste."

Ich verschluckte mich an einer Silberzwiebel und hustete. „Sie hat ihren Mann getötet?", fragte ich ungläubig, als ich wieder Luft bekam.

„Ja, ihren Endris. Sie hat 'n immer herumkommandiert, aber geliebt hat sie ihn trotzdem. Und wie." Adalbert schüttelte den Kopf. „Endris war einer der Männer, die an die Oberfläche gegangen sind. Als sie zurückkehrten, hörte man ihr Husten schon von weitem. Sind geschlurft und gehumpelt."

Ich schob mein Holzbrett von mir weg. Der Appetit war mir schlagartig vergangen. Ich stützte die Ellbogen auf den Tisch und lauschte dem Alten.

„Wir waren vorsichtig nach dem ersten Mal. Anna stand da mit Pfeil und Bogen, oben am Eingang. Endris kam auf sie zu, wollt' sie umarmen. Hatte die Beulen schon am Hals. Tränen in den Augen. Sie hat den Bogen gespannt. Ihre Finger hab'n nicht gezittert, obwohl Tränen über ihre Wangen liefen. Hat ihren Endris abgeschossen, ein Pfeil durch den Hals … das ist aus uns geworden, mein Freund. Die Frauen müssen ihre Gatten töten, um zu überleben."

Er vergrub das Gesicht in den Händen, senkte den Kopf über den Tisch. Es wirkte, als würde sein Körper unter den massiven Schultern erdrückt werden. Jetzt wusste ich, woher die Trauer in Annas Augen stammte. Adalbert hatte recht – was war nur aus uns allen geworden? Hier, inmitten des Pestlands, schien die größte Geißel des Schwarzen

Todes nicht mehr der Tod zu sein, sondern der Wahn, der ihm nachfolgte.

Ich erhob mich von der Bank. Für einen Moment legte ich meine Hand auf die Schulter von Adalbert. Versuchte, ihn mein Bedauern spüren zu lassen.

„Ich habe lange nicht mehr gesungen“, murmelte er in die Stille hinein. „Singst du mit mir, mein Freund?

Da wollen wir nit zaghaft sein,
bring mir noch ein volles Glas,
heda Wirt, vom besten Wein,
Dort aus dem größten Fass ...“

Die fröhlichen Reime klangen aus seinem Mund wie ein Totengesang, dumpf und leer. Mein Herz verkrampfte sich unter ihnen. Ich versuchte mich daran zu erinnern, wie man singt und tanzt, wie man die Welt im Rausch der Musik vergisst. Die Bilder von den Abenden in der Großen Halle meines Vaters flackerten in mir auf. All die Stimmen, all die Instrumente, all das Lachen. Für immer verstummt.

Was jetzt noch blieb, war die dumpfe Stimme eines alten Mannes, die sich in der Leere eines Stollens tief unter der Erde verlor.

„Mir ist nicht nach singen, es tut mir leid.“ Ich wandte mich zum Gehen. „Ich lege mich schlafen.“

Adalbert wirkte, als hätte ich ihn aus einem tiefen Schlaf gerüttelt. „Schlafen? Ach ja! Ja, das solltet ihr tun. Ich werde besser auch mal. Hier unten verliert man so schnell das Gefühl für Tag und Nacht. Manchmal weiß man gar nicht mehr, ob man schläft oder wach ist. Ob man lebt oder schon tot ist.“

Seine Stimme verkam zum Flüstern und sein Gesicht hing tief über der Tischplatte, umhangen von seinen matt silbrigen Haarsträhnen. Ich drehte noch einmal den Kopf zu ihm um, wusste aber nichts zu sagen. Ich öffnete den Mund, schloss ihn wieder und verließ den Stollen.

Der Tunnel, in dem Simon und ich schlafen sollten, fraß sich tief in den Erdboden. Die Stützpfeiler bogen sich unter der Last der Gesteinsmassen über ihnen. Auch die Fackeln, die in metallenen Haltern an den Stollenwänden steckten, wurden immer seltener.

Manchmal musste ich wie ein Blinder vorantappen, die Händc an der Wand und unter den Stiefeln loser Schutt und rollende Steinchen, über die ich zweimal beinahe stolperte. Am Rande des Tunnels, eingewickelt in eine dutzendfach geflickte Decke und mit dem schnarchenden Alessio neben sich, lag Simon und murmelte leise im Schlaf.

Eine Strohmatratze oder eine weitere Decke für mich konnte ich nicht ausmachen, also vermutete ich, dass mein Lager im hinteren Teil des Stollens war. Ich wollte weitergehen, da vernahm ich, dass Simons Murmeln lauter wurde.

„Nein, nicht!“ Er warf sich herum und die Decke glitt von seinem Körper. „Lass mich! Du bist böse, du bist ein Monster. Verschwinde aus mir! Du hast keine Macht, keine …“ Er schrie und seine Glieder zuckten wie unter Peitschenhieben hin und her. Ich trat zu ihm heran und ging in die Knie. Alessio war aufgesprungen und leckte Simons Hand. Aber wie schon beim letzten Mal endete das unheimliche Schauspiel völlig schlagartig. Simon war noch nicht einmal aufgewacht. Ich strich ihm einige der schweißnassen Haarsträhnen aus dem Gesicht und besah ihn voller Sorge. Als auch Alessio seine Ohren wieder senkte und sich einrollte, machte ich mich weiter auf die Suche nach meinem Schlafplatz.

Der Tunnel endete in einer kreisrunden Höhle, die vom flackernden Licht einer einzigen Fackel erhellt wurde. Ich sah eine Strohmatratze, eine fleckige Decke und einen Nachttopf. Seufzend setzte ich mich auf die Matratze, stützte die Ellbogen auf die Knie und atmete durch. Froh darüber, endlich den stinkenden Kleidern zu entkommen, zog ich mich aus und stapelte Kutte, Stiefel und Hemd neben meinem Lager. *Saint Épée* steckte ich griffbereit unter die Matratze. Es war also der Tag, von dem ich nun hoffte, Schlaf zu erhalten.

Ich zog die Decke bis zur Brust, bettete meinen Kopf auf die Handflächen und schloss die Augen.

Hahaha!, drang Baphomets Stimme durch meinen Kopf. *Hier unten verliert man so schnell das Gefühl für Tag und Nacht. Manchmal weiß man hier unten gar nicht mehr, ob man schläft oder wach ist. Ob man lebt oder schon tot ist.*

In der Finsternis hinter meinen Lidern meinte ich, einen fahlen Halbmond leuchten zu sehen.

Manchmal weiß man hier unten auch gar nicht mehr, wer Freund und wer Feind ist.

Ich riss die Augen auf.

Eine Gestalt stand nur wenige Schritte vor meinem Schlafplatz, eine Fackel in der Hand. Ich schrak zusammen. Krallte eine Hand in die Decke. Griff mit der anderen nach dem Heft von *Saint Épée.* Aber am Kopf des Unbekannten konnte ich keine Hörner erkennen. Als der Schatten dann die Stimme erhob, zerstob meine Angst sogleich – allein das Herzpochen blieb: „Ich bin es, Lucien!"

Anna hatte sich umgezogen. Sie trug ein schlichtes, weißes Leinengewand, das mit einer Kordel um ihre Hüfte gebunden war.

Obwohl sie mich in der Finsternis wohl kaum erkennen konnte, schlang ich die Decke um meinen nackten Leib. „Was möchtest du?"

„Ich weiß, dass du sehr erschöpft sein musst", setzte sie an. Ihre Stimme klang in keinster Weise mehr so fest wie zuvor. „Aber können wir reden? Nur kurz."

„Worum geht es?"

„Komm einfach mit … bitte."

Sie wandte sich um, anscheinend völlig davon überzeugt, dass ich ihr folgen würde.

Unter einem Seufzen verließ ich die warme Bettstatt und zog meinen Kittel über.

War ich tatsächlich so berechenbar?

„Wo führst du mich hin?"

Anna schien meine Frage nicht gehört zu haben. Immer tiefer stieg sie in die Stollen herab. Ich folgte dem Licht ihrer Fackel wie einem Irrlicht.

Auf einmal hielt sie an und kniete nieder. Sie streichelte ein Bündel und zog etwas an ihm zurecht. Erst auf den zweiten Blick erkannte ich, dass es ihre Tochter war, die sich in eine Decke gewickelt hatte.

„Das mit deinem Mann. Du hast mein Mitgefühl."

„Pssst", flüsterte sie, „nicht hier. Agnes schläft."

Sie lief noch einige Ellen weiter, bis der Schacht in eine kreisrunde Höhle mündete, so groß wie das Innere einer Kate. Auf einem stümperhaft zusammengezimmerten Tisch lagen ein Krug und mehrere Pergamentblätter, beleuchtet vom Schein einer einzelnen Kerze. Daneben lud ein Haufen Decken und Felle zum Schlafen ein.

„Die Vergangenheit sollte bleiben, was sie ist – vergangen." Sie steckte die Fackel in eine gusseiserne Halterung und setzte sich auf das Lager. Der Klang ihrer Stimme ließ keinen Zweifel daran, dass sie kein weiteres Wort über die Begebenheit mit ihrem Mann verlieren wollte. Ich akzeptierte das und fragte: „Warum willst du mit mir sprechen?“

„Ich habe eine Bitte.“

„Simon und ich können nicht viel helfen, befürchte ich.“

„Hör mir doch erst einmal zu! Wenn es dieses Heilmittel wirklich geben sollte und es auch noch gelingt, es zu bergen, dann kommt hier vorbei. Lasst mich und meine Leute an ihm teilhaben.“

Ich malmte die Kiefern aufeinander. „Im Moment bin ich froh, wenn wir Kleve überhaupt in einem Stück erreichen. Es gibt so viele Unwägbarkeiten …“

Sie knetete ihre Hände, während sie zu mir aufsah. Ihre Augen schimmerten. „Sagt mir einfach, dass ihr wiederkehrt, falls ihr Erfolg habt. Ich weiß, es ist die vageste aller Hoffnungen, aber sie ist alles, was uns hier noch bleibt.“

Ihr Blick wanderte hinaus in den Schacht. Aller Wahrscheinlichkeit nach dachte sie an Agnes. „Zumindest sie willst du vor dem Schwarzen Tod retten“, sagte ich.

Sie nickte. „Wenn ich in ihr Gesicht sehe, erkenne ich Endris jedes Mal in ihr wieder. Natürlich spüre ich dann Trauer, aber gleichzeitig auch neuen Mut. Weil er in ihr fortbesteht.“

„Wir werden wiederkehren. Darauf gebe ich dir mein Wort als Edelmann. Auch wenn dieses nicht mehr viel zählt.“

Endlich lächelte sie einmal, was ihre Züge noch engelsgleicher wirken ließ. „Ich bin auch eine Adelige, aber mit dem Geld ist auch das Ansehen unseres Hauses verschwunden.“

Ich lehnte mich gegen das klapprige Tischlein, einen Mundwinkel hochgerissen. „Ich habe es ganz allein geschafft, mein Ansehen zu ruinieren. Durch hinterhältigen Verrat. Und das nur für Geld, ironischerweise.“

„Na? Hat es sich für den Reichtum gelohnt?“

Ich schüttelte den Kopf. „Wenn ich könnte, würde ich alles Geld der Welt dafür geben, diese Schuld los zu werden.“

Aber das wirst du nicht, mein Freund. Mich wirst du niemals los.

„Die Schuld kenne ich. Endris hätte die Mine auf gar keinen Fall verlassen dürfen. So viele konnte ich schützen, ihn jedoch nicht.“ Sie zog die Knie an und schlang die Arme um sie. „An Agnes versuche ich diese Schuld abzuleisten.“

„Und ich an Simon“, murmelte ich.

Schweigen legte sich über uns, ein bohrendes, fragendes Schweigen. Einen kurzen Moment streiften sich unsere Blicke. Ich bräuchte nur die Hand ausstrecken, um durch ihr Haar zu streichen.

Bevor ich dieser Versuchung nachgehen konnte, stemmte ich mich vom Tisch los und räusperte mich. „Ich bin sehr erschöpft. Besser, ich lege mich wieder hin.“

Sie nickte bedächtig, den Blick auf einen Punkt gerichtet, den allein sie selbst sehen konnte.

Ich nahm die Fackel aus der Halterung und lief in den Schacht. Dann flüsterte sie hinter mir: „Wirst du in deine Heimat zurückkehren, wenn du es schaffen solltest?“

Für kurze Zeit schloss ich die Augen. Sah die Burg meiner Familie vor mir und unter ihr die schier unendlichen Wälder voller Wildschweine und Rotwild. „Ja. Ja, das werde ich.“

„Nimm mich mit. Mich und Agnes. Für uns gibt es hier nichts mehr.“

„Ja, ich werde euch mitnehmen“, sagte ich wieder mit trockenem Mund. Auch wenn ich immer noch daran zweifelte, Frankreich jemals wiederzusehen.

Ich lief weiter.

Vage Hoffnungen auf ein besseres Leben. Mehr gab es für uns nicht.

Zurück in der Wärme meiner Bettstatt malte ich mir aus, wie ich mit Simon seine Josefine wiederfand. Wie ich mit Anna durch die Wälder von Courogny ritt. Die Bilder wiegten mich in den Schlaf wie das Lied einer Amme.

Bevor ich ganz weggedämmert war, ließ mich ein Rascheln aufschrecken.

Geschwind schlüpfte Anna zu mir unter die Decke. Dass ich nackt war, schien sie nicht zu stören. Sie drückte sich an mich, schlang die Arme um mich. Ich versuchte, die Hüfte von ihr wegzudrehen, um das Unweigerliche zu verbergen. Durch den Stoff ihres Kleids hindurch spürte ich die Wärme ihres Körpers, die sanften Linien ihrer Hüfte und ihres Busens. Ihr Atem, der nach Hyazinth und Minze roch, prickelte auf meiner Gesichtshaut.

Beinahe hatte ich es erwartet, trotzdem konnte ich noch nicht recht glauben, dass sie wieder zu mir gekommen war.

„Ich … ich verstehe nicht“, hauchte ich. Es war lange her, seit ich das letzte Mal bei einer Frau gelegen hatte. Mein Atem ging so stoßweise wie der eines aufgeregten Jünglings in der Hochzeitsnacht.

Erst als ich zur Antwort nur einen Schluchzer erhielt, wurde es mir klar. Mit zitternder Hand fuhr ich über ihre Wange. Tränen benetzten meine Fingerkuppen. Vorsichtig strich ich sie weg.

Ich umarmte sie, drückte sie an mich. Vergaß die Lust, die glühend in meinen Lenden pulsierte. Mit den Fingerspitzen strich ich über Annas Rücken. Fuhr durch ihr Haar, das sich genauso seiden anfühlte, wie ich es mir vorgestellt hatte. „Die anderen, sie würden es ohne mich nicht schaffen“, wisperte sie. „Ich muss sie immer leiten.“ Sie drückte ihr Gesicht an meine Brust. Schluchzer erschütterten ihren Körper. „Nie kann ich schwach sein.“

„Psssst.“ Ich streichelte sie weiter. „Jetzt kannst du es sein. Ist in Ordnung.“

Sie sah zu mir auf. „Das hier ist kein Frevel an Gott oder meinem toten Mann, oder? Wir … wir …“

Ich nickte mit dem Anflug eines Grinsens. „Nein, wir machen nichts Ehebrecherisches.“

Sie gab mir einen Kuss auf die Wange. „Das hier ist auch noch nicht ehebrecherisch?“

„Nein“, entgegnete ich und küsste sie auf die Stirn. Ich spürte, dass dies hier, die Art, wie ich mit ihr umging, das Richtige war. Es verschaffte mir Befriedigung. Auch ich, der Sünder, der Verräter, war noch dazu in der Lage, so etwas wie Halt zu geben.

Anna schmiegte sich an mich und die Nähe ihres warmen, weichen Körpers befeuerte meine Seele wie ein prasselndes Kaminfeuer. Ich schlang den Arm um sie und schloss die Augen.

19.

Du enttäuschst mich!

Baphomets Stimme ließ die Finsternis erbeben.

Warum legst du nicht Hand an sie? Warum stillst du nicht deine Begierde. Kennst du noch dieses eine Lied? Du magst doch Billy Joel, nicht wahr, Marcel?

They say there's a heaven for those who will wait
Some say it's better but I say it ain't
I'd rather laugh with the sinners than cry with the
saints
the sinners are much more fun ...
you know that only the good die young.

Jetzt verfiel er wieder in diese ebenso seltsame wie auch ein wenig vertraut klingende Dämonensprache. Noch dazu sprach er mich mit diesem fremden Namen an. Marcel. Wer sollte Marcel sein?

Du enttäuschst mich, mein Freund! Dafür musst du bestraft werden!

20.

Lucien! Wach auf!“

Annas Stimme schrillte vor Panik. Blinzelnd öffnete ich die Augen. Spürte, dass der Boden unter uns bebte. Gesteinsbröckchen und Staub rieselten von der Decke. Von irgendwoher gellten Schreie. Sofort war ich hellwach. Fiebrig pumpte das Blut durch meinen Körper. Mein Herz pochte. Ich rappelte mich auf, warf mir die Kutte über und griff nach S*aint Épée.* Für mehr blieb keine Zeit.

Krachend barst einer der Stützpfeiler entzwei und ein Schwall aus Erde und Gestein stürzte in den Stollen. Anna packte meinen Oberarm. „Wir müssen hier raus! Komm schon!“

Wir rannten los. Viele der Fackeln waren bereits aus ihren Halterungen gefallen und erloschen. Diesmal blieb uns nicht die Zeit, uns langsam an den Wänden entlangzutasten und so stolperten wir blindlings in die Dunkelheit. Einmal stürzte ich auf die Knie, Anna half mir aber sogleich wieder auf. Was geschah hier? Wie konnte die Mine so plötzlich einstürzen? Als ich meinte, ungefähr bei Simons Lager angelangt zu sein, rief ich seinen Namen und musste husten, als mir Staub in den Hals geriet. Ich bekam keine Antwort. Noch nicht einmal das Kläffen von Alessio. Herr im Himmel, lass sie geflohen sein. Lass sie schon im Freien sein.

Keuchend erreichten Anna und ich den Hauptschacht. Hier brannten noch einige Fackeln und spendeten zumindest ein wenig Licht. Die große Tafel war von einem riesigen Geröllstück zertrümmert worden. Anna warf den Kopf hin und her. „Die anderen, wo sind sie?“

Ich sah mich um. Trümmer versperrten bereits die Eingänge zu den meisten Schächten. Über das Grollen der Erdmassen hinweg machte ich Flehen aus, Schreie, Schluchzer.

„Wir müssen weiter.“ Ich nahm ihre Hand und wollte den Weg zur Oberfläche einschlagen. Sie riss sich von mir los. „Nein, warte!“

Entschlossen lief sie einige Schritte zurück. „Adalbert!? Wo seid ihr?“

Keine Antwort. Nur das Röhren des Gesteins. Alles erbebte. Schutt rieselte auf mein Haar herab.

Ich steckte den Kopf zwischen die Schultern, fürchtete, dass jeden Moment ein tödlicher Schuttbrocken auf mich niederstürzen könnte. „Komm schon!“ Ich streckte meinen Arm aus. „Vie… vielleicht sind sie schon draußen.“

Wie um mich Lügen zu strafen erscholl kurz darauf Adalberts Stimme, tief aus der Finsternis des Hauptschachts. Schwach, aber immer noch kehlig. „Anna, lauf! Es ist ein Dämon, hörst du mich, ein Dämon!“

Kalte Flammen loderten in mir auf. Eine neue, noch gewaltigere Angst stieg in mir auf. War er es?

„Adalbert …!“, kreischte Anna.

Zur Antwort erklang nur ein dunkles Brüllen, das auf gar keinen Fall menschlich sein konnte, gefolgt von etwas, das entfernt an das Fletschen von Zähnen erinnerte. Anna vergrub das Gesicht in den Händen. Sie schluchzte. Ich trat zu ihr und umfasste ihre Hüfte.

„Hier ist alles verloren“, flüsterte ich und zog sie mit mir. Diesmal folgte sie.

Wir stolperten den bebenden Schacht hinauf. Kaskaden aus Staub und Gesteinsbrocken fielen auf uns herab. Ich hielt mich geduckt und zog den Kopf ein. Anna war von dem Schrecken so überwältigt, dass sie sich kaum auf den Beinen halten konnte. Immer wieder schwankte sie bedrohlich. Ich umfasste ihre Hüfte fester, um sie aufrecht halten zu können. Allmählich gewann die staubige Luft an Frische. Wir mussten der Oberfläche nahe sein. Zwischen all dem aufgewirbelten Dreck hindurch meinte ich, einen Fetzen Nachthimmel zu erspähen.

Ich warf einen Blick zurück. Nur Dunkelheit. Aber von ihr schien eine bedrückende Bosheit auszugehen. So sehr, dass sie mein Herz noch mehr zusammenkrampfte als die Angst. Baphomet musste in der Mine sein. Er oder einer seiner Diener.

Der Schrei eines Kindes gellte aus den Tiefen der Stollen. Sein Schrillen übertönte selbst das Dröhnen der Erde: „Maaamaaa! Mama, wo bist du?“

Anna fuhr sofort herum. Da ich immer noch ihre Hand umklammert hielt, riss sie mich zurück. „Agnes? Agnes, Liebchen! Ich komme!“ Annas Stimme zitterte gleichsam vor Erleichterung und Verzweiflung. Sie wollte ihre Hand aus meinem Griff winden. „Lass mich los, ich muss zu meiner Tochter!“

Unter dem Krachen und Brausen der Erdmassen konnte ich ihr Klagen kaum verstehen. Ich verstärkte meinen Griff. Wenn Anna zurücklief, würde sie es nie mehr aus dem Stollen hinaus schaffen. Es war Irrsinn. Alle meine Kraft stemmte ich in meine Schritte. Versuchte, sie mit mir zu zerren.

Aber sie schaffte es, ihre Hand aus meinen schweißnassen Fingern zu winden, und sogleich stürmte sie los. Zurück zu ihrer Tochter. Zurück in den Stollen. Für einen Moment sah ich noch ihr schimmerndes Haar, dann verschluckte sie vollends die tosende Schwärze.

„Anna! Neeeein!“

Zögernd lief ich ihr nach. Geröll stürzte auf mich nieder. Ich musste die Arme vor mein Gesicht halten. Der Staub ließ mich keuchen.

Ein gewaltiger Schwall Schutt und Erde regnete vor mir nieder, türmte sich auf und versperrte den Tunnel. Es gab kein Weiterkommen. „Anna!“, rief ich ein letztes Mal, erhielt jedoch keine Antwort. Die Wangen von Tränen benetzt, hieb ich mit *Saint Épée* auf die Steine ein und trat sie mit meinen nackten Füßen. Als das Beben noch einmal an Stärke zunahm, fuhr ich herum und rannte davon. Der schwankende Boden ließ mich beinahe straucheln, nur mit Mühe schaffte ich es bis zur Oberfläche.

Ich hatte gehofft, jemand wäre schon vor mir aus der Mine gelangt und würde mir hier mit Trost und Gesellschaft zur Seite stehen. Aber nur der Nachtwind erwartete mich, bauschte meine Kutte auf und umwehte meine nackte Haut. Mir fröstelte es vor Einsamkeit und Trauer.

Taumelnd lief ich weg vom Stolleneingang, aus dem sich nun eine Säule aus Staub gen Himmel wölbte. Ich wollte so viel Platz zwischen den Eingang und mich bringen, wie es meine Erschöpfung erlaubte. Waren Alessio und Simon immer noch irgendwo dort unten, begraben von Felsen und Erde?

An dem Unterstand am Rande des Weges brach ich zusammen. Das Schwert fiel aus meiner Hand. Stöhnend lehnte ich mich gegen einen der Pfosten, zwischen denen die Lederplane gespannt war. Ich dachte an das Gespräch, das ich mit Simon in der Klosterkapelle geführt hatte. Es war erst in der vorletzten Nacht gewesen, dennoch schien es mir, als läge es Monate zurück. Hier und jetzt wäre wieder der richtige Zeitpunkt, um mit dem Beten anzufangen, hatte er gesagt.

Es stimmte. Ich hatte das Verlangen, für Anna zu beten. Kaum etwas wusste ich über sie, hatte sie gerade einmal für einen halben Tag gekannt. Doch nach langer Zeit war sie der erste Mensch gewesen, der mir so etwas wie Liebe entgegen gebracht hatte.

Die Rosen, die ein Erzverräter am Wegesrand findet, verdorren so schnell wie die Speisen auf seiner Zunge zu Staub zerfallen.

Ich ignorierte Baphomets Hohn und faltete die Hände.

„Herr im Himmel“, flüsterte ich, „lasse Anna von Rill Frieden finden in der Mitte derer, die sie liebte. Gib ihr die Güte und Wärme, die ihr diese Welt nicht geben konnte. Lasse deine Hand nun, wo Anna eingezogen ist in das Reich der Toten, schützend über ihrer Seele ruhen. Gib ihr …“ Die Stimme versagte mir. Auch wurde mir immer klarer, dass ich das Gebet zwar für Anna sprach, es aber vor allem meiner eigenen Seele Frieden gab. Ich atmete durch. Versuchte, wieder klare Gedanken zu fassen. Die Mine konnte nicht von selbst eingestürzt sein. Dafür hatten die Stützpfeiler zu stabil gewirkt. Adalbert hatte während seiner letzten Rufe von einem Dämon gesprochen.

War es Baphomet?

Ich konnte es nicht wissen.

Nun musste ich noch mehr auf der Hut sein. Mein Verfolger wollte mir anscheinend keine Rast gewähren.

Ein Bellen ließ mich aufsehen. Mein Herz vollführte Sprünge hinauf bis zu meinem Hals, als ich Alessio auf mich zu rennen sah. Der Brackenhund sauste über den Vorplatz der Mine, hüpfte auf meinen Schoß und leckte mir das Gesicht ab. Ich streichelte sein verfilztes Fell. „He, du hast es aus der Mine geschafft! Dein Herr etwa auch? Entschuldige, aber mein Spanisch ist nicht allzu gut.“

Der Hund tänzelte weiter schwanzwedelnd auf meinem Bauch herum. Ich schob ihn von mir und stand auf. So hoffte ich, ihn dazu bewegen zu können, mich zu Simon zu bringen – falls dieser es denn aus dem Stollen geschafft hatte.

Alessio lief zurück zum Vorplatz der Mine und verharrte dort. Auffordernd sah er zu mir hinauf und kläffte. In der Hoffnung, dass er mich verstanden hatte, ergriff ich S*aint Épée* und folgte ihm.

Er führte mich am Stolleneingang vorbei über die von schartigen Felsen durchzogene Grasebene, die sich hinter ihm erstreckte. Kahle

Pappeln ragten empor wie Mahnmale, erinnerten an die Toten, die jetzt unter ihnen begraben lagen.

Die Wolken waren auseinander gestoben und die Sterne spendeten schwaches Licht. Die bessere Sicht verhinderte aber nicht, dass sich Kieselsteine und Ästchen bei jedem Schritt in meine nackten Sohlen bohrten. Alessio musste immerzu auf mich warten und bellte ungeduldig.

Er führte mich zu einem Pappelhain, zwischen dessen Stämmen ich einen Körper ausmachen konnte.

Schnell lief ich zu den Bäumen und erkannte Simon, der dort auf dem wurzeldurchrankten Boden lag. Er war vollkommen nackt, sein Körper von Kratzern und Schürfwunden überzogen. Nur der silberne Schlüssel zum Laboratorium hing an einem Lederband um seinen Hals. Die Bibel lehnte gegen seine Brust. Er hatte die Augen geschlossen, der Kopf war zur Seite gedreht.

Als ich mich zu ihm hinab beugte, befürchtete ich das Schlimmste. Ich legte meine Hand auf seine Brust und sie erzitterte unter einem regelmäßigen, wenn auch schwachen Herzschlag. Ich atmete erleichtert aus und lehnte mich zurück. Alessio hatte sich neben mich ins Laub gesetzt und wimmerte leise.

Simon musste es mit dem Hund irgendwie aus dem Stollen geschafft haben. Anstatt Anna und mich zu warnen, war er wohl sofort losgerannt. Ich verübelte es ihm nicht. In mir überwog die Freude, ihn lebendig gefunden zu haben.

Ich verpasste ihm einen leichten Klaps auf die Wange, doch er rührte sich nicht. Die Ohnmacht, die seinen Körper ergriffen hatte, saß tief. In Bologna hatte ich einst einen Medicus davon sprechen hören, dass solch ein Geistesschlaf von inneren Verletzungen herrühren konnte. Gut möglich, dass die herabstürzenden Steine Simon auf bedrohliche Weise verletzt hatten. Wenn das der Fall war, musste ich Hilfe finden. Jetzt, nur mit meiner Kutte am Leib, konnte ich ihm nicht helfen. Konnte noch nicht einmal seine Wunden verbinden oder ihm Wasser einflößen.

Auf dem Weg zur Mine hatte Anna gesagt, die Stadt Xanten läge nicht weit entfernt im Norden. Vielleicht lebten auch dort noch Menschen und konnten uns helfen. Zumindest würden wir in den verlassenen Häusern neue Kleidung und auch Verpflegung finden.

Ich sah in den Himmel. Es lag Jahrzehnte zurück, dass mir die Lehrmeister des Tempels gezeigt hatten, wie man sich allein anhand der Sterne orientierte. Nach einiger Suche machte ich das Sternbild des Großen Bären aus. Seine beiden vorderen Sterne weisen geradewegs auf den Polarstern. Ich musste mich schlicht an diesem am hellsten funkelnden Himmelsfleck orientieren, und er würde mich hoffentlich nach Xanten führen.

Simon musste ich wohl oder übel tragen. Ich fuhr ihm durchs Haar, schlang meine Arme dann um seine Schultern und Knie und hob ihn hoch. Sein magerer Körper war leicht, aber ich wusste, dass er mir schon bald unwahrscheinlich schwer vorkommen würde. Was hatte dieser Junge alles durchmachen müssen. Ich war entschlossen, ihm beizustehen. Den Kopf voller Hoffnungen und Gebete, die anscheinend selbst Baphomet zum Schweigen brachten, machte ich mich auf den Weg.

„Der Herr schütze dich“, flüsterte ich und drückte meine Stirn gegen die von Simon. „Wenn nicht er, wer sonst in diesem Land?“

21.

Die Wanderung nach Xanten war der schrecklichste Marsch, den ich je hinter mich brachte. Schon nach wenigen Ellen rissen meine Fußsohlen auf und bei jedem Schritt schien es mir, als würde ich über glühende Kohlen laufen. Wie ich es erwartet hatte, kam mir Simon immer schwerer vor. Ich musste Pausen einlegen, damit mir die Arme nicht völlig den Dienst versagten. Mein Magen schmerzte vor Hunger und meine Zunge wurde rau und trocken wie Sandstein, aber ich hatte keine Speisen und kein Wasser, um mir Linderung zu verschaffen. Der Nachtwind trocknete zwar meinen Schweiß, ließ mich aber die meiste Zeit frieren.

Alessio lief stets mit dem Schwanz wedelnd und bellend voraus. Seine hündische Unbefangenheit belebte mich mit Mut.

Zu gerne hätte ich einen der Ackergäule genommen, die von den Minenbewohnern an die Karre gespannt worden waren. Aber durch die Erschütterungen des Erdbodens war ihr Verschlag eingestürzt und hatte sie unter sich begraben.

Als ich hinter einer Hügelkuppe endlich die Dächer einer Stadt erblickte, die von ihrer Größe her Xanten sein musste, waren meine Füße blutige Klumpen, die Sohlen von Striemen überzogen.

Aus der Mitte der Stadt ragten die Türme eines Doms hervor, ummantelt von Gerüsten. Simon hatte davon gesprochen, dass der Grundstein zu diesem Kirchenbau von Erzbischof Friedrich von Hochstaden im Jahre 1263 gelegt worden war. Er würde, wie auch das Stift der Stadt, dem heiligen Viktor geweiht werden. Nach meiner nacktfüßigen Wanderung fühlte ich mich wie ein Büßer nach jahrelanger Pilgerschaft.

Für dich gibt es nur einen Pilgerpfad, Lucien: Den, der dich in die Tiefen des Orkus führt.

Nein, widersetzte ich mich Baphomet. Für meine Schuld werde ich büßen, das steht außer Zweifel. Aber noch nicht jetzt. Solange ich unter den Lebenden wandle, kann ich sie ausbrennen wie eine blutige Wunde. Reinwaschen können werde ich sie nicht, dafür ist mein Verrat zu groß, aber ich kann dafür sorgen, dass der nagende Schmerz der

Schuld nachlässt. Ich bin zu lange geflohen. Nicht vor dir, Dämon. Auch nicht vor den Verfolgern der Kirche. Sondern allein vor meiner Schuld. Vor mir selbst.

Baphomet schwieg zur Antwort.

Nicht gerade etwas, was er häufig tat.

Trotz meiner zerschundenen Füße legte ich den verbleibenden Weg zur Stadt schnellen Schrittes zurück. Der Nachthimmel hellte fast unmerklich auf, pflasterte meinen Weg mit Zuversicht und Mondlicht. Für einen Moment schaffte ich es, die Leichenberge zu ignorieren, die sich zu beiden Seiten der Straße auftürmten.

Simon lag noch immer reglos in meinen Armen. Seine Haut war noch blasser als sonst und ließ ihn wie einen Toten wirken.

„Wir schaffen es", flüsterte ich. „Irgendjemand in dieser Stadt muss noch leben und wird uns helfen können."

Kurz vor dem hölzernen Befestigungswall, der die Stadt umgab, erstreckten sich zu beiden Seiten des Weges frisch ausgehobene Gräber. In mir stiegen Zweifel auf, ob ich in Xanten wirklich Überlebende finden würde.

Diese wurden allerdings sogleich ausgelöscht, als ich ein Stöhnen vernahm. Es drang von den Gräbern links von mir heran.

Ich wandte den Blick. Niemand war dort zu sehen. Zögernd verließ ich den Pfad und näherte mich ihnen. Zu viele Geschichten hatte ich schon über Tote gehört, die durch teuflische Zauber zu neuem Leben erwachten. Alessio hatte den Schwanz eingezogen und streunte um meine Beine. Wenn selbst dieser vorlaute Köter sich fürchtete, hieß es für mich, umso wachsamer zu sein. Ich ließ Simon behutsam ins Gras sinken und zückte *Saint Épée*.

„Wer ist da?" Meine Stimme sollte bedrohlich klingen, war aber unterlegt von einem entlarvenden Zittern. Ich tat einige Schritte auf die Gräber zu, den Schwertgriff fest umklammert.

„Brüderchen, bist du das?", drang eine Jungenstimme gleich aus der vordersten Grube. „Komm zu mir!"

Von dem Leichenberg neben dem Loch ging starker Verwesungsgeruch aus. Fette Schmeißfliegen tummelten sich rund um die aufgeschichteten Körper. In mir flackerte das Bild auf, wie einer der schlaffen Arme, die aus diesem Gewirr aus Leibern ragten, sich plötzlich anspannte und nach mir griff wie die Klaue eines Dämons. Ich erschauderte und brachte so viel Platz wie möglich zwischen mich und den Leichenberg, als ich an die Grube trat.

Sie war bereits zur Hälfte mit Toten gefüllt. In Leinensäcke gehüllt, von Dreck besprenkelt und achtlos aufeinander geworfen, waren sie ein jämmerlicher Anblick. Der Gestank, der von ihnen aufstieg, schien geradewegs aus dem achten Höllenkreis zu stammen, in dem sich die Huren und Schmeichler in ätzendem Kot wälzen.

Noch mehr erschütterte mich aber der Junge, der in der Grube saß. Er hockte auf dem Bauch eines Toten, den Rücken gegen die von Wurzeln durchzogene Wand gelehnt. In seinen Händen hielt er einen roten Ball, den er ständig gegen die gegenüberliegende Wand warf und wieder auffing. Die blonden Haare hingen ihm bis zur Brust und verbargen seine Züge. Ich runzelte ratlos die Stirn. Alessio lief am Grubenrand auf und ab und knurrte.

„Verdammt, was treibst du da? Warum störst du die Ruhe der Toten, Kind?"

Der Junge warf die Haare zurück und sah zu mir auf, ohne mit dem Werfen aufzuhören. Seine dunklen Augen waren so ausdruckslos wie die eines Tieres. Die Wangen waren eingefallen, die Hakennase warf einen breiten Schatten auf die blasse Haut.

„Komm Ball spielen, Brüderchen", lud er mich mit seiner rauen Stimme ein. „Wir müssen die Gelegenheit nutzen, es ist Sommer!"

„Was redest du da?" Ich stemmte die Fäuste in die Hüften.

Ich muss gestehen, der Gedanke sagt mir zu. Denn welcher Ort wäre besser für dich, Lucien, als ein Grab?

Ich überging Baphomets Worte und sprach weiter mit dem Kind: „Hinaushelfen kann ich dir aus der Grube, aber das ist auch das einzige. Wo sind deine Eltern?"

Ich beugte mich zum Rand des Grabes hinab.

Der Junge blieb ungerührt sitzen.

„Jetzt hab dich nicht so, Brüderchen."

Er grinste auf eine Weise, die mir so bekannt schien, dass eine Welle des Erkennens meinen Magen aufwühlte. Zuordnen konnte ich ihn jedoch immer noch nicht.

„Wie ist dein Name? Sind wir uns schon einmal begegnet?"

Im Gesicht des Fremden leuchtete Schalk auf. „Aber natürlich kennen wir uns. Ich bin Michael, dein Bruder!"

„Ich … ich habe keinen Bruder wie dich“, stammelte ich verwirrt. „Und wenn, dann sicherlich keinen, der so jung ist. Wahrlich, du musst dem Wahnsinn anheimgefallen sein!“

Dieses Land birgt viele Rätsel, meldete sich wieder Baphomet zu Wort. *Rätsel, die sich leicht erklären lassen; Rätsel, deren Antwort nur der Herr weiß, ebenso wie solche, um deren Lösung nur der Meister der Schatten weiß; und es gibt Rätsel, die tiefer in dir selbst liegen, als du glauben willst.*

Du bist das Rätsel, Lucien.

Du bist die Sünde und der Tod.

Fürchte dich.

Lange schon hatte Baphomet nicht mehr mit solcher Stimmgewalt auf mich eingeredet. Ich zitterte am ganzen Leib. *Saint Épée* ließ ich fallen und schlang die Arme um meinen bebenden Körper. Nun war es der Fremde, der mich verwirrt anstarrte. „Was ist los, Brüderchen?“

Erst das Bellen von Alessio erinnerte mich daran, dass keine Zeit blieb, um mich vor Baphomets Worten zu ängstigen. Wie viel Wahrheit auch immer in ihnen lag, es gab Dringlicheres, als mir über ihre Bedeutung den Kopf zu zerbrechen.

„Michael, wenn dein Name wirklich so lautet, sage mir, wo ich in der Stadt Hilfe finden kann! Mein Gefährte ist schwer verletzt und es braucht fleißige, in der Heilkunst geschulte Hände, um ihn zu retten.“

„Selbstverständlich helfe ich dir, Bruder. Du hast Glück, erst gestern ist ein weitgereister Pestarzt hier eingetroffen. Du findest ihn, wenn du durch das Tor schreitest und der großen Marsstraße folgst. Das zweite Gässlein, das von ihr wegführt, ist die Gasthausstiege. Dort steht ein großes Fachwerkhaus, das die Herberge *Zum Engel* ist. In ihm wirst du ihn finden. Aber du verwirrst mich – du bist doch selbst Arzt, wozu brauchst du da noch einen?“

Ich neigte den Kopf. Wie kam er auf den Gedanken, ich sei Arzt? „Zumindest deine Beschreibung klingt frei von Hirngespinsten und so will ich dir Glauben schenken und meinen Dank entrichten.“ Unruhig trat ich vom einen Fuß auf den anderen. „Jetzt lass mich dir aus dem Grab helfen! Es ist tiefer als ein Mann hoch, und ich glaube kaum, dass du dich aus eigener Kraft aus ihm befreien kannst.“

Mein angeblicher Bruder winkte ab und wieder legte sich das seltsam vertraute Schelmengrinsen über sein Gesicht.

„Ein Toter ist nicht dazu fähig, sich aus eigener Kraft aus dem Jenseits zu befreien. Genauso wenig ist ein Lebender dazu in der Lage, einen Toten aus dem Fegefeuer zurückzuholen.“

Michael warf den Ball wieder gegen die Grabwand.

„Du siehst also, es gibt keine Rettung für mich, denn schon seit langer Zeit gehöre ich zum Volke der Verlorenen. Ziehe also reinen Gewissens weiter, mein Bruder, und rette deinen Freund.“

Die Lippen bebend und überwältigt von seiner Unverfrorenheit, wandte ich mich wortlos ab. Ich hob mein Schwert auf und steckte es in die Scheide. Alessio lief schnüffelnd um mich herum. Die Schritte zurück zu Simon fielen mir schwer. Das drohende Gewicht der dutzendfachen Rätsel und die bittere Todesnähe zwangen mich beinahe in die Knie.

Ich befühlte die Stirn des Jungen, der weiterhin leblos im Gras lag. Unter ihr glühte das Fieber. Ich zog ihn auf meine Schultern, hielt ihn an Rücken und Beinen fest und machte mich auf den Weg zum Stadttor. Die Sonne hatte ihren Feldzug gegen den Osten des Himmels begonnen und die Feuer ihrer Brandschatzungen prasselten auf Xanten herab. Ihr Licht spendete mir neuen Mut und so, wie sie meinen Schatten hinter mich fallen ließ, tat sie es auch mit den Gedanken an die Worte Baphomets.

Die Torflügel standen weit offen und ich betrat den von Fuhrwerken festgefahrenen Matsch der Marsstraße, die bis zum Stiftsgebäude im Herzen der Stadt führte. Das Wenige, was mir Simon über Xanten berichtet hatte, kündete vor allem von Stolz und Reichtum, die diesem Marktort zu Eigen sein sollten. Der Viktorstift barg einen prächtigen Kirchenschatz in seiner Krypta und viele Bürger waren durch den Handel zu Reichtum gekommen. Deshalb war es mir einleuchtend erschienen, dass die Erzbischöfe von Köln und die Grafen von Kleve seit jeher darum rangen, wer in dem Marktort seine Ansprüche geltend machen durfte.

Die Häuser, die zu beiden Seiten der Straße gen Himmel ragten, zeugten vom Reichtum ihrer Bewohner. Einige von ihnen hatten ein aus Stein gebautes Erdgeschoss, andere waren Zeugnisse höchster Fachwerkkunst. Trotzdem waren sie ebenso elendige Anblicke wie die Hütten in Duisburg. Denn selbst ihr Geld hatte die Patrizier nicht vor den gierigen Klauen der Pest geschützt. Aus den Fenstern bleckte Dunkelheit. Vor der breiten Doppeltür eines Herrenhauses lagen zwei Tote.

Schon oft hatte ich davon gehört, dass Familien die Erkrankten einfach vor die Tür setzten, wie es sonst nur Wirte mit den Unruhestiftern in ihren Gasthäusern taten. Bei dem Gedanken an die Leichenberge vor den Toren fragte ich mich, ob überhaupt ein Stadtbüttel kommen würde, um die Verstorbenen dorthin zu schaffen. Ich umfasste Simon noch fester und beschleunigte meine Schritte, was meinen malträtierten Füßen erneute Qualen bereitete.

Bevor die Marsstraße auf den weiten Marktplatz vor den Mauern des Viktorstifts führte – ich fragte mich, ob ich nicht auch dort Hilfe finden würde – bog ein Weg von ihr ab. Wenn die Worte des Kindes aus der Grube der Wahrheit entsprachen, so musste dort das Gasthaus sein, in dem sich der Medicus einquartiert hatte. Ich folgte dem schmalen Stieg und nachdem ich einige Schritte hinter mich gebracht hatte, hörte ich Rufen, Lachen und Lautenspiel. Die vertrauten Geräusche eines vollen Wirtshauses. Mein Herz machte einen Satz, denn seit vielen Monden hatte ich nicht mehr diese Botschafter von Ausgelassenheit und Frohsinn vernommen. Sie kamen aus dem größten Haus der Straße, dessen steinernes Erdgeschoss von Efeu bewachsen war. Auch war es das einzige, aus dessen Fenstern Licht drang. Über seinem Eingang hing ein Holzschild, auf das ein wenig begabter Maler einen Engel gepinselt hatte.

Hoffnungsvoll überquerte ich die Straße und öffnete die Tür des Gasthofs. Sogleich umfing mich die Wärme der prasselnden Kaminfeuer, ebenso wie der übliche Geruch der Schänken: eine Vermählung aus Wein und Zwiebeln, Bier und Schweiß. Die Tür fiel hinter mir zu, allerdings konnte ich mich kaum nach vorn bewegen, denn der Gastraum war überfüllt von tanzenden Menschen. Zur Musik der Fideln, Trommeln und Lauten tanzten Mann und Frau meist zu zweit, manchmal aber auch in größeren Gruppen.

Ich hatte befürchtet, die Leute würden mich argwöhnisch beäugen, wenn sie den nackten Jungen auf meinen Schultern erblickten. Aber diese Menschen waren viel zu trunken von Musik, Wein und sich selbst, um mich überhaupt wahrzunehmen. Schon seit vielen Stunden mussten sie feiern und trinken, das ließ zumindest ihre Unbekümmertheit vermuten. Die Busen mancher Frauen waren blank. Ich sah einen bärtigen Rotschopf, der sein Gesicht zwischen den gewaltigen Brüsten einer Matrone vergrub, die lauthals kicherte, weil sein Bart sie wohl kitzelte.

Viele tanzten eng umschlungen und die Männer kniffen ihren Partnerinnen in die Pobacken und küssten verlangend ihre Hälse.

Bierkrüge wurden in die Höhe gereckt und ein Mann zerriss gerade sein Hemd, um sich den Gerstensaft unter den lauten Anfeuerungsrufen der Umstehenden auf den Oberkörper zu schütten. Zwei Frauen knieten zu seinen Füßen und leckten das Bier von seinem behaarten Bauch, was ihm raue Töne der Wollust entlockte.

Nirgends konnte ich aber jemanden ausmachen, den ich für einen Arzt gehalten hätte. Deshalb beschloss ich, den Wirt zu fragen, der auf der anderen Seite des Raumes gegen den Tresen lehnte.

Es war kein leichtes Unterfangen, mich durch die Tanzenden zu wühlen. Einmal landete ich sogar mit dem Gesicht in den straffen Brüsten einer jungen Frau. Errötend und „Verzeiht mir!" murmelnd lief ich weiter, doch die Tänzerin schien mir den Zusammenstoß nicht übel zu nehmen. Stattdessen schenkte sie mir ein breites, vielsagendes Lächeln, das meine Wangen nur noch mehr glühen ließ.

Schnell drängte ich mich weiter, schob mit den Ellenbogen Rücken zur Seite und drückte mit den Schultern Trunkenbolde weg. Als ich schon meinte, es ohne weitere Zwischenfälle bis zum Wirt geschafft zu haben, stürzte vor mir ein Mann auf den mit Stroh ausgelegten Boden. Sein dürrer Körper krümmte sich unter Schmerzen. Röchelnd spuckte er mir Blut vor die Füße. An seinem Hals erkannte ich schwarze Beulen. Sein Anblick machte mir wieder bewusst, dass ich mich mitten im Pestland befand.

Schon seit ich die Kneipe betreten hatte, fragte ich mich, was diese Menschen dazu bewog, in Zeiten wie diesen, in einer Gegend wie dieser, so ausgelassen zu feiern. Und allmählich wurde es mir klar.

Der Mann vor mir blieb benommen und schwer atmend liegen. Niemand beachtete ihn. Nur Alessio, der bisher mit eingezogenem Schwanz hinter mir hergetrottet war, zwängte sich zwischen meinen Beinen hindurch und knurrte ihn an.

Mit geschärftem Blick betrachtete ich erneut die Feiernden. Erst jetzt nahm ich die Trauer wahr, die ihre Augen verschleierte. Ebenso wie die schwarzen Beulen, die an den Hälsen von vielen wucherten. Gerade jene, denen diese Zeichen der Pest am deutlichsten anzusehen waren, tanzten am ausgelassensten.

Dies hier war eine Brutstätte der Seuche – ich fürchtete, Simon würde sich anstecken. Um mich selbst hatte ich keine Angst, denn noch nie hatte ich davon gehört, dass jemand, der den Schwarzen Tod bereits einmal überlebt hatte, nochmals an ihm erkrankte.

Ich stieg schnell über den gestürzten Mann hinweg und trat an den Tresen, der aus mehreren aneinandergereihten Fässern bestand, auf denen eine lange Buchenholzplatte lag. Lachen aus Bier und Wein befleckten das Holz, auf dem sich Teller und Krüge stapelten.

Der Wirt war eifrig damit beschäftigt, dafür zu sorgen, dass es seinen Gästen weder an Speis noch an Trank mangelte. Diesen schien er selbst wenig abgeneigt zu sein, denn ein ungeheurer Wanst spannte seine Schürze und die bärtigen Wangen waren rosig. Beim Anblick des mit Bratenfett übergossenen Wildbrets, das er auf einen der Teller balancierte, knurrte mein Magen und ich musste mir auf die Zunge beißen, so sehr lief mir das Wasser im Munde zusammen.

Aber ich war nicht hier, um meinen Hunger zu stillen, und so ignorierte ich das Mahl und sah dem Wirt in sein vor Schweiß glänzendes Gesicht. „Ich grüße dich, Schenk, der du den Leuten selbst in diesen Zeiten nicht die Gelegenheit verwehrst, von deinem Wein zu kosten und in deinem Haus zu tanzen. Dieser Junge, den ich auf meinen Schultern trage, ist schwer verletzt worden. Er braucht die Hilfe eines kundigen Doktors, und ich hörte, solch einer soll in deiner Herberge zu finden sein."

Der Wirt zerquetschte mit dem Handballen eine fette Fliege, die sich auf seiner Stirn niedergelassen hatte. „Der ist in der Tat hier zu finden", knurrte er, während er die klebrigen Überreste des Tieres von seiner Haut kratzte. „Er ist oben in seinem Zimmer. Das letzte auf der rechten Seite. Aber hütet euch; zwar ist er hier, um die Ursachen der Pest zu erforschen, wie er sagt, und seine Behandlung soll zumindest die Schmerzen lindern – doch das ändert nichts daran, dass er ein komischer Vogel ist. Ein Vogel, in der Tat."

Er gab ein kehliges Lachen von sich, während er die Fliegenreste zwischen den Fingern zu einem Kügelchen rollte und wegschnipste.

„Ich danke Euch für … diese Auskunft", sagte ich mit gerunzelter

Stirn und wollte mich zum Gehen wenden, um zu den Gasträumen emporzusteigen. Der Wirt jedoch packte meinen Arm. „Dies hier ist ein Wirtshaus. Und wenn du schon nichts trinken willst, Fremder, dann lass zumindest ein wenig Kupfer für diese Auskunft springen."

„Ich will noch von deinen Speisen kosten, sobald ich den Jungen zum Medicus gebracht habe", gab ich zurück, die Augen verengt. „Die halbe Nacht wandere ich schon. Nun will ich nicht länger warten."

„Wer sagt mir, dass du nicht abhaust, sobald du den Arzt aufgesucht hast? Im Gedränge wäre es wohl ein allzu leichtes Unterfangen."

„Sieh an mir herab!" Ich riss mich von ihm los. „Dies ist das Gewand der Franziskanermönche! Ich bin ein Diener Gottes und dies allein sollte dir genügen, um meinen Worten Glauben schenken zu können." Ich kramte in dem Geldbeutel, den Simon von seinem Großvater erhalten hatte. „Doch um deine arme Krämerseele zu beruhigen, will ich dich ein paar Münzen sehen lassen."

Ich drückte ihm mehrere Kupferstücke in die fleischigen Hände. Unterdessen war ein Betrunkener neben mich getreten, stinkend vor Schweiß, Urin und den Säften der Lust. Mit den bloßen Händen wühlte er in den bereitgestellten Speisen, fraß, wie es sonst nur die Schweine an ihren Trögen taten. Bratensoße und Fett tropften ihm vom Kinn und er rülpste so laut, dass es selbst die Musik übertönte.

Die Sünde der Völlerei ... ebenso wie die des Ehebruchs und der Maßlosigkeit. Du solltest dich wohlfühlen an diesem Ort der Laster, Lucien!

Ich schüttelte den Kopf, als könne ich Baphomets Worte vertreiben wie ein lästiges Insekt. Am Tresen entlanglaufend hielt ich Ausschau nach einer Stiege zu den Gasträumen. Ich entdeckte sie schließlich direkt hinter dem Tresen, wo sie über die gewaltigen Fässer führte, aus denen Schwarzbier und Met gezapft wurden.

Die Stufen waren steil und unregelmäßig. Niedergedrückt von Simons Gewicht, erklomm ich sie unter Stöhnen und Schmerzen. Meine Fußsohlen brannten, mein Rücken bog sich unter der Last und die Kutte klebte an meiner schweißnassen Haut. Schwer atmend musste ich mich am Ende der Treppe gegen die Wand lehnen und Simon von meinen Schultern nehmen.

Der Flur im Obergeschoss war so eng, dass er gerade einmal Platz für einen Mann bot. Selbst ich, der ich nicht gerade zu den Größten gehörte, musste unter den Bohlen der niedrigen Decke den Kopf einziehen. Ich nahm Simons schlaffen Körper wieder auf die Arme und folgte dem Gang bis zu seinem Ende. Eine einzelne Kohlepfanne bot Wärme und mit ihrer Glut ein wenig Licht. Die rechte Tür sollte in das Zimmer des Arztes führen.

Ich klopfte an und rief: „Medicus! Seid Ihr da? Einen qualvollen Weg habe ich zurückgelegt, um zu Euch zu kommen. Mein Gefährte ist schwer verletzt und muss dringend von Euch behandelt werden."

„Kommt zur Mittagszeit wieder – dann empfange ich Patienten", erklang eine merkwürdig blecherne Stimme hinter der Tür.

„Das hier duldet keinen Aufschub!", rief ich wutentbrannt. „Er wird sterben!"

„Sterben, sterben, sterben … Viele sind gestorben. Viele sterben gerade. Viele werden noch sterben. Alle werde ich nicht retten können. Was macht das also für einen Unterschied?"

Ich trat gegen die Tür. „Aber Simon wird nicht sterben!"

„Was hast du da gesagt?"

„Simon … Simon wird nicht …", stammelte ich verwirrt.

„Wie ist der Name des Jungen?"

„Simon. Simon Aumann."

Ich wusste nicht, was Simons Name daran ändern sollte. Jedoch hörte ich zur Antwort das Rücken eines Stuhls. Das Türschloss wurde geöffnet und sie schwang auf. Ich erschrak so sehr, dass ich Simon beinahe fallen ließ. Was mir entgegenblickte, war ein riesiger Vogel.

Als er mir den Kopf entgegenstreckte, berührte die Spitze seines langen, gebogenen Schnabels beinahe meine Nase.

„Ihr seht ja … Das kann doch nicht sein", murmelte er mit blecherner Stimme. In ihr lag dasselbe Erkennen, das auch schon in der von Simons Großvater mitgeschwungen hatte.

Ich konnte ihn nur verwirrt und ängstlich anstarren, unfähig, ein Wort hervorzubringen.

„Schnell, bring ihn rein", befahl er, als er sich aus seiner Starre gelöst hatte, und machte mir Platz.

Dabei erkannte ich, dass sein Körper die Gestalt eines Menschen hatte.

„Wer … wer seid Ihr? Wie ist Euer Name?"

„Du kannst mich Doktor Avis nennen. Das soll vorerst genügen."

Sein Lachen klang dumpf. „Vielmehr würde mich allerdings dein Name interessieren."

„Lu... Lucien de Courogny", stotterte ich, den Kopf voller Fragen und Rätsel. Wieder musste ich an Baphomets Worte denken:

Dieses Land birgt viele Rätsel. Rätsel, die sich leicht erklären lassen; Rätsel, deren Antwort nur der Herr weiß, ebenso wie solche, um deren Lösung nur der Meister der Schatten weiß; und es gibt Rätsel, die tiefer in dir selbst liegen, als du glauben willst.

„Nun, Lucien", sagte Doktor Avis und rieb sich die Hände, „dann wollen wir sehen, dass wir deinem Freund wieder auf die Beine helfen."

22.

Halte ihn noch einen Moment fest. Ich räume den Tisch frei, damit wir ihn darauf legen können."

Im Licht des Kaminfeuers und der Kerzen, die auf dem Tisch standen, konnte ich Doktor Avis erstmals zur Gänze betrachten. Sein Lederumhang reichte ihm bis zu den Fußknöcheln. Er trug dicke Handschuhe und einen Hut mit breiter Krempe. Nun sah ich auch, dass der erste Anschein mich wie in so vielen Fällen getäuscht hatte: Bei dem Doktor handelte es sich keineswegs um eine Vogelgestalt. Nur eine lederne, fein gewobene Gesichtsmaske in Form eines Schnabels gab ihm dieses Aussehen. Ich fragte mich, was sie wohl für einen Zweck erfüllte, entschied mich aber, den Doktor erst auf sie anzusprechen, wenn er Simons Behandlung abgeschlossen hatte.

Er hatte bereits einige Dinge vom Tisch geräumt, der wahrlich ein Hort merkwürdiger Gegenstände war. Ich entdeckte eine Reihe bauchiger Gefäße, auf die kryptische Zahlen und Buchstaben geschrieben waren. Neben ihnen lagen allerlei medizinische Instrumente; darunter eine Knochenzange und mehrere scharfe Messerchen, die man Skalpelle nannte, wie ich von einem Medicus aus Flandern wusste.

Gemeinsam legten wir Simon auf die freigeräumte Tischplatte.

„Könntest du mir meinen Koffer reichen? Er steht gleich neben dem Bett." Doktor Avis deutete in den hinteren Teil des Zimmers.

Ich lief zur Schlafstätte und musste dabei auf meine Schritte achten, denn Alessio streunte schnuppernd durch den Raum. Einen Koffer wie den des Arztes hatte ich noch nie zuvor gesehen. Er war rechteckig und schwarz. Der Haltegriff war mit glänzenden Metallscharnieren befestigt. Als ich über seine Oberfläche strich, fühlte sie sich weder wie Leder noch wie sonst ein Stoff an, den ich kannte. Ich packte ihn am Griff und schleppte ihn hinüber zum Doktor.

Dieser befühlte gerade Simons Stirn, wobei sein Schnabel einen grotesken Schatten auf den Körper des Jungen warf. „Er hat starkes Fieber. Aber ich kann keine Verletzung erkennen, die es hervorrufen könnte. Die Ohnmacht stammt zweifelsohne von den Prellungen und Stößen – ich werde sehen müssen, ob er innere Blutungen hat."

Anscheinend in tiefes Grübeln versunken, fuhr der Doktor mit den Fingerspitzen über seinen Schnabel. „Ich werde versuchen, den Auslöser des Fiebers herauszufinden. Unterdessen kannst du helfen, es zu senken."

Er nahm den Koffer, öffnete die Schnallen und klappte ihn auf.

„Nimm den Lappen von der Waschschüssel und leg ihn deinem Freund auf die Stirn", sagte er, während er in dem Koffer herumwühlte.

Ich leistete Folge und holte einen mit Wasser vollgesogenen Lappen, den ich auf Simons Stirn breitete. Die Lider des Jungen flackerten. Seine Lippen bebten. Ich tätschelte ihm die Wange und beobachtete die Behandlung des Doktors.

Er hatte ein seltsames Gerät hervorgeholt, das aus einem Schlauch bestand, der sich wie ein Ast in zwei kleinere Schläuche verzweigte. Deren Enden hatte er sich in die Ohren gesteckt; das Ende des dicken Schlauchs mündete in einem runden Metallstück, das er immer wieder auf Simons Brust presste.

„Was tut Ihr da?", fragte ich. „Wollt Ihr nicht viel eher einen Aderlass vornehmen?"

Doktor Avis nahm das Gerät aus den Ohren und legte es auf den Tisch. „Ich habe seine Atmung und seinen Herzschlag untersucht. Das entspricht zwar nicht Galen oder Avicenna, aber dort, wo ich herkomme, hält man mehr von meiner Methode."

Überschwemmt von der Neugierde, woher dieser Doktor kam, setzte ich mich in den Lehnstuhl vor dem Fenster. Der Wind pfiff durch die Ritzen der Fensterläden, umspielte meinen Nacken und ließ mich frösteln. Aber in seinem Säuseln klang auch noch etwas anderes mit. Ein Klingeln. Ein schrilles, durchdringendes Geräusch. Leise, aber stetig anschwellend.

Es hörte sich an wie der Schrei eines kranken Vogels, wie das Aufeinandertreffen dünner Metallstücke. Auf bestürzende Weise schien es mir, als würde es tief aus der Senkgrube meiner Erinnerung dringen.

Was ist Erinnerung, Lucien? Ist sie immer die Wirklichkeit? Sind die Momente, an die ihr Sterblichen euch erinnert, wirklich schon vergangen? Oder dauern sie noch an, liegen sie vielleicht noch vor euch?

Ich schüttelte mich. Schloss die Augen und wollte das Geräusch und Baphomets Stimme am liebsten aus meinem Kopf verbannen. Es waren zu viele Rätsel und Geheimnisse für einen einzigen Tag. Als ob die greifbaren Fährnisse nicht schon genug wären, griff auch immer mehr die Welt der Schatten nach mir.

„Ich höre es auch – das Klingeln“, sagte Doktor Avis.

Ich stutzte. Verwirrt starrte ich ihn an. „Ihr etwa auch? Woher kommt es? Wie könnt Ihr wissen, dass auch ich es höre?“

Der Doktor hatte sich von Simon abgewandt, die Beine gekreuzt und die Hände hinter dem Rücken verschränkt. „Du hast das Gesicht verzogen. Aber nicht etwa aus Schmerz, das hätte ich erkannt. Es war Unbehagen, das deine Züge so verzerrte. Ich höre dieses Geräusch schon seit einiger Zeit – und auch mich überkam dabei jedes Mal dieses Gefühl.“

„Woher stammt es Eurer Vermutung nach? Seit wann hört Ihr es?“

Der Doktor machte zwei Schritte auf mich zu. „Ich höre es, seit ich in Xanten bin. Bei anderen Menschen – und es waren schon viele, die ich hier untersucht habe – ist mir nicht aufgefallen, dass sie es hören. Es hat also entweder etwas mit uns beiden zu tun oder mit diesem Land.“

Ich nickte nachdenklich. Jetzt schien es mir, als wäre der Arzt dazu bereit, meine Fragen zu beantworten. „Ihr habt mich und Simon erst eingelassen, als Ihr seinen Namen gehört habt. Kennt Ihr ihn?“

Avis winkte ab. „In keinster Weise. Ich habe mich nur ausgerechnet in diesem Moment entschieden. Aber wo du gerade dabei bist, mir Dutzende von Fragen zu stellen, würde auch ich gern einiges über dich erfahren.“ Er setzte sich auf das Bett. „Die Behandlung des Jungen ist vorläufig beendet. Ich habe ihm ein Mittel verabreicht, welches das Fieber senken wird. Bald sollte er aufwachen.“

Wuchtiger, als ich es gewollt hatte, schlug ich mit der Faust auf die Lehne des Sessels. „Zuerst sollst du meine Fragen beantworten! Zu lange schon warte ich auf Antworten. Es scheint, als wäre dieser Landstrich ein Zufluchtsort für Geheimniskrämer aller Art.“

„Nun gut.“ Doktor Avis lachte auf. „Fragen können warten, und ich werde dazu in der Lage sein, meine Neugierde im Zaum zu halten. Frag mich, was du willst, erwarte aber nicht, dass ich auf alles eine Antwort geben kann.“

Ich seufzte gedehnt. Wieder machte er Einschränkungen. Aber im Gegensatz zu den vielen anderen Menschen, die ich getroffen hatte, bot er mir an, wenigstens einige Fragen zu beantworten.

Das ausdruckslose Maskengesicht ruhte auf mir und sank dann hinab zu meinen Füßen. „Du musst über eine weite Strecke mit blanken Sohlen gegangen sein. Das sieht schlimm aus. Soll ich dich behandeln?“

„Das kann warten“, sagte ich barsch und sogleich glitt der Blick der unergründlichen Augenlöcher wieder hinauf.

„Meine erste Frage ist simpel: Wozu diese merkwürdige Maske?“

„Das kann ich schnell erklären. Sie dient dem Schutz vor der Pest. Im Schnabel befinden sich ätherische Öle und wohlriechende Kräuter, die meine Atemluft vom Pesthauch reinigen sollen.“

„Wirkt es?“

Der Pestdoktor breitete die Arme aus. „Noch liege ich nicht von Beulen übersät auf meinem Bett, obwohl ich täglich mit Kranken zutun habe. Von daher kannst du dir diese Frage selbst beantworten.“

„Gut.“ Ich schlug die Beine übereinander. „Woher kommst du? Was treibt dich in dieses Land?“

Das Lachen des Doktors dröhnte verzerrt aus seiner Maske. „Das könntest du jeden Fremden fragen, der sich hierher verirrt hat. Ebenso will ich dich dies fragen. Aber gut – zuerst bin ich an der Reihe. Wo bleibt überhaupt meine Gastfreundlichkeit? Darf ich dir etwas Gewürzwein anbieten?“ Er stand auf und lief zu den Sachen, die wir vom Tisch auf den Boden gestellt hatten.

Ich verspürte wirklich den Durst nach Wein. Auch mein Magen brummte, seit ich im Schankraum gewesen war, aber das konnte warten. „Sehr gern“, sagte ich.

Doktor Avis goss den Wein aus einem Krug in zwei irdene Becher. Bevor er zurückkehrte, nahm er die Decke von seinem Bett und breitete sie über Simon. Als er sie sorgsam glatt gestrichen hatte, kehrte er zurück, reichte mir meinen Becher und setzte sich wieder auf sein Lager.

Ich genoss den Duft von Honig und Ingwer und nahm einen tiefen Schluck. Der Geruch des Weins erinnerte mich wie das Lärmen des Wirtshauses an Zeiten von mehr Glück und Eintracht. Das würzige Getränk wärmte mich von innen heraus und ließ mich ruhiger werden.

Trotzdem kitzelte mich noch immer die Neugier. Ich bedeutete Avis fortzufahren.

Dieser hob die Maske leicht an, sodass ein stoppeliges Kinn und blasse Lippen unter ihr hervorsahen. Er schlürfte Wein, fuhr sich mit der Zunge über den Mund und ließ die Maske wieder herabsinken.

„Ich stamme aus Heidelberg und bin Sohn eines angesehenen Tuchhändlers. Lange Jahre streifte ich mit einem Bader durch die Lande und lernte von ihm die Kunst des Aderlass, die Methoden zur Einrenkung von Knochen und die Möglichkeiten, jemanden zu betäuben, um ihm einen faulen Zahn zu ziehen.“

Seine Worte klangen steif. Beinahe, als wäre es ein auswendig gelernter Text, den er da vortrug. Aber Avis' Zeigefinger glitt ruhig über den Rand seines Bechers. Es fehlte jede Spur der Gehetztheit, die Menschen oft befällt, wenn sie eine Lüge erzählen. Avis hustete kurz und sprach weiter: „Aber oft schadeten die Behandlungen des Baders mehr, als dass sie Heilung brachten. Also entschloss ich mich, mein Wissen über die Geheimnisse des menschlichen Körpers zu vertiefen. Ich reiste nach Bologna, wo ich an der Universität von weisen Lehrmeistern unterrichtet wurde. Mein Drang nach Erkenntnis und die Suche nach neuen Heilungsmethoden führte mich sogar bis ins prachtvolle Konstantinopel, wo ich auch von maurischen und jüdischen Ärzten lernte.“

Beeindruckt reckte ich die Augenbrauen in die Höhe. „Was hat dich schließlich wieder in diese Lande geführt?“

Der Doktor legte die Fingerkuppen aufeinander. „Schon bevor die Pest ausbrach, kehrte ich hierher zurück. Denn von Anfang an war es mein Ziel, mit meinem neu erworbenen Wissen den Leuten meiner Heimat zu helfen. Als dann der Schwarze Tod über uns hereinbrach, und ich in Heidelberg erste Untersuchungen vornahm, traf ich auf einen reisenden Spielmann. Er hatte bereits Beulen an Hals und Leisten und bat um meine Hilfe. Außer ihm Linderung zu verschaffen, konnte ich nichts mehr für ihn tun. Vor seinem Tod berichtete er mir von dieser Gegend, die man das Pestland nennt und in der die Seuche wie nirgends sonst gewütet hat. Ich beschloss, mich hierher aufzumachen, da ich hoffte, in diesem Land, das ja nicht mehr Gottes Geschöpfen, sondern der Seuche selbst gehört, Antworten zu finden.“

„Und hast du sie gefunden?“

„Bisher nicht." Er schüttelte den Kopf. „Nur Sorgen und Trauer. Sicher habt ihr die Feiernden im Schankraum gesehen. Seit drei Tagen tun sie das nun schon. Ein wahrer Totentanz. Fehlt nur noch, dass sie mit den Knochenmännern selbst tanzen. Wollen nochmal Spaß haben, bevor sie dann sterben. Verdammt, ich hätte nie gedacht, dass der Klang von fröhlicher Musik mich einmal so bedrücken würde."

Ich schluckte, denn in meinem Hals hatte sich ein Kloß gebildet. Doktor Avis sprach das aus, was auch ich über die Tanzenden gedacht hatte. Ich nippte an meinem Wein und blähte die Wangen auf. Für einen Moment war nur das Schnarchen von Alessio zu hören, der sich zu meinen Füßen eingerollt hatte.

„Eine letzte Frage hätte ich noch", sagte ich schließlich. „Diese betrifft allerdings nicht dich selbst, sondern ist medizinischer Natur."

Wieder sein sarkastisches Lachen, das hohl aus der Maske drang. „Ich denke, in dieser Beziehung werde ich dir dienlich sein können."

„Ich war an der Pest erkrankt. In einem Minoritenkloster in Duisburg lag ich im Delirium. Trotzdem war ich in der Lage, aufzustehen und ins Freie zu laufen. Nur kurz darauf verschwanden die Beulen an meinem Körper. Ich war geheilt und konnte mich schon am selben Tag auf Wanderschaft begeben."

Doktor Avis beugte sich vor. Er gab einen nachdenklichen Seufzer von sich. „Wie lange ist das her?"

„Etwa drei Tage."

„Das ist unmöglich. Kein Mensch kann noch vor drei Tagen an der Pest gelitten und danach schon eine Reise von Duisburg hierher hinter sich gebracht haben – noch dazu teilweise auf nackten Füßen."

„Aber ich schwöre bei allen Heiligen, es ist wahr!"

Doktor Avis kratzte sich im Nacken. „In Heidelberg habe ich von Heilungen gehört. Allerdings zogen diese sich stets über mehrere Tage, in denen die Beulen langsam abschwollen. Die Betreffenden waren danach noch wochenlang geschwächt. Bist du sicher, dass du tatsächlich an der Pest gelitten hast?"

Ich trank den letzten Schluck meines Weins. „Ich kann mich nicht geirrt haben. Die Schmerzen, die Beulen, das Fieber – es war der Schwarze Tod."

„So sehr ich auch darüber grüble, eine Antwort auf deine Frage finde ich nicht. Auch hier wird dir eine Lösung verwehrt bleiben."

Seufzend lehnte ich mich im Sessel zurück. „Das scheint allmählich mein Fluch zu werden."

Doktor Avis stand auf und trat ans Fenster. Der ausdruckslose Maskenblick glitt durch die Ritzen der Läden ins Morgengrauen hinaus. „Ich verstehe dich nur zu gut", sagte er und legte seine handschuhbewehrten Finger auf meine Schulter.

„Trotz deiner Erschöpfung und Niedergeschlagenheit würde ich dir einige Fragen stellen wollen."

„Nur zu", murmelte ich.

„Ich beginne mit jener, die auch du mir schon gestellt hast: Was treibt dich und deinen Freund hierher?"

In mir hatte sich solch ein Vertrauen zu dem Arzt gebildet, dass ich ohne Weiteres erklärte: „Der Großvater des Jungen war der Gehilfe eines Alchemisten, der in der Burg von Kleve forscht. Dieser Alchemist, ich kenne seinen Namen nicht, soll ein Heilmittel gegen die Pest gefunden haben. Weil der Großvater in Duisburg an der Seuche gestorben ist und die Leute in Kleve durch die Nebenwirkungen des Mittels verrückt geworden sein sollen, bin ich mit dem Jungen dorthin auf dem Weg." Ich atmete tief durch. „Wir wollen dieses Medikament bergen und den Menschen damit helfen."

Ich erwartete heftige Worte des Unglaubens oder der Begeisterung. Doch der Doktor starrte nur schweigend auf das Fenster. Ich verfluchte die Maske, die mir die Möglichkeit nahm, in seinem Gesicht zu lesen.

Schließlich nickte Avis bedächtig. „Von Anfang an wusste ich, dass ich nicht grundlos hierher kommen würde. Glücklicherweise habe ich euch eingelassen, denn ohne dich hätte ich nie davon erfahren. Diesen Alchemisten würde ich in der Tat gerne kennenlernen." Er wandte sich zu mir um. „Wenn du es mir gestattest, würde ich mich gerne eurer kleinen Gemeinschaft anschließen."

Ich atmete aus. In mir löste sich ein Knoten. Insgeheim hatte ich gehofft, Avis würde dies fragen. „Sehr gerne. Ich bin froh über jeden, der uns beisteht. Dieses Land ist gefährlich – das mussten wir schon am eigenen Leibe spüren."

Der Doktor streckte mir seine Hand entgegen. „Dann besiegeln wir es. Lass uns gemeinsam die Geheimnisse dieses Landes ergründen."

Dabei solltet ihr eure eigenen nicht vergessen ...

Ich schlug ein. Der Druck seiner Hand war nicht so fest, wie ich erwartet hatte. Auch wenn ich bloß in das Maskengesicht sehen konnte, wusste ich doch, dass ich in ihm wohl einen treuen Gefährten gefunden hatte. Mir war klar, dass ich selbst auch eine Maske trug. Zwar sah man sie nicht, dennoch hielt sie das Geheimnis meiner Identität verborgen.

Sollte ich dem Doktor von meinem Verrat und meiner Vergangenheit erzählen? Er wusste jetzt so viel, es machte keinen Unterschied mehr. Außerdem hatte es schon etwas Befreiendes gehabt, Simon die Wahrheit zu berichten.

In knappen Worten schilderte ich ihm meinen Verrat am Templerorden, die Flucht aus Paris und meine Jahre des Versteckens. Baphomet erwähnte ich allerdings kein einziges Mal.

Doktor Avis lauschte aufmerksam meinen Worten. Nur ab und an nickte er, um mir zu bedeuten, dass er verstand und ich fortfahren sollte. Als ich geendet hatte, ruhte der Maskenblick für lange Zeit stillschweigend auf mir.

Schließlich lehnte sich der Doktor nach vorn und fuhr mit den Fingern über seinen Schnabelrücken.

„Du willst sicherlich erfahren, ob ich ein guter Christ bin, denn davon hängt es ab, wie ich über deine Taten urteile. Wie du weißt, bin ich bis in ferne, östliche Gestade vorgedrungen. Ich habe Muselmanen kennengelernt, die wir Ungläubige nennen, ebenso wie einen Rabbi, der die Juden in ihrem Glauben lehrt. Ich erfuhr mehr über diese sogenannten Ungläubigen, als viele von denen, die sie verdammen. Ich bin zu der Überzeugung gekommen, dass Gott nicht allein der Gott der Christen ist, sondern auch der der Juden und Muslime. Mir ist das Wissen heilig, weshalb ich die Kirche für ihr Unwissen missachte, diese Menschen als Ungläubige zu bezeichnen."

Ich nickte bedächtig. „Deine Worte leuchten mir ein."

„Obwohl ich die Kirche verachte, sehe ich doch, dass du eine gewaltige Schuld mit dir trägst. Verrat ist eine Sünde, egal ob man nun gläubig ist oder nicht." Er verschränkte die Hände hinter dem Rücken. „Aber ein Mensch darf nicht aufgrund einer einzelnen Verfehlung verurteilt werden – ich bin davon überzeugt, dass er sich von seiner Sünde reinwaschen kann."

„Ich hoffe es", flüsterte ich. „Ich hoffe es wirklich."

Hinter uns erklang ein Stöhnen. Simon hatte uns den Kopf zugewandt. Er kniff die Augen zusammen und hustete leise. Als er Doktor Avis sah, schrak er zurück. Die Decke glitt beinahe von seinem Körper. Angstvoll und fragend blickte er mich an.

„Es ist gut", beschwichtigte ich ihn. „Dieser Mann ist ein Freund. Ein Arzt. Er hat dich geheilt. Er trägt nur eine Maske, in der sich Kräuter befinden, die ihn vor der Pest schützen."

Immer noch verwirrt sah Simon zwischen mir und dem Doktor hin und her. Avis lief zum Tisch hinüber und beugte sich zu dem Jungen hinab. „Ich bin Doktor Avis. Meine Maske muss auf den ersten Blick wirklich furchteinflößend sein. Aber glaube mir, ich bin kein Ungeheuer. Ich will euch helfen und euch begleiten. Darf ich deine Stirn befühlen, um zu sehen, ob dein Fieber gesunken ist?"

Simon schüttelte den Kopf, die Augen geweitet. Sie flackerten vor letzter Fieberglut und Furcht. „Nein …", stöhnte er mit schwacher Stimme. „Nein, fass mich nicht an!"

„Lass ihn gewähren", sagte ich. „Ohne ihn würdest du wahrscheinlich jetzt durchs Fegefeuer wandeln."

Er starrte mich an, als hätte ich ein Messer gezückt, um es ihm hinterhältig in den Rücken zu bohren.

„Gut", willigte er ein und der Doktor legte die Hand auf seine Stirn.

„Das Fieber ist erstaunlich schnell gesunken. So unerklärlich mir sein Ursprung ist, ist mir nun dieses rasche Abklingen", sagte er.

„Vielleicht hat ihm Bernulf von Utrecht beigestanden, der Schutzpatron der kranken Kinder", überlegte ich. Auch wenn es mich überraschen würde, wenn die Heiligen unserer unglückseligen Reise plötzlich doch mit Wohlwollen gegenüberstehen sollten.

„Wie auch immer", sagte Avis, „Simon sollte zumindest für einige Stunden Ruhe halten. Außerdem muss er neue Kleider bekommen. Er kann auf meinem Zimmer bleiben, damit ich ihn weiter untersuchen kann."

„Bist du damit einverstanden?", fragte ich.

Unwillig senkte Simon den Hinterkopf wieder auf den Tisch. „Viel anderes wird mir wohl nicht übrig bleiben. Zum Weiterreisen fühle ich mich in der Tat noch zu schwach."

Ich atmete tief ein. Meine Füße – oder besser: die blutigen Klumpen, zu denen sie geworden waren – schmerzten stärker. Die Pein pulsierte hinauf in meine Beine, die von der stundenlangen Wanderung schwer wie Blei waren. Einige Stunden der Ruhe waren ein Gut, dem ich jauchzend entgegensah.

„Ich gehe zum Wirt hinunter und nehme mir ein eigenes Zimmer, in dem ich schlafen kann. Auch werde ich fragen, ob er einen Zuber besitzt, denn ich sehne mich nach einem heißen Bad." Mit Blick auf Doktor Avis fügte ich hinzu: „Deine Heilmittel für meine Füße würde ich doch gern beanspruchen."

„Nur zu", lachte er. „Ich wusste, dass du es mit diesen mitleidserregenden Überresten von Füßen nicht lange aushalten würdest."

Der Arzt wühlte in seiner merkwürdigen Tasche herum. Unterdessen hatte Simon wieder den Kopf gehoben. „Könnte ich kurz mit dir allein sprechen, Lucien?"

„Macht euch keine Umstände. In der Zwischenzeit kann ich dir bereits beim Wirt ein Zimmer besorgen." Doktor Avis holte eine Phiole aus der Tasche und reichte sie mir. „Schmiere dir diese Salbe auf die Füße. Zuerst wird sie brennen, aber schon kurz darauf wirst du Linderung verspüren."

Ich dankte ihm, er nickte mir zu und verließ das Zimmer.

Simon wartete, bis die Schritte des Arztes im Lärm des Gasthofs untergegangen waren, dann setzte er sich auf und erhob die Stimme: „Was ist passiert? Ich … ich kann mich nur noch daran erinnern, dass ich in der Mine eingeschlafen bin. Und jetzt liege ich hier, nackt in einem Wirtshaus."

Mein Blick musste ebenso verwirrt wirken wie es der von Simon tat. „Aber du hast es doch aus der Mine geschafft. Ich habe dich bewusstlos vor ihr gefunden, nachdem sie eingestürzt war."

„Sie ist eingestürzt?" Seine Stimme schrillte vor Unglauben.

„Ja. Erst glaubte ich, die Stützbalken hätten der Last nicht länger standgehalten. Doch dann hörte ich Adalbert aus der Tiefe rufen, es sei ein Dämon. In diesem Moment erwuchs in mir eine dunkle Ahnung."

„Wovon sprichst du?" Anklagend hob Simon die Hand, nur um sie dann wieder sinken zu lassen.

„Als wir an der Ruhr über meine Verfolger sprachen, habe ich gelogen. Oder, wie es wohl passender klingt, einen Teil der Wahrheit ausgelassen. Denn ich werde nicht nur von den päpstlichen Bluthunden gejagt, sondern auch von einem Wesen, das nicht von dieser Welt ist.“

Simon starrte mich an. Den Mund hatte er halb geöffnet. In seinen Augen flackerte etwas, aber ich konnte nicht deuten, ob es Fieber, Wut oder Schrecken war.

„Wie tief ist dein Glaube, mein Junge? Wenn du in Gottes Heerscharen vertraust, dann musst du auch davon überzeugt sein, dass die Legionen des Feindes existieren müssen.“

Sie existieren nicht nur, mein Freund, sie sind sogar auf dem Vormarsch. In den tiefsten Stunden der Nacht kannst du sie hören. Ihr tausendstimmiges Rufen, das Rauschen ihrer Flügel, das Dröhnen ihrer Schritte.

Simon setzte sich auf und ließ die Beine vom Tisch baumeln. Er hielt den Blick gesenkt und sagte mit rauer Stimme: „Du sprichst von einem Dämon, habe ich recht?“

Ich schluckte. Die meisten Sorgen bereitete es mir noch nicht einmal, dass er mir nicht glauben, sondern dass er mich für meine Unehrlichkeit verachten würde.

„Du liegst richtig“, antwortete ich ihm. „Ich spreche aber nicht von irgendeinem Dämon, sondern von einem der mächtigsten seiner Art.“

Du schmeichelst mir, Lucien.

„Sein Name ist Baphomet und seit jeher war er der Götze der Templer. Bei den Initiationsriten war sein Antlitz stets zugegen. Seit meinem Verrat verfolgt er mich. Meist tat er dies, indem er mich mit seiner Stimme in den Wahnsinn trieb oder mich seinen Schatten erahnen ließ. Doch in den letzten Tagen zeigt er sich immer öfter. Ja, er hinterlässt mir sogar Zeichen.“

Simon zog die Beine an. „Stimmen in deinem Kopf? Zeichen? Bist du sicher, Lucien, dass du noch bei Sinnen bist?“

Oh, glaubt der Junge etwa, ich würde nicht existieren?

Ich ballte die Fäuste. „Natürlich bin ich bei Sinnen! Soll ich etwa seit Jahrzehnten wahnsinnig sein? Sollen die unheimlichen Zeilen, die in deine Bibel geschrieben worden sind, etwa von selbst dorthin gekommen sein? Nein, Baphomet ist Wirklichkeit.“

„Es gibt eine einfache Möglichkeit, dies herauszufinden.“ Simon wickelte die Decke um seinen Körper und schwang sich vom Tisch. Er hob die Bibel auf, die ich beim Betreten des Zimmers neben die Tür gelegt hatte. Wahllos schlug er sie an einer Stelle auf und blätterte die schweren Pergamentblätter um.

Ein plötzlicher Knoten der Anspannung zog sich in meiner Magengrube fest. Ich stand auf, lief zu Simon und entriss ihm das Buch.

„Das kann doch nicht …“, flüsterte ich, als ich die Zeilen überflog. Panisch blätterte ich eine Seite weiter, las aber auch hier die wohlvertrauten Worte des Alten Testaments. „Die Bücher müssen vertauscht worden sein. Ich war mir sicher, dass …“

„Du weißt ganz genau, dass sie nicht vertauscht worden sind.“ Simon setzte sich zurück auf den Tisch. Er verschränkte die Arme vor der Brust und bedachte mich mit einem undeutbaren Blick. „Es sieht wohl so aus, als müsste ich froh sein, dass dieser Arzt uns nun begleitet. Wem außer ihm kann ich jetzt noch vertrauen? Dir anscheinend nicht mehr.“

Er sagte dies in einem halb bedauernden, halb mitleidigen Ton, der mich rasend machte. Ich schmetterte die Bibel zu Boden, trat auf ihn zu und richtete den Zeigefinger auf ihn.

„Ich habe dich nicht auf nackten Füßen bis hierher geschleppt, nur um mir von dir anhören zu müssen, dass ich wahnsinnig bin. Mein einziges Ziel ist es doch, dass du sicher bist. Dein Wohlergehen ist mir wichtiger als alles andere.“

Bei den letzten Worten hatte ich meine Stimme gesenkt. Ich hatte selbst erkannt, dass es uns wenig nützte, wenn ich ihn einfach anschrie. Es half nicht dabei, das auszudrücken, was ich ihm sagen wollte.

„Mein Wohlergehen?“ Er drückte seinen Rücken durch, sodass unsere Gesichter auf gleicher Höhe waren. Ich lehnte mich weiter zu ihm vor, bis meine Nasenspitze nur noch eine Fingerlänge von der seinen entfernt war.

„Mein Wohlergehen ist dir doch gleich! Was dich an mir kümmert, ist allein der Schlüssel zum Laboratorium, den ich um den Hals trage. Das einzige, was dich interessiert, ist deine gottverdammte Schuld. Du hältst das alles doch nur für deinen ganz eigenen Pfad zur Läuterung von deinem Hirngespinst.“ Er spuckte mir vor die Füße.

Sprachlos starrte ich ihn an. Mein Zeigefinger verharrte noch immer vor seiner Brust. Ich senkte ihn. Den Blick aber hielt ich aufrecht. Gerade noch bändigte ich den Drang, ihm eine Ohrfeige zu versetzen.

Die Augen blitzten mir aus seiner verhärteten Miene entgegen. In ihnen lag so wenig Erbarmen, wie ich es sonst nur von Feinden auf dem Schlachtfeld kannte. Sie lösten einen beinahe körperlichen Schmerz in mir aus. Ich konnte ihm nicht länger standhalten und wandte mich von ihm ab. War ich tatsächlich so auf mein eigenes Ansinnen versessen, wie er sagte?

War ich gar wahnsinnig?

Ach komm schon, Lucien, ich kann doch nicht Einbildung sein.

Er hatte mich tief getroffen. Eine Wunde, die mehr schmerzte als meine zerschundenen Füße.

„Wir brechen auf, sobald du dich ausgeruht hast“, knurrte ich, nahm die Tinktur und verließ humpelnd das Zimmer. Ich drehte mich nicht mehr zu ihm um. Brennend spürte ich seinen Blick in meinem Nacken.

Auf dem Gang wartete ich auf die Rückkehr von Doktor Avis. Der Morgen war vollends hereingebrochen. Die Lauten und Flöten schwiegen, die Gesänge waren verstummt. Ich hörte nur das Klirren von Geschirr und das Wehklagen eines Betrunkenen.

Ich hatte mich gerade gegen die Flurwand gelehnt, da erklangen Schritte auf der Treppe. Der Doktor erklomm sie mit gerafftem Mantel und sobald er mich sah, winkte er mir zu.

„Erfreuliche Nachrichten! Du kannst das Zimmer gleich neben mir beziehen. Eine Dienstmagd kommt bald zu dir, um deinen Zuber mit heißem Wasser aufzufüllen.“

Er überreichte mir einen Messingschlüssel und klopfte mir aufmunternd auf die Schulter. „Du siehst noch mitgenommener aus als zuvor.“

„Ich hatte einen Streit mit dem Jungen“, seufzte ich.

„Das bleibt nicht aus, wenn man übermüdet und erschöpft ist. Wenn ihr beide euch erholt habt, wird es sicherlich einen versöhnlichen Ausgang nehmen.“

Seine Zuversicht rührte mich. Ich hoffte für ihn, er würde sie sich bewahren können. In diesen Landen ging sie einem nur allzu schnell verloren.

Wir verabschiedeten uns und ich betrat mein Zimmer. Es war genauso eingerichtet wie die Kammer des Doktors. Nur mit Mühe widerstand ich der Versuchung, mich sogleich ins Bett fallen zu lassen. Stattdessen setzte ich mich auf einen der zwei Schemel, legte die Füße auf den anderen und wartete auf die Dienstmagd.

Meine Gedanken kreisten um die Geheimnisse der letzten Tage. So sehr ich auch versuchte, sie auf etwas anderes zu lenken, es wollte mir nicht gelingen. Am Ende überlegte ich doch nur, was es mit dem Symbol auf meiner Brust oder dem Kind aus der Leichengrube oder dem seltsamen Klingeln auf sich haben sollte. Die Erschöpfung lastete bleiern auf mir. An keinem der Gedanken konnte ich länger festhalten, ohne dass meine Lider zufielen oder mein Kinn auf die Brust sank.

Als ich wieder ein Gähnen unterdrückte, klopfte es an der Tür. Die Schläge ließen den Boden erzittern und die Angeln quietschen.

Ich schrak auf. In mir erwuchs die Angst, nicht die Dienstmagd, sondern ein anderer, vielleicht höchst ungebetener Besucher könnte vor meinem Zimmer stehen. Pietro di Tremante war alles zuzutrauen. Gut möglich, dass er und seine Männer mich schon nach so kurzer Zeit wieder aufgespürt hatten.

„Wer … wer ist da?“, rief ich zögerlich.

„Ich sollt’ Euch doch’n Zuber füll’n“, sagte eine Stimme auf dem Gang. Sie war tief und dröhnend, aber ich konnte sie gerade noch als die einer Frau erkennen.

Erleichtert atmete ich aus. Gleichsam schimpfte ich mich einen Feigling. Es konnte nicht sein; bald erschrak ich wohl wie ein Hund vor meinem eigenen Schatten.

„Komm herein! Die Tür ist offen!“, sagte ich der Dienstmagd.

Beim Eintreten musste sie den Kopf einziehen. Sie war zweifellos das größte Weib, die ich jemals gesehen hatte. Nur ihr langer, blonder Haarschopf und der Rock ließen sie wie eine Frau wirken. Ihre Schultern mussten breiter als die meinen sein. Busen und Hüften waren flach wie bei einem Knaben. Trotz dieses männlichen Körpers bewegte sie sich fast schon anmutig.

Sie stellte den Eimer heißes Wasser, den sie hochgetragen hatte, auf den Tisch. Mühelos zog sie den Zuber aus der Zimmerecke und schüttete den Eimer über ihm aus. „Dauert ’n bisschen, aber dat versteht Ihr ja“, sagte sie und verschwand wieder aus der Tür.

Eine gefühlte Ewigkeit später hatte sie den Zuber fast bis zum Rand gefüllt. Ich versprach ihr bei meiner Abreise eine Entlohnung und bat sie noch darum, mir später eine Kohlsuppe hochzubringen.

Als sie mich allein gelassen hatte, zog ich mir die verdreckten Kleider aus und stieg in das Wasser. Durch das lange Befüllen war es schon abgekühlt, aber immer noch warm genug, um meine Muskeln zu entspannen. Mit einem wohligen Seufzer bettete ich den Nacken auf den Rand des Zubers und schloss die Augen. Die Wärme des Wassers ging auf meinen Körper über und er schien mit ihm zu verschmelzen. Für diese wenigen Augenblicke vergaß ich all die Sorgen, die auf meiner Seele lasteten. Selbst das Zeichen auf meiner Brust, das verschwommen unter der Wasseroberfläche zu sehen war.

Mehrmals tauchte ich unter, um auch mein Gesicht und meine Haare zu reinigen. Dabei wurden die allgegenwärtigen und plagenden Flöhe aus ihnen gespült. Reglos schwammen ihre Körper auf dem Wasser und ich schnipste sie nach und nach über den Rand des Zubers.

Ohne ein Klopfen schwang die Tür auf. Ich hatte gerade mit den Fingern ein neues Ziel anvisiert und sah erschrocken auf. Die Magd kam mit einer dampfenden Schüssel in Händen herein. Ich war zu erschrocken, um etwas zu sagen. Sie stellte die Schüssel auf den Tisch und musste dabei freie Sicht auf meine Blöße haben.

Mir schien der Moment so ungeheuerlich, dass ich sie nur mit offenem Mund anstarrte.

Auf ihrem teigigen Gesicht breitete sich ein Grinsen aus. Als sie zurücklief, strich ihre Hand wie beiläufig über meinen Nacken und ich spürte, wie mein ganzer Körper erzitterte. Anscheinend verdiente sie daran, den Gästen auch mit anderen Diensten zur Verfügung zu stehen. An der Tür angekommen warf sie einen fragenden Blick zurück.

Ich schüttelte nur den Kopf. Selbst wenn ich gewollt hätte, ich war von den Strapazen viel zu ermattet.

Enttäuscht stahl sie sich davon und ich konnte in Ruhe mein Bad beenden. Nachdem ich aus dem Zuber gestiegen war, rieb ich Avis' Tinktur auf meine Füße. Das Gemisch verströmte einen beißenden, undefinierbaren Geruch und brannte auf der Haut. Trotzdem verschaffte es mir bereits wenig später Linderung. Dic Heilkünste des Doktors mussten wirklich außergewöhnlich sein.

Ich schlürfte die dünne Kohlsuppe, die meinen Magen beruhigte und mich von innen heraus wärmte. Trübes Morgenlicht fiel durch die Ritzen der Fensterläden, als ich die Schüssel beiseite stellte. Doch es fehlten Lärm und Stimmengewirr, um tatsächlich meinen zu können, dass es Tag war. So fiel es mir nicht schwer, mich unter die raue Wolldecke zu legen und den lang ersehnten Schlaf zu erwarten.

Wann bin ich das letzte Mal so friedlich eingedämmert?

23.

Lucien! Hier ist etwas geschehen, das du dir ansehen solltest.“

Die dumpfe Stimme zerriss meinen Schlaf. Blinzelnd öffnete ich die Lider. Die Schnabelspitze des Doktors ruhte direkt vor meinem Gesicht. Ich zuckte zurück, kniff die Augen zusammen und suchte die seinen in den Löchern der Maske, fand aber nur Schwärze. „Was … was ist los?“

„Du musst es sehen. Außerdem habe ich wenig Lust, dir das Ganze auch noch beschreiben zu müssen“, sagte er. Zum ersten Mal klang wirkliche Unruhe aus seiner Stimme heraus. „Komm schon, zieh’ dich an. Du hast ohnehin genug geschlafen.“

„Wie lange?“, gähnte ich.

Der Schnabel zeigte in Richtung Fenster.

Ich richtete mich auf. Das Licht, das durch die Ritzen der Läden fiel, war purpurrot. Die Abenddämmerung musste hereingebrochen sein. Trotzdem kam es mir so vor, als hätte mein Schlaf nur wenige Momente angedauert. Die Erschöpfung lag zwar nicht mehr so drückend auf mir, pochte aber weiterhin in meinem Hinterkopf.

„Gut. Warte draußen!“

Er tätschelte mir mit seinen behandschuhten Fingern die Schulter und leistete Folge.

Ich zog mich an, spritzte Wasser aus dem Zuber in mein Gesicht und spürte langsam, dass mein Körper in Wallung kam.

„Nun gut. Was gibt es so Wichtiges zu sehen?“, fragte ich Doktor Avis, nachdem ich auf den Gang getreten war. Er blieb mir die Antwort schuldig und bedeutete mir nur, ihm zu folgen.

Eine höchst eigentümliche Stille hatte sich über das Gasthaus gelegt. Nicht einmal mehr Schritte oder das Gackern der Hühner im Hof hörte ich. Wir kletterten die Stiege hinab in den verwaisten Schankraum, wo der Wirt einsam hinter dem Tresen stand.

„Da seid ihr“, sagte er und ließ seinen Worten einen bitteren Seufzer folgen, der sich so lang zog wie das Jaulen eines Köters. „Kommt! Wenn du meinst, dass der Mönch sich das auch ansehen soll …“

Er musste sich auf dem Tresen abstützen, als er zu der Tür neben den großen Fässern ging. „Ich hoffe, du hast einen starken Magen, Mönchlein!“

Ich verzog das Gesicht und nahm wahr, wie sich eben jener zusammenzog. Das Blut rauschte durch meinen Körper und vertrieb die letzten Überreste des seligen Schlafes. Irgendetwas Furchtbares musste geschehen sein. Ausnahmsweise schwieg Baphomet, was wohl nur bedeuten konnte, dass er um den Schrecken wissen musste, der mir bevorstand. Dein Hohn wird noch kommen, habe ich recht, Dämon?

Der Wirt schloss die Tür auf und lauter Hühnerfedern trudelten uns entgegen. Wir mussten sie wild mit den Armen wedelnd zur Seite treiben, um auf den Hof treten zu können.

Durch das Gewimmel der Federn hindurch sah ich erst nicht ganz, was auf dem schlammigen Boden vor dem Hühnerstall lag.

„Es ist eine Schweinerei, einfach eine Schweinerei“, murmelte der Wirt.

Ich kämpfte mir die Sicht mit den Armen frei, dann erkannte ich, was ihn so erschütterte. Die Kohlsuppe machte sich sogleich bemerkbar und wollte aus meinem Magen entweichen. Nur durch kräftiges Schlucken konnte ich sie zurückhalten.

Die hochgewachsene Dienstmagd, zumindest ihr zerfetzter Torso und die verdrehten Glieder, lag in ihrem eigenen Blut. Um sie herum waren fünf tote Hühner platziert worden, welche die Ecken eines Pentagramms bildeten, das mit Blut auf die Erde gemalt war. Der Kopf der Magd thronte auf dem Dach des Hühnerstalls. Den Mund hatte sie geöffnet und etwas steckte zwischen ihren Zähnen. Ich reckte den Kopf in die Höhe, um es erkennen zu können.

„Ihr Herz“, schepperte es.

„Was?“

„Es ist ihr Herz“, führte Doktor Avis aus. „Man hat es ihr aus der Brust gerissen und in den Mund getan.“

Der pelzige Geschmack des Ekels legte sich auf meine Zunge. Ich fühlte mich an etwas erinnert. Ein loser Gedanke, der für einen einzigen Moment klar aufgeflackert und dann wieder entflossen war. Er hinterließ ein beißendes Gefühl der Bedrohung wie eine Narbe.

Du denkst, die Angst lässt sich besiegen, wenn wir das töten, was sie auslöst. Aber damit zerstörst du nur den Auslöser. Die Angst war schon vorher in dir und wird es immer bleiben. Du musst dir den Brustkorb aufreißen, zwischen deinen Rippen hindurch greifen und sie tief aus deinem Herzen zerren. Dann, erst dann, hast du sie besiegt.

Da bist du ja, Baphomet, dachte ich grimmig. Ich ging vor der Leiche in die Knie und besah die klaffenden Wunden. „Friss die Angst, bevor die Angst dich frisst", flüsterte ich mit Blick auf die Stelle, wo das Herz gesessen hatte.

„Was?" Der Doktor hatte sich neben mich gekniet.

„Nichts, nichts", entgegnete ich. „Hat der Wirt keine Schreie gehört? Kein Gackern? Das hier kann nicht still und leise vor sich gegangen sein. Wir waren alle hier."

„Dieselbe Überlegung habe ich auch schon unternommen. Aber ich kann bezeugen: Der Wirt und ich saßen zusammen im Schankraum und haben über die Burg Kleve geplaudert. Wir haben das hier erst bemerkt, als er Ursula – so heißt sie – gesucht hat."

„Mein Fenster liegt direkt zum Hof und ich habe die ganze Zeit tief geschlafen. Das ist unmöglich. Die Frau kann vielleicht noch hinterrücks und still gemeuchelt worden sein, aber die Hühner müssen einen wahnsinnigen Lärm gemacht haben."

Ist es dein Werk, Baphomet?, dachte ich. Soll es mir eine Warnung sein? Ich mag ein Verräter sein, Dämon, aber zumindest bin ich kein grausamer Schlächter wie du.

„Was soll'n wir mit der Leiche mach'n, Doktor? Ihre ganze Familie ist tot, hingerafft von der Pest", meldete sich der Wirt zu Wort.

„Wickelt sie in Leinen, zusammen mit dem Kopf. Ermöglicht ihr die größte Würde, die ihr geben könnt. Sollte der Friedhof nicht schon voll sein, beerdigt sie dort."

Der Fettwanst schniefte und murmelte etwas davon, dass er einen Knecht holen wollte, der ihm dabei zur Hand gehen sollte. Als er verschwunden war, packte mich Avis an der Schulter. Seine Finger bohrten sich in meine Haut. Die Maskenaugen stierten mich an.

„Simon hat mir gesagt, du hättest von einem Dämon gesprochen, der dich verfolgen würde. Er tat es als Hirngespinst ab, und auch ich hatte so meine Zweifel – aber das hier …"

„Ich verstehe", erwiderte ich und nickte eifrig. „Wir sollten sofort aufbrechen. Ich weiß nicht, was er noch vorhat. Vielleicht sollten wir besser getrennt weiterreisen."

„Nein, dafür ist dieses Land zu gefährlich. Ich hole Simon – er hat die ganze Zeit in meinem Zimmer geschlafen und müsste wieder zu Kräften gekommen sein. Wir treffen uns vor dem Gasthof."

Endlich löste er den Klammergriff um meine Schulter. Er tätschelte sie noch kurz, dann lief er zurück ins Wirtshaus.

Ich blieb allein im Gestöber der Federn. Aus einem plötzlichen Verlangen heraus streckte ich die Hand nach einer von ihnen aus. Sacht schwebte sie auf meine schwielige Haut. Ihre Struktur, ihr weicher Flaum: ein Sinnbild für die Vollendung von Gottes Schöpfung. Mir schien, als stammte sie aus einer anderen Welt.

Einer Welt, der ich schon lange nicht mehr angehörte.

Ich entließ die Feder. Eine Bö kam auf und riss sie davon, ein schnell kleiner werdender Punkt im Abendrot.

24.

Das verschwommene Bild eines wasserblauen Augenpaares. Sein Blick lag anklagend auf mir. Als würde ich etwas vor ihm verborgen halten – vor mir selbst.

Ich konnte mein Spiegelbild auf der Klinge von *Saint Épée* nicht länge ertragen und steckte das Schwert zurück in die Scheide.

Gegen die Wand des gegenüberliegenden Hauses gelehnt, wartete ich darauf, dass Simon und der Medicus aus der Schänke kamen.

Neben meinem Schwert trug ich auch einen Beutel mit Proviant bei mir, den mir der Wirt aus der Vorratskammer gegeben hatte. Ich glaubte jedoch nicht, dass wir viel von ihm aufbrauchen würden. Von Xanten bis nach Kleve waren es nicht einmal sechs Stunden Fußmarsch. Zwar würden wir nicht vor Einbruch der Dunkelheit eintreffen, trotzdem stimmte mich das baldige Ende unserer Reise hoffnungsfroh.

Vor dem Gasthof versammelten sich schon die ersten Gäste für die kommende Nacht. Viele der Pestkranken, die beim letzten Totentanz dabei gewesen waren, erspähte ich nicht mehr. Wenigstens hatten sie noch einmal feiern können, bevor der Schnitter sie geholt hatte. Ich machte mir ein Spiel daraus, zu überlegen, welche der Feiernden den nächsten Morgen nicht erleben würden.

Das kehlige Rufen des Wirts riss mich aus diesen makabren Gedanken. Er war vor die Menge der Tanzwütigen getreten und verkündete: „Heute Abend bleibt mein Gasthaus geschlossen. Geht wieder nach Hause, Leute! Betet zu Gott! Nie war das wichtiger als jetzt."

Mit dem letzten Satz zerknitterte seine Stimme wie ein Stück Stoff, um das ein Mann die Faust ballte.

Proteste und Verwünschungen wurden laut. Die vordersten der Meute spuckten dem Schänk vor die Füße, die hinteren reckten drohend die Hände in die Höhe. Sie keiften und brüllten wild durcheinander, sodass nur Fetzen an meine Ohren drangen.

„Das kannst du nicht machen! Wo soll'n wir denn hin?", erkannte ich das Krächzen einer alten Frau. „Du Hundesohn! … Warum machst du zu?", dröhnte eine Männerstimme.

Beschwichtigend hielt der Wirt die Hände vor die Brust. „Leute, hört mir zu! Schreckliches geschah in meinem Hause. Die gute Ursula, die viele von euch kannten, wurde grausam von einem Unbekannten niedergemetzelt.“

Raunen und Flüstern legte sich wie ein summender Mückenschwarm über die Umstehenden. Die Nachricht vom Tod der Magd löschte die Feuer ihrer Wut und entfachte stattdessen ihre Neugier. Fragen kamen auf, aber der Wirt winkte ab und zog sich in seinen Gasthof zurück.

Erste Blicke huschten zu mir herüber. Ich sah in argwöhnische und abschätzige Augenpaare.

Ich winkelte die Beine so an, dass *Saint Épée* in seiner vollen, ehrfurchtgebietenden Länge zu sehen war. Ein Amboss des Unbehagens sackte auf meine Schultern und drohte, mich zu erdrücken. Hoffentlich tauchten Simon und Doktor Avis bald auf, damit wir hier verschwinden konnten, sonst würde sich der Verdacht der Meute immer mehr auf uns merkwürdige Fremde richten.

Zwar zogen einige plappernd davon, aber noch immer lauerte ein verstohlenes Grüppchen vor der Schänke.

Als Avis und Simon aus ihrer Tür traten, bildeten die Xantener ein Gässchen. Meine beiden Gefährten sahen verwirrt zwischen den Leuten umher. Alessio sprang unbeirrt in den Matsch und schnüffelte schwanzwedelnd herum.

Ich winkte den beiden zu. Sie sollten sich so schnell es ging zu mir begeben, bevor irgendjemand auf blutrünstige Gedanken kam. In diesem Land gab niemand mehr viel auf ein Menschenleben und eine einzige Behauptung oder falsche Geste konnte genügen, damit die Gruppe über uns herfiel.

Meine Gefährten bahnten sich ihren Weg durch die Gasse. Auf halber Strecke stellte ein schlaksiger Jüngling dem Doktor ein Bein. Er stolperte und musste sich an Simons Schulter festhalten, um nicht zu stürzen.

„Was ist los, du komischer Vogel? Du bist doch schon seit Tagen im Wirtshaus! Was hast du mit Ursula gemacht?“, rief eine Frau mit Habichtsgesicht.

„Ich? Nichts! … Wie …“ Doktor Avis wollte stehenbleiben und diskutieren, aber Simon packte ihn am Ärmel seines Gewands und zog ihn weiter. Obwohl der Junge noch immer blass war und seine Schritte unbeholfen wirkten, verfügte er wieder über seine volle Entschlossenheit. Die Lippen hatte er fest aufeinander gepresst, die Augen starr nach vorn gerichtet.

„Verschwinde, du Kauz, bevor ich dir die Flügel stutze!“, brüllte ein Kerl mit wirrem Kinnbart. Ein Stein flog von irgendwo her und traf Simon im Kreuz. Der Junge ignorierte es, den Mund zu einem unterdrückten Schrei verzerrt. Nur Alessio gab ein Bellen von sich.

Schließlich schafften sie es aus dem Kreis der Feierwütigen und traten an meine Seite.

„Schnell!“, sagte ich. „Sehen wir zu, dass wir verschwinden.“

Wir traten den Rückzug zur Marsstraße an. Wir rannten nicht, aber unsere Schritte waren schnell und bestimmt. Ich warf mehrmals Blicke zurück, doch niemand folgte uns. Die Menschentraube staute sich weiter vor dem Gasthof.

„Das ist gerade noch einmal gut gegangen“, sagte ich.

„Wie können diese Schwachsinnigen nur glauben, dass wir für diese Untat verantwortlich sind.“ Simon trat ein Steinchen vor sich her.

Er sprach mit mir, als wäre nie etwas zwischen uns vorgefallen. Vielleicht hatte die Wut auf die Xantener auch nur die abgelöst, die er auf mich gehabt hatte.

„Bedenke, mein junger Freund, dass Verzweiflung und Angst oft unser Denken verschleiern. Auch gute Christenmenschen sitzen manchmal falschen *perspicientias* auf.“ Doktor Avis fuchtelte wild mit den Händen herum. Jede Bewegung verlieh seiner Erklärung noch mehr Deutlichkeit. Fasziniert beobachtete ich das Schauspiel.

Wahre Worte, die der Kerl da sagt, findest du nicht, Lucien?

Wir folgten der Marsstraße, bis sie in den Marktplatz vor dem Viktorstift mündete. Der Wind pfiff über den morastigen Boden, auf dem vor noch so kurzer Zeit die Händler ihre Waren feilgeboten hatten. Jetzt lag der Platz ebenso verlassen da wie die umstehenden Häuser.

„Ein trostloser Ort“, stellte Avis fest.

Wir warfen uns bedrückte Blicke zu, während wir den Markt überquerten. Ich richtete meine Augen zu Boden, um nicht auf die drohenden Türme des Bischofspalasts sehen zu müssen, die hinter den Stiftmauern emporragten. So starrte ich gezwungenermaßen auf den

Matsch vor mir. Mein Geist begann, die Krater und Schlieren im Dreck mit vertrauten Symbolen zu verknüpfen. Ich meinte, den Abdruck eines Kinderfußes zu erkennen. Die Spuren eines Karrens. Wo war ihr Lachen? Wo war das Schnauben der Ochsen? Die Gesänge der Gaukler?

„Dieser Mord … Lucien, Herr Avis, meint ihr, dass es tatsächlich einen Dämon gibt?“, fragte Simon und vertrieb damit diese verdammte Stille.

Ich wartete ab, ob der Doktor etwas sagen wollte. Auf mich wirkte es, als würde Simon seinen Worten eher Glauben schenken. Aber er schwieg und machte nur eine einladende Handbewegung in meine Richtung. Sie war so schwungvoll wie all seine anderen.

„Es gab bei dieser Tat einige Ungereimtheiten. Sie bedeuten, dass wir entweder etwas Entscheidendes übersehen haben, oder der Täter über Fähigkeiten verfügte, die … nun ja …“

„… über Fähigkeiten, über die ein normaler Mensch nicht verfügt“, beendete Doktor Avis den Satz. Dankbar hob ich die Hand.

Wir hatten den Marktplatz hinter uns gelassen und liefen nun durch die Webergasse, die bis zum Nordtor führte.

„Ich war es jedenfalls nicht“, sagte Simon. „Ich habe nur im Zimmer gelegen und musste böse Träume ertragen.“

Sofort wurde ich hellhörig, denn auch mich plagten oft solche Albdrücke. „Böse Träume? Woran kannst du dich erinnern?“

Während ich sprach, setzte Nieselregen ein. Innerhalb von Augenblicken verwandelte er sich in einen Schauer. Pfützen bildeten sich auf dem Weg und dicke Tropfen platschten von den Dachrändern. Ich fröstelte und zog mir die Kapuze meiner Kutte über.

„An eine Dunkelheit, die irgendwie greifbarer war als die Dunkelheit der Nacht oder in einer Höhle. Sie schien überall zu sein … mich zu durchdringen. Was war da noch …?“ Er kratzte sich am Hinterkopf. „Richtig, eine Stimme, die merkwürdig dumpf klang. In einem Moment weit entfernt und schon im nächsten, als würde man es mir direkt ins Ohr flüstern. Ob es die eines Mannes oder einer Frau war, vermochte ich nicht zu erkennen.“

„Was hat sie gesagt?“

„Dass wir es nicht schaffen würden. Dass irgendetwas in siebenhundert Jahren geschehen würde, das wir ohnehin nicht verhindern könnten. Wie ich schon meinte, böse Träume. Und die sind immerzu voll von Wahnsinn."

Es herrschte Schweigen, in dem ich wild grübelte. Konnten Simons Träume irgendetwas mit der Stimme Baphomets zu tun haben, die ich schon so lange vernahm? Oder gar mit all den Rätseln, die ungelöst vor mir lagen? Ich trat mitten in eine Pfütze, so vertieft war ich in meine Gedanken.

„Ihr könnt Gott dafür danken, dass ich bei euch bin." Ein verlegenes Lachen drang aus der Schnabelmaske. „Denn wie es scheint bin ich der einzige von uns, der sich darüber im Klaren ist, Herr seines Verstandes zu sein. Was euch angeht, so wird die Zeit zeigen, was hinter all dem steckt."

So, wie die Zeit alles zeigt? Wie sie alles heilt? Die Zeit kann nicht nur heilen, sie kann auch Wunden reißen.

Wir kamen nicht zu einer Antwort, da sich in diesem Moment das Prasseln des Regens noch einmal verstärkte. Der Wind fegte mir die Tropfen mit einer solchen Schärfe ins Gesicht, dass sich meine Haut wie taub anfühlte. Aber der schützende Durchgang des Nordtors war nicht fern. Wir eilten los und stellten uns unter.

Simon sank keuchend an der Wand hinab. Die nassen Haare klebten ihm auf der Stirn, das vollgesogene Gewand schien seine Schultern nach unten zu ziehen. „Dass unsere Reise unter keinem guten Stern steht, war mir klar –, aber muss nun auch noch Regen dazu kommen?"

„Solange kein Donner grollt und Blitze über den Himmel zischen, sollten wir weiterziehen", sagte Doktor Avis.

„Das sehe ich auch so", pflichtete ich bei. „Regen wird uns nicht umbringen. Aber die Klingen von di Tremantes Männern sehr wohl."

„Eure Weisheit in Gottes Ohren", sagte Simon und wollte sich an einer Mauerfuge hochziehen, um aufzustehen. Schnell hielt ich ihm die Hand entgegen. Er zögerte, schließlich ergriff er sie aber und ich half ihm auf.

„Ich bin froh, dich begleiten zu dürfen, mein Junge", sagte ich, ehe ich seine Hand losließ.

Verwundert schaute er zu mir herauf. Seine Mundwinkel zogen sich für einen Moment in die Höhe. Sogar seine Zähne sahen zwischen den Lippen hervor. Er brauchte nichts zu sagen. Dieses Lächeln gab mir alles, was ich wissen musste. Wir würden die Burg von Kleve erreichen. Gemeinsam.

„Ihr seid ja wirklich rührend“, schepperte Doktor Avis. „Aber wir sollten langsam unsere Hintern hier rausbewegen. Der Regen hat nachgelassen.“

Jenseits des Tores erstreckte sich die letzte, sumpfige Weite, die noch zwischen uns und der Burg lag.

Ein eiserner Himmel wölbte sich über das Land. Wie eine Furche zog sich die Straße durch Äcker und Wiesen. Die einzigen Anhaltspunkte bildeten die Dächer eines weit entfernten Dorfes und die Korbweiden am Wegesrand.

Ich strich über den Riemen des Proviantbeutels und den Knauf von *Saint Épée.* Alles war am rechten Platze. Die letzte Strecke. Bei der Frage, was uns auf ihr erwarten würde, beschleunigte sich mein Herzschlag.

25.

Der Wirt hat mir von einem fahrenden Ritter erzählt, der in der Burg von Kleve genächtigt hat. Oder besser gesagt: Er wollte nächtigen, aber noch bevor der Morgen graute, floh er von dort nach Xanten." Avis machte eine so ausladende Handbewegung, dass ich zur Seite weichen musste.

Wir folgten dem Weg schon seit geraumer Zeit. Die Dämmerung war fast vollends hereingebrochen. Nur schwach loderte die Sonne noch an den Himmelsrändern. Es nieselte leicht, doch wir waren schon so durchnässt, dass wir das Tröpfeln kaum spürten. Simon und ich hatten dem Doktor nochmals und diesmal genauer unsere bisherigen Erlebnisse im Pestland geschildert. Jetzt lag es an ihm, uns von seinem Gespräch mit dem Schänk zu berichten.

„Sind sie dort tatsächlich alle irrsinnig, wie mein Großvater meinte?"

„Der Ritter soll sich bei dieser Frage recht schweigsam gezeigt haben. An den meisten der Bewohner sei ihm nichts Außergewöhnliches aufgefallen. Sieht man einmal von einer Sache ab …"

„Sag schon!" Simon hüpfte auf, was Alessio ein erschrockenes Bellen entlockte.

„Sie halten den Alchemisten, der sich hoch oben in seiner Kammer eingesperrt hat, für den Allmächtigen selbst. Sie glauben, er sei Gott."

„Das ist ja Ketzerei!", riefen Simon und ich wie aus einem Munde.

„Ja, da habt ihr recht." Der Doktor ließ den Schnabel herabhängen. Er schien nachzudenken. Schließlich sagte er: „Der Gedanke ist jedoch nicht vollends abwegig. Wer, wenn nicht Gott selbst, sollte die Seuche abwenden können? Wer sollte über solch eine Macht verfügen, wenn nicht er selbst?"

„Trotzdem – der Satan muss ihnen eine gehörige Menge Wahnsinn eingepflanzt haben, damit sie auf so eine Schlussfolgerung kommen." Der Junge bekreuzigte sich.

„Das ist noch nicht alles", fuhr unser neuer Weggefährte fort. „Dieser Irrsinn war dem fahrenden Ritter noch kein Grund, die Burg zu verlassen. Er speiste in der Großen Halle und legte sich in dem

Gemach schlafen, das ihm angeboten wurde. Mitten in der Nacht", der Doktor legte eine dramatische Pause ein, „weckten ihn grausiges Rufen und Kettenrasseln. Erst glaubte er, ein Tier würde diese Laute von sich geben. Aber als er über längere Zeit lauschte, bemerkte er, dass es das Brüllen eines Menschen war. Er fragte sich erst gar nicht, wodurch es verursacht wurde, sondern floh sogleich aus der Burg. Der Wirt sagte mir, der gute Mann hätte selbst dann noch gezittert, als er schon längst bei ihm im Gasthof saß."

„Was muss das für ein Ritter sein, der wie ein kleines Mädchen das Weite sucht, wenn er Gefahr wittert", sagte ich.

Wir hatten in diesem Land schon zu viele Schrecken erlebt. Schauergeschichten wie diese ängstigten mich nicht mehr. Die Erzählungen des Ritters würden mich nicht davon abhalten, die Burg von Kleve zu betreten. Dafür war ich zu sehr entschlossen, den Alchemisten zu finden und meine Schuld auszumerzen. Das einzige, was mich sorgte, waren meine Verfolger.

„Mal sehen, ob wir uns am Ende nicht auch vor Angst bepissen werden", sagte Doktor Avis.

„Fürchtest du das etwa?" Simon starrte ihn entrüstet an.

„Ich glaube kaum, dass wir in die Burg reinspazieren und mal eben fragen können, ob der Alchemist zugegen ist. Wenn er ihr Gott ist, dann werden sie einfache Sterbliche nicht gleich zu ihm lassen."

„Ich bin zuversichtlich, dass wir die Burg mit dem Mittel verlassen werden", wandte ich ein. „Schließlich gab es bisher keine Anzeichen dafür, dass auch der Alchemist dem Wahnsinn verfallen ist."

Wie als hätte er unsere Unterredung verstanden, bellte Alessio und tollte schwanzwedelnd um mich herum. Doktor Avis vergrub die Hände in den Manteltaschen. Den Kopf ließ er herabhängen und dachte wohl weiter über meine Worte nach. Simon zwinkerte mir zu; eine Geste, die ich von ihm bisher noch nicht gekannt hatte. Anscheinend wollte er mir zeigen, dass er meine Hoffnung teilte.

Eine Weile lang folgten wir schweigend dem Weg. Auf dem freien Feld gab es keinen Schutz vor dem Wind, der uns wuchtig wie ein Faustschlag entgegenschlug.

Fröstelnd schlang ich die Kutte eng um meinen Körper. Immer wieder musste ich mir meine Haarsträhnen aus dem Gesicht streichen. Wolkenformationen zogen so schnell wie Pferdeherden über den

Himmel. Der Regenschauer von vorhin war offenbar nur die Vorhut des Sturms gewesen, der nun aufzog.

„Was wirst du tun, wenn das hier vorbei ist? Wenn wir den Menschen das Gegenmittel gebracht und Josefine gefunden haben?“, fragte Simon. Seine Stimme konnte sich kaum gegen das Heulen des Windes behaupten.

Verdutzt sah ich zu dem Jungen hinüber. Die Frage an sich überraschte mich nicht, eher der Zeitpunkt. Ich hatte nie viel über die Zukunft nachgedacht. Auf meiner Flucht hatte es stets gezählt, irgendwie den Tag durchzustehen. Aber wenn wir die Pest tatsächlich besiegten, könnte all dies ein Ende haben. Meine Schuld wäre aufgehoben. Die Menschen würden uns als Helden feiern, vielleicht sogar als Heilige. Und womöglich würde der Papst mir die Absolution zuteilwerden lassen.

„Ich würde nach Courogny zurückkehren“, rief ich gegen den Wind an. „Unsere kleine Grafschaft, im Süden von Lyon. Mein Bruder muss jetzt der Comte sein. Er würde mich sicherlich aufnehmen. Bisher war es immer zu gefährlich gewesen, dorthin zu gehen.“

Für einen Moment schloss ich die Augen und erinnerte mich an den letzten Abend in Courogny. Der Duft der Lavendelfelder. Das Rauschen der Rhone. Die tiefe Stimme meines Vaters, der mich gemahnte, stets tapfer und gottesfürchtig zu sein. Schon lange hatte ich nicht mehr an die Heimat gedacht. Aus Angst, die Sehnsucht könnte zu groß sein.

Die fast verblassten Bilder, die ich mir ins Gedächtnis rief, versetzten mir einen Stich. Schnell verwandelte sich der Schmerz jedoch zu einem wohligen Prickeln. Endlich würde ich dorthin zurückkehren können.

Simons Miene hatte sich bei meinen Worten aufgehellt. Der tosende Wind schien ihm kaum etwas auszumachen. „Wie ist es so in deiner Grafschaft? Gibt es Wälder, in denen man jagen kann? Und wie weit ist es bis zum Meer?“

„Die Wälder sind voll von Hasen, Rehen und Fasanen. Wenn wir von der Jagd zurückkehrten, bogen sich die Tische in der Großen Halle unter all den köstlichen Braten.“ Mir entfuhr ein Seufzer. Das Wasser lief mir im Mund zusammen. Wehmütig dachte ich an die prasselnden Kaminfeuer. „Einmal hat mich mein Vater auch nach

Süden mitgenommen, zur Meeresküste. Von der Mündung der Rhone aus sah ich auf den Golfe du Lion."

„Das Meer …", murmelte Simon. „Stimmt es, was sie sagen? Dass man bis zum Horizont sehen kann und überall nur Wasser ist?"

„Ich könnte es dir mit tausend Worten beschreiben, du würdest es dir doch erst vorstellen können, wenn du es gesehen hast. Jeder, der es zum ersten Mal erblickt, sinkt auf die Knie und preist Gott für seine Schöpfung."

„Kannst du mich und Josefine einmal dorthin mitnehmen? Ich bin sicher, ihr würde es auch gefallen." Simon starrte mich an. Sein Blick hatte etwas Flehentliches.

„Wenn ich erst einmal zu meinem Bruder zurückgekehrt bin und meinen alten Stand eingenommen habe, könntest du mein Knappe werden", entgegnete ich.

Seine Augen leuchteten auf. „Das wäre großartig."

Ich lächelte ihm zu. Über meine Worte hatte ich vorher nicht viel nachgedacht. Ich wollte dem Jungen Hoffnung machen. Zudem gefiel mir die Vorstellung, wie wir beide einträchtig am Meeresufer saßen. Ich als alter Chevalier, er als mein stolzer Knappe. Wo sollte er auch hin, außer zu mir? Seine Familie war tot, niemand scherte sich um ihn. Ich hingegen erfreute mich an seiner Gegenwart. Hätte ich jemals einen Sohn gehabt, ich hätte mir gewünscht, dass er wie Simon wäre.

„Ich will euch ja nur ungern aus eurer Schwelgerei reißen, aber da vorn scheint etwas vor sich zu gehen", rief Doktor Avis gegen den Sturm an.

Das Dorf, das wir von Xanten aus gesehen hatten, lag nur noch einen Steinwurf weit entfernt. Der Weg mündete in einen großen Platz, der von etwa ein Dutzend windschiefen Hütten umkreist wurde. Vermutlich hatten hier die Bauern gelebt, die die umliegenden Felder bewirtschaftet hatten. Auf dem Dorfplatz mussten einmal Kinder herumgetollt und Feste gefeiert worden sein.

Jetzt drängte sich nur eine Schar schwarzer Kapuzengestalten auf ihm. Eine von ihnen trat in die Mitte der Gruppe. Sie packte ihre Kutte und zog sie sich über den Kopf, sodass der knochige Rücken entblößt wurde. Selbst aus dieser Entfernung konnten wir sehen, dass sich tiefrote Wunden über die Schulterblätter zogen.

Bei diesem Anblick sog ich scharf die Luft ein. Diese Verletzungen ließen nichts Gutes erahnen. „Um diese Leute sollten wir besser einen Bogen machen."

„Nein", sagte Avis. „Ich habe ähnliches Volk schon einmal gesehen. Es sind Fanatiker, aber sie sind nicht gefährlich."

„Woher kommen dann diese Narben bei dem da hinten?", fragte Simon.

„Seht selbst!"

Aus wohlbemessenem Abstand beobachteten wir das Geschehen. Einer der anderen reichte der Gestalt in der Mitte eine Peitsche.

„Eine Geißel", flüsterte der Doktor.

Allmählich konnte ich mir vorstellen, worauf dieses Schauspiel hinauslaufen sollte. Das Dutzend stimmte einen andächtigen Choral an. Die Melodie erinnerte an alte Volkslieder. Ich schnappte Brocken von Latein auf, aber so falsch ausgesprochen, dass es beinahe wie eine völlig andere Sprache klang. Das Lied wurde dadurch noch grotesker, dass sie auch Passagen in tiefstem Dialekt sangen.

Unterdessen hatte die Gestalt in der Mitte mit der Peitsche ausgeholt. Mit voller Wucht ließ sie die Riemen auf ihren Rücken knallen. Sie rissen blutige Striemen in die Haut. Doch der Selbstgeißler gab keinen Schrei von sich. Stattdessen warf er nur den Kopf in den Nacken. Die Kapuze glitt herab und ließ uns eine blonde Lockenflut sehen. Es war eine Frau.

„Mein Gott, warum tun diese Leute das?", fragte Simon. Die Geißlerin hatte erneut mit der Peitsche ausgeholt. Die Gesänge schwollen an. Nun begannen auch andere, ihre Rücken freizulegen und auf sich einzuschlagen.

„In den Klöstern nennt man diesen Ritus *disciplina*", erklärte Avis. „Sie dient den Mönchen zur Züchtigung des Leibes und Bekämpfung böser Lust. Du wirst vielleicht damit vertraut sein, Lucien."

Ich nickte.

„Aber das hier", fuhr er fort, „ist eher eine Perversion davon. Diese Menschen geißeln sich wegen der Pest. Sie halten sie für eine Strafe Gottes. Durch diese Selbstzüchtigung hoffen sie, Absolution zu erlangen und den Herrn zu besänftigen."

„Wie feige ..." Simon beäugte die Geißler mit verengten Augen. Die Frau legte sich mit ausgebreiteten Armen auf den Boden. Einer der Kapuzenmänner hielt ein aus zwei Ästen geflochtenes Kreuz über ihren Kopf und schien ein Gebet zu murmeln.

Avis wandte sich zu dem Jungen um. „Warum feige?“

„Wenn Gottes Strafe wirklich über uns kommen soll, dann sollten wir sie bußfertig erwarten – und uns nicht in den Dreck werfen und mit unseren Schmerzen Vergebung erbetteln.“

Was sagst du dazu, Lucien? Du bist doch ein Meister der Feigheit, habe ich nicht recht?

Da war also wieder Baphomet. Fast hätte ich seinen immerwährenden Hagel aus Spott vergessen.

Wäre ich feige, so wäre ich schon längst umgekehrt. Aber noch bin ich hier um Buße zu tun, dachte ich. Gesündigt habe ich, das steht fest. Der Heiland soll über mich richten, am Ende aller Tage. Nicht du, Dämon!

So widerspenstig kenne ich dich gar nicht, Lucien. Verstecke dich nur hinter deinem Heiland. Der wird sich auch fragen, wie du dich selbst noch ertragen kannst.

„Lucien!“ Simon schüttelte mich am Arm.

„Wa-was?“ Ich starrte ihn an. In seinen grau-grünen Augen fand ich wieder Halt.

„Wir sollten weiter. Diese Geißler sind wohl nicht gefährlich.“

„Auf der anderen Seite des Platzes ist ein Gehöft“, sagte der Doktor. „Mit etwas Glück finden wir in ihm noch Pferde, wenn in diesem Dorf nicht schon geplündert wurde. Die Tiere könnten unsere Reise zu einem schnelleren Ende bringen und uns vor einigen Gefahren bewahren, die noch auf dem Weg lauern könnten.“

Bereits jetzt zeigte sich der Medicus als große Bereicherung. Sein Wissen und sein Sinn für das Praktische halfen außerordentlich. „Nachsehen sollten wir auf jeden Fall“, stimmte ich ihm zu.

Wir liefen die letzten Ellen bis zum Dorf. Zwar widmeten die Geißler ihre alleinige Aufmerksamkeit den Peitschen und Gebeten, trotzdem wollten wir kein Aufsehen erregen. Deshalb mieden wir den Platz und schlichen hinter den Katen und Häusern entlang zu den Stallungen des Gehöfts.

Wir mussten nur noch eine Häuserlücke hinter uns bringen, als ohne Vorwarnung die Hölle losbrach. Ein Blitz zischte über den Himmel und tauchte alles für den Moment eines Augenaufschlags in grelles

Licht. Donner grollte und mir schien, als würde er den Erdboden zum Erbeben bringen. Infernalischer Platzregen setzte ein, der den aus Xanten der Lächerlichkeit preisgab.

Simon musste Alessio im Genick packen, damit der Brackenhund nicht erschrocken davonstob. Der Schauer durchnässte unsere Kleidung innerhalb weniger Herzschläge. Schwer und klebrig hing sie von unseren Schultern herab.

Die Gesänge der Flagellanten erstarben schlagartig. Ich vermutete, dass sie bei diesem Wetter lieber einen trockenen Unterstand suchen wollten, als sich weiter die Seele aus dem Leib zu prügeln.

Avis spähte um die Ecke der Kate, hinter die wir uns gekauert hatten. Sein Blick verharrte dort nur kurz und schnellte hinüber in die andere Richtung, weg vom Dorf. „Oh, fuck! Das hat sie also zum Schweigen gebracht!"

Was hatte er da zu Anfang gesagt? Es hatte wie ein arabischer Fluch geklungen. Vielleicht hatte er ihn irgendwo in Konstantinopel aufgeschnappt. Ich wunderte mich noch, als ich seinem Blick zu den Hügeln jenseits des Dorfes folgte.

Entsetzen machte sich in mir breit. Durch die Regenschlieren hinweg sah ich vier Reiter, die über die flache Hügelkuppe trabten. Flankiert wurden sie von sicherlich zwei Dutzend Fußsoldaten. Die Spitzen ihrer Spieße ragten zwei Mannshöhen über ihnen gen Wolkendecke.

„Di Tremante!", keuchte ich. Meine Stimme ging beinahe im Prasseln des Regens unter.

„Verflucht, die haben ja ein halbes Heer dabei." Simon krallte seine Hände in Alessios Fell.

„Wie ich aus euren Reaktionen schließe, sollten wir anscheinend lieber das Weite suchen."

Ich fragte mich, wie Doktor Avis es schaffte, seine Stimme selbst jetzt noch amüsiert klingen zu lassen.

„Dieses Weite, das wir suchen, sollte am besten am anderen Ende der Welt sein." Geduckt lief ich an der Wand der Kate entlang. „Kommt schon!"

Wir hatten zwei Häuser hinter uns gebracht, als ich auch auf der Straße zurück nach Xanten die Schemen von Geharnischten ausmachen konnte. Es mussten nicht weniger als auf dem Hügel sein.

„Die kommen anscheinend von allen Seiten! Das Dorf ist eingekesselt!“, rief Avis.

„Verstecken wir uns unter den Geißlern!“

Simon blieb stehen.

„Unter ihnen werden sie zuerst suchen“, entgegnete Avis. „Wir haben keine andere Wahl. In eines der Häuser!“

„Schaffen wir es noch bis zu den Stallungen?“

„Lasst uns sehen!“ Wir rannten zurück.

Di Tremante und seine Gefährten wollten wohl mit den Fußsoldaten Schritt halten, deshalb ritten sie nicht voraus. Wir konnten es bis zum Gehöft schaffen. Den letzten Rest des Wegs mussten wir ohne die Deckung der Häuser zurücklegen. Ich hoffte, die Regenschleier würden uns verdecken.

Wir stürmten über den schlammigen Pfad. Dabei warf ich einen Blick auf die Geißler. Wie eine Hühnerschar rannten sie kopflos durcheinander. Einige suchten wie wir Schutz in den Häusern, andere warteten unschlüssig.

Prustend und durchnässt wankten wir in den Stall. Ein brauner Wallach und ein Schimmel blickten uns aus ihren Boxen entgegen und begrüßten uns mit nervösem Gewieher.

„Wir brauchen Zaumzeug und Sattel!“ Doktor Avis lief suchend an den Regalreihen zu unserer Linken entlang. Seine Schritte knisterten auf dem strohbedeckten Boden.

„Ich habe gelernt, ein Pferd auch ohne all das zu reiten.“

Ich stellte mich vor die Box des Schimmels und streckte dem Tier die Hand entgegen. Scheu verharrten die Nüstern vor meinen Fingern. Die dunklen Augen musterten mich so eindringlich, wie es nur wenige Menschen tun konnten. Das Ross schnaubte unruhig. Es zog seinen Kopf aber nicht weg, als ich seinen Kopf streichelte.

„Ruhig, mein Großer“, flüsterte ich. Merkwürdigerweise hatte ich auf Tiere schon immer eine beruhigendere Ausstrahlung gehabt als auf Menschen.

Ich besah die Flanken des Schimmels. Deutlich zeichneten sich die Rippen ab. Unmöglich zu sagen, wie viele Tage die Pferde ohne Futter zugebracht hatten. Der Gestank nach Pferdeäpfeln tat sein Übriges, um mich glauben zu lassen, dass Stallknechte und Besitzer längst vom Schwarzen Tod geholt worden waren.

Ich wandte mich um und ließ meinen Blick über die Regale schweifen. Keine Spur von Heu oder Äpfeln. Bis Kleve würden die Tiere weiter hungern müssen.

Doktor Avis hatte einen Sattel gefunden und hielt ihn in die Höhe. „Leider habe ich nicht so eine vorzügliche Ausbildung wie du genossen, stolzer Ritter. Ich muss auf das zurückgreifen, was die Zivilisation uns Männern der Wissenschaft gnädigerweise zur Hand gegeben hat."

Wir öffneten die Türen der Boxen und traten zu den Rössern.

„Sollte das gerade eine Anspielung sein?", fragte ich.

„Es hätte sich zu einer Verteidigungsrede für die Annehmlichkeiten von Forschung und Kultur ausweiten können, die eines Cicero würdig gewesen wäre." Avis schwang den Sattel über den Rücken des Wallachs und befestigte die Verschlüsse.

„Könnt ihr beide mit diesem Schwachsinn aufhören?" Simon trat zu mir in die Box. Alessio folgte ihm, worauf der Schimmel unruhig umhertänzelte. „Ich reite bei dir mit, ja?"

Ich nickte.

„Dann lasst uns endlich aufsteigen und verschwinden!"

Ehe Simon zu Ende gesprochen hatte, drangen Hufgetrappel und Stimmgewirr an unsere Ohren. Di Tremante und seine Männer hatten das Dorf erreicht.

„Verdammte Scheiße, schnell!" Simon rüttelte an meiner Kutte.

„Was willst du tun? Sollen wir da jetzt rausgaloppieren? Mitten in ihre Arme!?", fuhr ich ihn an. Meine Knie fühlten sich weich an. Die nasse Kleidung schien meine Schultern niederzudrücken. Ich fühlte mich wie ein Lamm, das die Wölfe in die Enge getrieben hatten.

„Wir bleiben hier. Abwarten und verstecken ist das einzige, was uns übrig bleibt."

Ich schloss das Gatter der Box hinter Simon und mir und wir kauerten uns ins Stroh. Wie von selbst legten sich meine Finger um das Heft von *Saint Épée*. Tief durchatmend lehnte ich den Kopf gegen die hölzerne Trennwand. Woher hatte di Tremante die Männer? Es mussten an die fünfzig Bewaffnete sein. Die Niederlage durch Anna und ihre Weiberschar musste seinem Stolz arg zugesetzt haben. Es gibt nichts Gefährlicheres als eine Bestie, die ihr eigenes Blut geleckt hat. Jetzt hetzte dieser Wahnsinnige tatsächlich eine Streitmacht auf mich.

„Seht euch das an!“, drang Avis’ Stimme aus der anderen Box. „Durch die Spalten zwischen den Brettern können wir beobachten, was da vor sich geht.“

Simon und ich krochen an den Beinen und den stinkenden Hinterlassenschaften des Schimmels vorbei zur hinteren Wand. Sie war so grob gezimmert, dass zwischen manchen Holzbrettern ein Kind hindurchgepasst hätte. Ich spähte durch eine Spalte in Augenhöhe.

„Was siehst du?“ Simon war zu beschäftigt damit, seinen neugierig schnuppernden Hund von dem Schimmel zurückzuhalten, um selbst gucken zu können.

Die Bewaffneten hatten die Geißler auf dem Dorfplatz zusammengetrieben. Di Tremante und seine Untergebenen saßen noch im Sattel und überwachten das Geschehen. Auf den Lederkollern der Fußtruppen erkannte ich keine Wappen. Einige von ihnen bedrohten mit ihren Armbrüsten und Spießen die Geißler, andere stürmten mit blank gezogenen Klingen in die Hütten. Sie wirkten kriegserfahren, aber keineswegs diszipliniert. Di Tremante musste zwei von ihnen zurückrufen, die einem der Geißler anscheinend seine Peitsche klauen wollten.

Zudem schienen es – Gott sei’s gedankt – weniger zu sein, als ich befürchtet hatte. In meinem Blickfeld sah ich höchstens dreißig Mann.

„Söldner“, sagte ich Simon. „Vielleicht hat er sie in Flandern oder den Niederlanden angeheuert, das ist nicht weit von hier. Seit der Schlacht von Crécy treiben sich diese Rotten in ganz Frankreich herum.“

„Wir sollten uns in Acht nehmen. Das sind blutrünstige Gesellen. Für ein wenig Sold und Plündergut schrecken die vor nichts zurück“, fügte der Doktor hinzu.

„Danke, das hätten wir uns auch schon so gedacht.“ Ich ließ der Stichelei ein müdes Schmunzeln folgen. Nur der Anwesenheit des Medicus war es zu verdanken, dass ich noch zu so etwas fähig war.

Bevor er antworten konnte, erscholl di Tremantes kräftige Stimme: „Die armen Seelen, die hier stehen, mögen sogleich vortreten und sprechen, wenn sie einen Mann gesehen haben, der sich als Mönch ausgibt. Er wird begleitet von einem schmächtigen Jungen und einem Brackenhund. Sollten die betreffenden Leute gar unter dieser Schar sein, so mögen sie sich jetzt offenbaren. Andernfalls werden alle getötet. Gott möge die Seinigen unter ihnen erkennen.“

Schluchzen und wütende Rufe brandeten auf. Die Geißler ballten die Fäuste oder sanken auf die Knie und beteten. „So einen Kerl haben wir nie gesehen“, rief jemand.

„Lasst uns gehen! Wir sind gottesfürchtige Menschen wie ihr“, klagte der Mann mit dem Holzkreuz.

Di Tremante winkte ab. Er sah zu einem vierschrötigen Riesen mit feuerroter Mähne, der gerade wieder aus einer der Katen getreten war. „Der Hauptmann möge seinen Männern befehlen, diesen Haufen nach den Gesuchten durchzusehen. Das Dorf soll ebenfalls durchsucht werden. Unterdessen geht der päpstliche Legat mit seinem Schreiber dorthin. Arda bin Nabil, folge!“

Der Bluthund und der Sarazene stiegen von ihren Rössern. Grölend machten sich die Söldner daran, das Dorf auf den Kopf zu stellen.

Ich schluckte und taumelte weg von der Bretterwand. Als di Tremante „dorthin“ gesagt hatte, hatte er genau auf die Stallungen gedeutet. „Sie kommen hierher“, flüsterte ich. „Gott im Himmel, sie kommen hierher.“

26.

Simon ergriff meine Schultern. „Ruhig bleiben! Noch haben sie uns nicht entdeckt."

„Hören wir auf den Jungen", stimmte Avis aus der anderen Box zu. „Die scheinen hier nur unter sich sein zu wollen. Durchsuchen werden sie den Stall hoffentlich nicht."

„Gut." Ich atmete tief durch. Mein Herz flatterte wie wild. Alles in mir schrie danach, davonzurennen. Egal wohin. Nur weg von di Tremante. „Pass bloß auf, dass Alessio keinen Laut von sich gibt. Wir müssen absolut still sein. Auch die Pferde dürfen nicht zu nervös wirken."

„Verstanden", entgegnete Simon.

Wir drückten uns an das Tor der Box. Simon nahm Alessio auf seinen Schoß. Er kraulte den Hinterkopf des Bracken, was ihn wohl mehr beruhigte als den Hund. Der Schimmel scharrte mit den Vorderhufen und strafte uns Störenfriede mit ungeduldigem Schnauben.

Ein Blitz entsandte grelles Licht durch das löchrige Dach. Sogleich folgte Donnergrollen.

„Ich flehe dich an, sei ruhig, mein Großer!", sprach ich auf das umhertänzelnde Pferd ein und versuchte, den Atem flach zu halten. Wenn er uns hier raus entkommen ließ, hatte Gott mich vielleicht doch noch nicht aufgegeben.

Das Stroh knisterte unter den Schritten der beiden Männer. Ich hörte das rhythmische Klirren, wenn die Schwertscheiden gegen die metallenen Beinschienen stießen. Als di Tremante und der Sarazene auf selber Höhe waren, gab unser Schimmel keinen Laut von sich, die Heiligen seien gepriesen.

Avis' Wallach jedoch wieherte und trampelte auf seinem Heu herum. Mein Herz hing in meiner Brust wie ein Klumpen Blei. Ich krallte die Finger fester um das Heft des Schwertes. Bitte lass sie uns nicht bemerken!

„Die Rösser sind außer sich vor Angst, Herr", sagte Arda bin Nabil mit dem schwerfälligen Akzent des Arabischen. „So ein Gewitter habe ich lange nicht mehr erlebt."

Erst als ich ausatmete, bemerkte ich überhaupt, dass ich die Luft angehalten hatte. Noch wagte ich es nicht, an unser Glück zu glauben. Abwartend lauschte ich weiter auf unsere Widersacher.

„Du bist dir wie immer im Klaren darüber, Arda, dass keines unserer Worte jemals diesen Raum verlassen darf."

Es war das erste Mal, dass ich di Tremante einen Menschen persönlich ansprechen hörte.

„Herr, seit Ihr mir in Damaskus das Leben gerettet habt, stehe ich in Eurer Schuld. Ihr wisst, dass ich Euch nie verraten würde."

Neben meine Anspannung schlich sich eine Spur von Neugier. Wann war di Tremante in Damaskus gewesen? Gern hätte ich mehr darüber erfahren, was ihn mit dem Sarazenen verband.

„Ich schätze deine Aufrichtigkeit und Treue", entgegnete der päpstliche Legat in einer Stimmlage, die ich beinahe als freundschaftlich empfand. „Sie wären einem Christenmenschen würdig, nicht einem Ungläubigen wie dir."

„So sehr Ihr mich auch drängt, zu Eurem Glauben werde ich nicht konvertieren."

„*Omnia tempus habent*, wie die Heilige Schrift uns lehrt. Irgendwann wirst auch du zu unserem Heiland finden. Jetzt lass uns aber beginnen, hol den Tisch dort! Diese Brabanzonen werden nicht ewig brauchen."

Brabanzonen also, dachte ich, während das Scharren von Tischbeinen erklang. Diese Rotten aus Galgenvögeln und armem Fußvolk galten als gnadenlos und unersättlich in ihrer Gier. Schon unter Barbarossa hatten solche Söldnerscharen gedient. Vor hunderten von Jahren hatten der französische König und der Kaiser des Heiligen Römischen Reichs sie aus ihren Reichen vertrieben und Papst Innozenz hatte sie mit einem Bann belegt. Das hatte sie aber nicht daran gehindert, weiter durch die Lande zu ziehen. Und schien di Tremante auch nicht daran zu hindern, sie in seine Dienste zu nehmen.

„Bei der Raffgier dieser Männer werden sie jedes Haus auseinandernehmen, um auch noch an das letzte Ding von Wert zu kommen", sagte bin Nabil.

Etwas raschelte, womöglich Pergament. Das Rücken eines Stuhls ertönte, gefolgt von einem Seufzer. Jemand musste sich gesetzt haben.

„Meinst du, ihrem Hauptmann – diesem Roel – ist zu trauen?“ Am Schattenwurf erkannte ich, dass di Tremante auf und ab lief. Der Sarazene musste also sitzen.

„Er scheint nicht mehr oder weniger vertrauenswürdig als ein anderer von diesem Gesindel“, mutmaßte Arda.

Di Tremante lachte auf. Eine erste wahre Gefühlsregung. Sein Lachen klang wie das Röhren eines Hirschs, tief und bedrohlich. „Wie immer treffend, mein Freund. Aber beginnen wir endlich mit dem Brief. Bist du bereit?“

„Ja, Herr.“

Der päpstliche Legat räusperte sich. Als er sprach, setzte er zwischen den Worten wohlbemessene Pausen: „Meine liebe Eliana, wenn du das hier liest, wird dein Vater wohl endlich den Verräter unseres Glaubens und unserer Kirche gefangen haben … kommst du mit?“

Schwach hörte ich das Kratzen einer Feder.

„Ja, fahrt nur fort“, sagte bin Nabil.

„Unzählige lange Jahre jage ich ihn jetzt schon durch die Länder des Abendlandes. Ich werde ihm entlocken – selbst wenn ich ihn foltern muss – wo er ihn versteckt hat. Halte durch, *mi passerotta.* Die Krankheit wird nicht siegen. Gott hält seine schützende Hand über dich, bis ich zu dir zurückgekehrt bin.“

Ich konnte kaum glauben, was ich da hörte. Pietro di Tremante als ein Mann, der einen anderen als Freund bezeichnete. Das konnte ich noch gerade glauben. Aber er als ein liebender Vater? Die Vorstellung biss sich mit dem Bild, das ich mir von ihm gemacht hatte.

Ab und an sind unsere Feinde nicht die Menschen, für die wir sie halten. Jeder von ihnen hat etwas, das ihn tun lässt, was er tut. Was auf dich wie Bösartigkeit wirkt, ist nur das, wozu ihn rasende Liebe gemacht hat. So viel an Weisheit erträgst du hoffentlich, Lucien, lachte Baphomet. *Allein bei mir darfst du dir sicher sein: Ich bin von Grund auf böse. Mein einziger Wunsch ist es, dich für deine Schuld leiden zu lassen. Wie es eine Katze ab und an mit gefangenen Mäusen tut. Längst habe ich dich zwischen meinen Krallen. Ich könnte dich jederzeit töten. Aber ich will noch mit dir spielen. Du bereitest mir einfach viel zu viel Vergnügen.*

Es schüttelte mich. Noch nie hatte Baphomet so eine lange Rede hervorgebracht. Zum Endc hin hatte seine Stimme mehr und mehr an

Bedrohlichkeit zugenommen, klang wie das Rufen tausender Untiere zur selben Zeit.

„Zuletzt möchte ich dir sagen", diktierte di Tremante weiter, hielt jedoch plötzlich inne. Sein Schattenwurf verharrte. Das Kratzen der Feder erstarb. „Warum ist dieses Pferd überhaupt gesattelt?"

Eben noch hatten mich Baphomets Worte zittern lassen, jetzt trat mir der Schweiß auf die Stirn. Alles in mir hitzte sich auf. Meine Finger verkrampften sich um das Heft des Schwertes.

Das Scharren der Stuhlbeine ertönte. Der Sarazene war aufgestanden. Das knisternde Stroh kündigte an, dass die beiden Männer sich den Boxen näherten. Ich sah hinüber zu Simon. Er klammerte sich an Alessio und erwiderte meinen Blick aus geweiteten Augen. Auch er schien keinen Ausweg zu wissen.

„Pssssst", erklang Doktor Avis' gedämpfte Stimme. „Haltet euch etwas vor Mund und Nase und schließt die Augen!"

„Warum sollten wir …", murmelte ich, aber der Medicus schnitt mir ungehalten das Wort ab: „Auch die Wissenschaft weiß sich zu verteidigen. Nur sind ihre Mittel oftmals außergewöhnlich. Jetzt macht schon!"

Simon und ich sahen uns fragend an. Hoffentlich wusste der Arzt, was er tat. Ich zog den Kragen meiner Kutte bis über den Nasenrücken. Kurz bevor ich die Augen schloss, warf ich noch einen Blick auf Simon. Der Junge hatte bereits Avis' Befehl Folge geleistet. Seine Hand hatte er schützend um Alessios Schnauze gelegt.

„Irgendetwas stimmt hier nicht", sagte di Tremante. Eine Klinge wurde blank gezogen. Das Geräusch klang so nah, dass er direkt vor der Box stehen musste. Er brauchte nur etwas weitergehen und er würde mich und Simon im Stroh kauern sehen. Ganz langsam zog ich *Saint Épée* ein Stück weit aus der Scheide. Für den Fall, dass die Wissenschaft sich doch nicht zu verteidigen wusste …

Dann ein gewaltiger Knall.

Eine Explosion aus Rauch.

Sie ließ meine Ohren sausen.

Ich öffnete die Augen einen Spalt weit. Sie begannen zu brennen, als würde ich sie in den Qualm eines Lagerfeuers halten. Ich blinzelte die aufkommenden Tränen weg.

Die Rauchschwaden breiteten sich wabernd im Stall aus. Auf der anderen Seite der Boxentür husteten di Tremante und der Sarazene.

„Ich … ich kriege keine Luft mehr“, röchelte bin Nabil. „Und ich kann nichts sehen!“

Gewaltiges Scheppern ertönte. Einer von den beiden musste blindwütig irgendwohin gerannt sein. Ich hörte di Tremante einen Schmerzensschrei unterdrücken. „Was ist das für ein Teufelswerk?“, jaulte er auf.

Der Schimmel war in Panik geraten. Wiehernd warf er seinen Kopf hin und her und trampelte mit den Vorderhufen. Simon und ich warfen uns zur Seite, um den wilden Tritten zu entgehen.

„Beeilung! Auf die Pferde!“, übertönte Doktor Avis’ Stimme das Wiehern der Rösser und die Flüche unserer Verfolger. Durch den langsam aufsteigenden Rauch hindurch sah ich den Arzt auf seinen Wallach aufsitzen. Entschlossen packte er die Zügel.

Nach kurzem Zögern umfasste ich Simons erschreckend knochige Hüften. Mühelos hob ich ihn auf den Rücken des Schimmels. Was immer der Medicus da getan hatte, genug Verwirrung hatte er gestiftet. Jetzt bot sich uns die einzige Möglichkeit, um zu entkommen.

Von draußen wurden Rufe laut. Die Söldner mussten den Knall trotz des andauernden Donnergrollens gehört haben. Das Klirren ihrer Waffen und ihr aufgeregtes Getrampel vermengten sich mit dem monotonen Prasseln des Regens.

Ich schwang mich hinter Simon auf den Rücken des Schimmels.

„Klammer dich an seinen Hals!“, befahl ich ihm. Beim Sprechen drang der Rauch in meine Kehle. Er hinterließ ein höllisches Kratzen. Einen Hustenkrampf konnte ich gerade zurückhalten. Meine brennenden Augen fühlten sich bereits geschwollen an.

Di Tremante hatte meine Stimme vernommen. „Lucien! Er ist hier! Der Dreckshund ist hier!“

Ich zückte *Saint Épée.* Mit der stumpfen Seite der Klinge gab ich dem Schimmel einen Hieb auf das Hinterteil. Viel mehr brauchte es nicht. Das panische Tier preschte sofort los.

Gerade noch konnte ich meine Finger in seine Mähne klammern. Ohne Schwierigkeiten und mit lautem Knirschen durchbrach das Ross die Bretter der Boxentür. Holzsplitter wirbelten umher. Ich duckte mich so tief wie möglich über den Pferderücken.

Irgendetwas stieß gegen die Brust des Schimmels. Es folgte ein japsender Aufschrei. Gerade noch sah ich, wie di Tremante mit den Armen schlingernd vor uns zu Boden stürzte. Er musste direkt vor unserer Box gestanden haben. Das Ross hatte ihn einfach umgerannt.

Erneut ertönte das Bersten von Holz. Auch Doktor Avis musste mit dem Wallach aus der Box gebrochen sein.

„Bleib stehen, Lucien!“, brüllte di Tremante wie ein Wahnsinniger. „Stelle dich dem göttlichen Mandat!“

Ich konnte nicht einordnen, von wo seine Stimme kam. Alles in meinem Kopf drehte sich. Der Rauch ließ mich nur flach atmen. Panik bohrte noch immer ihre Klauen in mein Herz. Nur raus hier. Zur Luft. Zur Freiheit. Weg von meinen Häschern.

Ich zog die Mähne des Schimmels nach rechts.

Das Pferd schnaubte. Es wendete so rasch zur Seite, dass wir beinahe von seinem Rücken gerutscht wären. Nun hielten wir geradewegs auf das Stalltor zu. Vor ihm konnte ich die Schemen von einem halben Dutzend Bewaffneter erkennen.

Längst war es zu spät, um den Schimmel noch zum Halt zu zwingen. Ungebremst sprengte er auf die Söldner zu.

„Zieh den Kopf ein!“, warnte ich Simon und holte mit dem Schwert aus.

Im nächsten Moment stürmte unser Pferd bereits zwischen die Recken. Blindlings schwang ich die Klinge, traf aber nur ins Leere.

Einer der Krieger rammte seinen Spieß nur knapp am Hals des Schimmels vorbei. Ein anderer taumelte und fiel in den Matsch.

Erschrocken stellte sich das Pferd auf die Hinterbeine. Seine Vorderhufe erwischten einen der Brabanzonen im Gesicht. Wie vom Schlag getroffen sank der Mann in sich zusammen.

Ich krallte meine Hände in die Pferdemähne. Ich drohte, nach hinten über zu fallen. Aber der Herr im Himmel zeigte Gnade und ließ das Pferd wieder auf alle Viere sinken. In tiefen Zügen sog ich die regenfeuchte, kühle Luft ein. Endlich wieder atmen.

Neben uns galoppierte Avis auf seinem Wallach aus dem Stall. Röchelnd holte der Doktor Luft. Ihm jagten die Schreie von di Tremante nach: „Haltet sie auf! Haltet sie auf!“

Hastig ließ ich meinen Blick schweifen. Die Söldner versuchten uns einzukreisen. Aus allen Winkeln und Gassen des Dorfes strömten sie zum Stall. Einige von ihnen spannten schon ihre Armbrüste. Die zwei Gefolgsleute des päpstlichen Legaten eilten zu ihren Schlachtrössern.

„Los! Zur Burg!“ Avis ritt voran. Für einen Gelehrten bewegte sich der Medicus äußerst geschmeidig im Sattel. Drei Brabanzonen konnten sich nur durch Hechtsprünge vor den Hufen seines Wallachs retten.

Ich steckte das Schwert weg, rammte dem Schimmel die Hacken in die Seiten und riss ihn wieder an der Mähne herum. Kurz scheute das Pferd, dann stob es im gestreckten Galopp durch die Bresche, die Avis zwischen die Söldner gerissen hatte.

Regentropfen schnitten in mein Gesicht. Wie ein Fausthieb schlug uns der Wind entgegen.

Ein Blitz zischte durch die Wolkenberge. Sein gleißendes Licht erhellte für die Dauer eines Herzschlags das Land jenseits des Dorfes. So weit ich sehen konnte, nur weite Ebenen. Hie und da Gestrüpp oder krumme Baumsilhouetten. Aber nirgends eine Möglichkeit, um uns zu verstecken.

Wir konnten nur darauf hoffen, dass unsere ausgezehrten Klepper lang genug den Vorsprung gegen die Schlachtrösser unserer Verfolger halten würden.

Als die letzten Hütten des Dorfes hinter uns lagen, klopfte ich Simon auf die Schulter. „Schau zurück und sieh, ob sie uns verfolgen!“

Der Junge wandte den Kopf. „Zwei Reiter – bei der Heiligen Jungfrau, die kommen immer näher!“

Ich biss die Zähne aufeinander. Wir hatten keine Chance sie abzuschütteln. Wieder und wieder rammte ich dem Schimmel die Hacken in die Seiten. Trieb ihn mit Rufen und Schlägen zur Eile an. Der Gaul warf den Kopf hin und her, schien aber ein wenig schneller zu werden. Verfluchte Schindmähre! Irgendwie mussten wir es doch zur Burg schaffen.

Ich hatte das Pferd nicht mehr unter Kontrolle. Blindlings jagte es dem Wallach des Doktors nach. Längst mussten wir abseits der Wege sein. Hoffentlich wusste Avis, wohin er uns leitete.

Ein erneuter Blitz. Greller als alle vor ihm. Das Donnergrollen, das auf ihn folgte, war ein Brüllen, das dem Leibhaftigen würdig gewesen wäre.

„Sein Pferd! Das Pferd des einen – es dreht plötzlich durch!“, rief Simon. „Jetzt hat es ihn abgeworfen.“

Ich atmete durch. Das Gewitter hatte also auch etwas Gutes. Einen unserer Verfolger waren wir vorerst los. „Was ist mit dem anderen?“

„Hinter uns. Er kommt näher und näher.“

„Verflucht!“ Erbarmungslos rammte ich dem Schimmel die Hacken in die Seiten.

Der Gaul scheute. Wild schüttelte er den Kopf, um mich abzuwerfen. Schaum bildete sich vor seinem Maul. Die Augen traten hervor.

„Komm schon“, flüsterte ich und streichelte über das Fell des Tieres. In dieser gottverdammten Finsternis konnte ich keinen Anhaltspunkt entdecken. Nichts, was mir sagte, wo wir waren. Vielleicht entfernten wir uns immer weiter von der Burg, vielleicht lag sie aber auch direkt vor uns. Nur noch ein bisschen weiter, elendes Klappergestell.

„Vorsicht. Der Reiter …“

Simon konnte nicht zu Ende sprechen. Der Schimmel gab ein gedehntes Wiehern von sich. Erst brachen seine Vorderbeine ein, dann sackte er zur Seite weg.

Ich fiel vom Pferderücken. Der Erdboden raste mir entgegen. Ich war so außer Atem, dass meinem Mund noch nicht einmal ein Schrei entfloh.

Mit dem Kopf voran schlug ich auf. Wie eine Speerspitze bohrte sich der Schmerz in meine Stirn.

Alles drehte sich. Die Konturen der Nacht verschwammen und bildeten eine einzige Front aus Schwärze.

27.

Rrring-rrring, Rrring-rrring!

Seufzend nehme ich das Telefon vom Schreibtisch.

„Ja?“

„Hier ist Doktor Schneider, St. Vincenz-Krankenhaus.“ Der Arzt räuspert sich. Seine Stimme klingt belegt. „Ihr Sohn, Simon, er ist in den Morgenstunden … Er hat es nicht geschafft. Wir haben unser Möglichstes getan. Die Seuche war in ihm zu weit fortgeschritten. Es tut mir …“

Ohne aufzulegen, schleudere ich das Telefon auf den Schreibtisch. Alles verfließt unter Tränenschlieren. Ich stehe auf, taumele nach vorn. Klammere mich an den Schreibtisch. Nein, nein. Das darf nicht sein. Ich habe es doch versucht. Warum hast du mir nicht noch zwei Tage Zeit gegeben? Einen Tag, einen Tag nur!

Ich habe doch geforscht. Habe versucht, ein Gegenmittel zu finden!

Ich sinke auf die Knie. Noch immer rauscht das Klingeln durch meinen Kopf –

Rrring-rrring, Rrring-rrring!

Es wird nie vergehen, denke ich. Ebenso wie die Schuld.

Die Tür fliegt auf.

„Marcel, nein! Nein!“ Annas Schritte klackern auf dem Parkett.

Längst ist es zu spät. Die verschwommenen Umrisse meiner Frau und des Bürozimmers laufen ineinander. Ich kippe zur Seite weg.

Rrring-rrring, Rrring-rrring!

Teil Drei

Die Burg

28.

Das Klingeln hat sich in meinen Ohren festgesetzt. Es erschüttert meinen ganzen Kopf.

Ein Stück weit öffne ich die Augen. Das Licht frisst sich sogleich in meinen Verstand. Blendet nicht nur meine Iris, sondern auch meine Gedanken.

Etwas legt sich um meinen Arm. Rüttelt an ihm.

Ich blicke zur Seite. Die Hand, die mich gepackt hält, ist fleckig und aschfahl. Aus den Fingern ragen lange rote Krallen.

Erschrocken schließe ich wieder die Augen. Flüchte zurück in die Finsternis hinter meinen Lidern.

Ich muss das Klingeln zum Schweigen bringen.

Ich muss …

29.

Lucien!“ Simons Stimme überschlug sich beinahe. „Komm endlich zu dir!“

Blinzelnd öffnete ich die Augen. Das Gesicht des Jungen ruhte über mir. In der Nachtfinsternis konnte ich jedoch nicht erkennen, was er für eine Miene aufgesetzt hatte.

Ich wollte sprechen, aber mein Mund war voller Blut. Ich drehte den Kopf weg und spuckte es ins Gras. Mit der Zunge stieß ich dabei gegen zwei Vorderzähne, die mit einem ziehenden Schmerz nachgaben. Mein Schädel brummte, als hätte ihn jemand mit Hammer und Meißel bearbeitet.

Der zweite Reiter, dämmerte es mir plötzlich. „Simon, wo ist …“

„Schon gut. Um den habe ich mich gekümmert“, ertönte Avis’ Stimme, gefolgt von Hufgetrappel.

Sein Wallach kam neben mir zum Stehen. Atemwolken drangen aus seinen Nüstern und verflüchtigten sich im anhaltenden Regen. Der Medicus hielt etwas in der Hand, das ich nur schemenhaft sehen konnte. Ziemlich klein. Von der Form her erinnerte es vage an eine Armbrust.

„Das war wieder so ein Wunder der Wissenschaft“, erklärte Simon, während er mir aufhalf. „Als unser Pferd zusammenbrach, kam der Doktor zurück. Der Reiter war ganz nah, hatte schon mit dem Schwert ausgeholt. Da richtete der Doktor eine Waffe auf ihn. Es gab einen Knall und der Reiter fiel tot aus dem Sattel.“

Als ich wieder auf meinen wackligen Beinen stand, erblickte ich einen Körper nur wenige Ellen von uns entfernt im Gesträuch liegen. Seelenruhig graste sein Schlachtross neben ihm.

„Du bist ein erstaunlicher Mann“, sagte ich und legte den Kopf in den Nacken, um zu dem Medicus aufzusehen. „Wir verdanken es dir, dass wir noch am Leben sind.“

Er winkte ab. „Nicht ich bin erstaunlich, nur das, wozu der menschliche Geist in der Lage ist.“

„Wie weit ist es noch bis zur Burg?“

„Wir müssen ganz in der Nähe sein“, entgegnete Simon.

Er rieb seine Nase an dem Fell von Alessio, den er noch immer auf dem Arm trug. „Meint ihr, sie werden uns bis dorthin verfolgen?“

„Davon kannst du ausgehen.“ Avis wendete sein Pferd. „Sie werden sich denken können, welche Route wir eingeschlagen haben. Steigt auf das Schlachtross! Vielleicht können wir noch ein wenig Zeit gewinnen.“

„Wir müssen nur in das Laboratorium des Alchemisten“, sagte ich. „Eine Stunde, länger nicht.“

„Hoffen wir es, Lucien.“ Avis versetzte seinen Wallach in einen leichten Trab.

Simon und ich eilten zu dem Schlachtpferd, einem edlen Rappschecken. Nach wenigen Schritten wurde mir speiübel. Mein Magen schien sich zu drehen und seinen Inhalt in meine Kehle zu drücken. Ich hielt inne und atmete in tiefen Zügen die feuchte, kühle Luft ein.

Das Ross schnaubte und tänzelte unruhig umher, als wir uns näherten. Schnell packte Simon es an den Zügeln.

„Pssst!“, zischte ich, als ich vor das Tier trat. Ich streichelte seine Blesse. Erst versuchte das Pferd, meiner Berührung zu entgehen. Aber als es merkte, dass ich ihm nichts Böses wollte, ließ es mein Streicheln über sich ergehen.

Ich half Simon dabei aufzusteigen. Dann schwang ich mich selbst in den Sattel. Der Doktor hatte schon einige Ellen hinter sich gebracht. Der Rappschecke war jedoch fast doppelt so schnell wie der abgemagerte Schimmel und holte unseren Gefährten im Nu ein.

Nur noch leichter Nieselregen erinnerte an das Gewitter. Die Wolkendecke wirkte wie von Krallen zerfetzt. Durch manche der Wunden funkelten ein oder zwei Sterne hindurch. Vielleicht bildete ich sie mir auch nur ein, ich war noch immer vom Aufprall benebelt.

Die durchnässte Kleidung klebte an meiner Haut. Erst jetzt nahm ich wahr, wie kalt es überhaupt war und fröstelte. Ich hoffte, in der Burg von Kleve würden sie ein warmes Kaminfeuer und ein neues Wams für mich haben.

„Schau! Da vorne ist es!“, rief Simon. Sein Bracke stimmte ein freudiges Jaulen an.

Am Horizont erstreckte sich ein weitläufig geschwungener Hügel über die Ebene. Aus ihm ragten die Türme und Mauern einer Burg, die sich sichelförmig über die Kuppe spannte. Häuser umspülten den Hügel wie die Brandung des Meeres einen Felsen. Er musste die höchste Erhebung weit und breit sein. In den Fenstern und Schießscharten der Burg glomm Licht, als hätte dort jemand Sterne zwischen den Ziegeln eingesetzt. Diesmal war ich mir sicher, dass ich sie mir nicht einbildete.

Im gestreckten Galopp legten wir den Rest des Weges zurück.

Wie ich es mir gedacht hatte, war Kleve völlig ausgestorben. Allein zwei Köter suchten winselnd das Weite, als wir über die Hauptstraße auf den Burgberg zuhielten.

Richtung Süden trennte ein künstlich angelegter Halsgraben die Burg vom restlichen Bergrücken. Ein geschwungener Pfad führte an den Klippen entlang zum Tor im östlichen Teil der Anlage.

„Das Laboratorium ist im Spiegelturm. Ganz hoch oben", sagte Simon, während unsere Pferde den steilen, abschüssigen Weg erklommen. Er deutete nach Südwesten. Neben dem Palas war der Turm das höchste Gebäude der ganzen Burg. An seiner Seite erkannte ich sogar einen Abort. Im obersten Fenster brannte Licht.

Der Alchemist war da. Mein Herz schlug schneller. Nicht mehr lange und wir würden ihn endlich sprechen können.

„Machen wir uns am besten auf alles gefasst", sagte Simon. „Wenn die Bewohner wirklich verrückt sind, dann sollten wir vorsichtig sein."

Das Torhaus stemmte sich trutzig vor uns in die Höhe. Die mächtigen, mit Eisen beschlagenen Torflügel waren geschlossen. Kein einziger Laut drang aus der Feste. Auf den Wällen sah ich keine Menschenseele.

Wir warfen uns abwägende Blicke zu. Schließlich nickte Doktor Avis in meine Richtung. Ich verstand und rief so laut wie ich konnte: „Heda! Wollt ihr uns nicht einlassen in dieser sturmgepeitschten Nacht?"

Noch ehe meine Worte verhallt waren, loderte eine Fackel zwischen den Zinnen des Torhauses auf. „Wer is' da? Sprecht schnell oder ich jag' euch 'nen Pfeil in die verfluchte Kehle!", entgegnete eine raue Stimme.

Bevor ich sprechen konnte, war es Simon, der das Wort ergriff: „Mein Name ist Simon Aumann, ich bin das Großkind von Daniel

Aumann, dem Gehilfen eures Alchemisten. Zwei Freunde begleiten mich und ein dringendes Anliegen führt uns hierher"

„Der junge Simon?" Jede Schärfe war augenblicklich aus der Stimme verschwunden. „Was treibt dich hierher, mein Junge? Warte, ich öffne das Tor."

Das Licht der Fackel verschwand.

„Sonderlich verrückt scheint der aber nicht zu sein", meinte ich.

„Zumindest nicht verrückter als du oder ich", brummte Doktor Avis.

Simon prustete los und hielt sich die Hand vor den Mund, um die Laute zu unterdrücken. Der Anblick der dicken Burgmauern schien ihm neue Unbefangenheit zu verleihen.

Knarzend wurde einer der Torflügel nach innen gezogen. Hinaus trat ein untersetzter Kerl mit struppiger Pagenfrisur. Er hielt die Fackel hoch erhoben, um uns besser sehen zu können. In ihrem Schein konnte ich erkennen, dass sein Gesicht so grotesk geformt war wie das eines Wasserspeiers. Nase und Kinn schnellten aus ihm hervor, wie es wohl bei Gnomen aussehen musste. Diesen Eindruck unterstützten seine kleinwüchsige Gestalt und die zu Schlitzen verengten, argwöhnischen Augen. Eine tiefe Falte zog sich über seine Stirn.

„Wir müssen den Grafen sprechen", sagte ich. „So spät die Stunde auch sein mag, es eilt, mein Freund!"

„Das wird leider nicht gehen." Der Gnom ließ seufzend die Fackel sinken.

„Was ist geschehen?", fragte Simon bestürzt. „Ist er tot?"

„Ich wünschte, es wäre so", krächzte er. Dann trat er aus dem Torbogen und machte uns Platz. „Aber steigt erst einmal ab und führt die Pferde in die Stallungen. So viel Zeit wird hoffentlich noch sein."

Simon und ich tauschten verwunderte Blicke aus. Ich mochte mir nicht ausmalen, was mit dem Grafen geschehen war. Ohne längeres Zögern stiegen wir aus den Sätteln. Ich umfasste das Zaumzeug des Schlachtrosses und zog es, dicht gefolgt von Avis, auf den Burghof, den der stundenlange Regen in ein Feld aus Morast verwandelt hatte.

Die Stallungen waren ein langgezogener Bretterverschlag an der linken Mauer, die ein Strohdach vor Wind und Wetter schützen sollte. Auf dem Weg dorthin versanken die Pferde teilweise bis zu den Fesseln im Matsch.

„Simon kennt mich ja bereits“, sagte der Gnom. „Ihr, meine Herren, könnt mich Philipp nennen. Ich bin der Kastellan dieser Burg und seit das mit dem Grafen geschehen ist, habe ich das Sagen. Was sind Eure Namen? Und was habt Ihr, Herr, überhaupt für ein komisches Ding auf Eurer Birne?“

„Ich bin Medicus. Diese Maske schützt mich vor der Pest“, entgegnete Avis. „Erlaubt mir, auch meinen Gefährten vorzustellen: Lucien de Courogny, ein ehrenwerter Franziskaner. Warum ein Bettelmönch auf einem Schlachtross sitzt und ein edles Schwert mit sich führt, werdet Ihr fragen? Die Gründe sind mannigfaltig. Der schwerwiegendste ist wohl der, dass wir verfolgt werden.“

Wir betraten die Stallungen, was keinen großen Unterschied machte. Das Dach war durchlässig und nirgends brannte ein Feuer.

„Verfolgt?“ Der Kastellan hielt inne. „Von wem?“

„Einem päpstlichen Legat und einer Schar aus etwa dreißig Brabanzonen“, erklärte Avis. Nun log er, was ihm unter der Maske wohl deutlich leichter fallen musste: „Sie verfolgen uns, weil sie das selbe wollen wie wir. Das Gegenmittel Eures Alchemisten.“

Der Doktor war ohne Umschweife zum Kern unseres Besuchs gekommen. Ich selbst hätte nie so direkt sein können, auch wenn die Zeit drängte. Konnte ich doch nicht ahnen, wie der Kastellan reagieren würde.

Philipp reagierte, indem er sich gegen einen der Stützbalken lehnte. „Da habt Ihr uns ja in eine schöne Scheiße geritten“, knurrte er. Einen unendlichen Augenblick lang schwieg er, dann rief er: „Arn, komm her! Es gibt Arbeit für dich!“

Aus dem Dunkel am anderen Ende des Stalls schwang ein jämmerliches Ächzen heran. „Verzeiht mir, Herr Kastellan, ich hab’ schon zu tun“, sagte die Stimme, der das Ächzen wohl gehörte und die diesem in ihrer Jämmerlichkeit in nichts nachstand.

„Schwing deinen Arsch hierher!“, wiederholte Philipp mit schnarrender Stimme.

Im Dunkeln raschelte und knisterte es. Schließlich schlurfte ein schlaksiger Jüngling herbei. Er trug nur eine zerlumpte Leinenhose. Den bleichen Oberkörper übersäten Dutzende von Wunden, aber Gott sei Dank keinerlei Pestbeulen. Manche der Verletzungen waren bereits zu Narben verheilt, aus anderen floss noch das Blut. In der linken

Hand hielt er ein Messer, von dessen Spitze die rote Flüssigkeit ins Stroh tropfte.

„Was treibst du da wieder?“, fragte Philipp fassungslos.

Ich für meinen Teil begriff langsam, wie weit der Wahnsinn hier schon um sich gegriffen hatte. Der gnomenhafte Kastellan schien die Ausnahme auszumachen – und auch bei ihm war ich mir noch nicht vollends sicher.

Bist du dir denn bei dir selbst vollends sicher?, lachte Baphomet.

Der Stallbursche, der auf den Namen Arn hörte, zuckte mit den Schultern. Er hielt das schartige Messer empor. „Na ja, Herr Kastellan, ich hab’ doch diese verdammten Beulen. Von der Pest. Die kratzen und jucken. Seit Tagen! Ich muss sie mir aufschneiden. Aber weggehen wollen sie nicht. Kommen immer wieder. Also schneide ich sie wei…“

„Schon gut, schon gut!“ Philipp hob die Hände. „Ich habe genug gehört. Bring einfach die Pferde unter. Das wird dich auch von deinen … Beulen … ablenken.“

Widerwillig nahm Arn uns die Zügel der Rösser ab und führte sie weg. Der Kastellan wandte sich mit einem vielsagenden Blick zu uns um. „Vor der Pest hat er uns bewahrt. Aber wie Ihr seht, konnte selbst Gott im Turm uns nicht vor Wahnsinn schützen. Der arme Bursche bildet sich nur ein, er besäße Pestbeulen.“

Anscheinend hatte Philipp die Gesellschaft der Verrückten nicht ganz so schadlos überstanden, wie es zunächst gewirkt hatte, wenn er an den Turmgott glaubte. Immerhin schnitt er nicht mit dem Messer an sich herum. Oder an uns. Mit solch einem Grad an Wahnsinn würden wir fertig werden.

„Gott? Der Herr selbst wohnt hoch oben im Spiegelturm?“, hakte Avis nach und sprach dabei so, als würde er mit einem Kind reden.

Währenddessen verließen wir wieder die Stallungen. Beim Klang unserer Stimmen und Schritte flogen einige Krähen krächzend vom Dachfirst des Palas auf.

„Er ist hinabgestiegen von seinem Himmelsthron, um uns Menschen vor der Plage zu bewahren. Auf einem Maulesel – natürlich – kam er hier an. Einen reichlich beladenen Wagen führte er mit sich. Gehüllt war er einzig in Lumpen. So bot er dem Grafen seine Dienste an.“

Mitten auf dem Burghof blieb Philipp stehen. Wir umringten ihn neugierig. Der Kastellan deutete auf mich. „Wenn ich mich recht entsinne, dann sah er ein wenig so aus wie Ihr, Herr Lucien!"

„Wie ich?" Die Augen zusammengekniffen, kratzte ich mich am Hinterkopf. Schon Simons Großvater meinte, mich bereits einmal gesehen zu haben. Auch Doktor Avis war bei meinem Anblick kurz sprachlos gewesen. Ich konnte mir keinen Reim darauf machen. Hatte ich solch ein Allerweltsgesicht?

Und hier, in den Tiefen des Pestlands, wirst du dir selbst gegenüberstehen.

„Ich kann mich auch täuschen", sagte Philipp. „Ist schließlich bald einen Monat her, dass ich den Allerhöchsten das letzte Mal gesehen hab'. Seitdem isser nicht mehr aus seiner Kammer rausgekommen."

„Wie kann einer denn da drin überleben? Er muss ja essen und trinken", warf Simon ein.

„Dummer Junge!" Der Kastellan gab ihm einen sanften Klaps auf den Hinterkopf. „Es ist doch Gott – glaubst du wirklich, der hält sich mit solchen Unwichtigkeiten auf?"

Innerhalb des Denkens der Wahnsinnigen erschien diese Schlussfolgerung völlig sinnvoll. Mir aber drängten sich immer mehr Fragen auf. Wer war dieser Mann, der dort oben im Spiegelturm saß, der vielleicht wie ich aussah und den die Burgbewohner für Gott hielten?

Ich warf einen Blick hinüber zum Eingang des Turms. Zwei Wächter flankierten die Tür, müde auf ihre Lanzen gestützt. Sie waren die einzigen Soldaten auf der gesamten Anlage.

„Ihr habt keinen einzigen Wachmann auf den Mauern?", sprach Avis es an. „Vertraut Ihr auch hier auf den Schutz Gottes?"

Philipp schüttelte den Kopf. „Nein, nein, mein vogelgesichtiger Freund. Wachen sind hier nicht nötig. Es gibt in diesem Land ja niemanden mehr, vor dem sie uns warnen könnten – außer Euch Drei natürlich." Er kicherte.

„Jetzt wäre es allerdings an der Zeit, welche zu postieren. Denn wenn mich nicht alles täuscht, sind in diesem Moment etwa drei Dutzend schwerbewaffnete Söldner auf dem Weg hierher."

Der Kastellan blieb mitten auf der kleinen Treppe stehen, die zum Portal des Palas hinaufführte. Mit hochgezogenen Brauen starrte er den Medicus an.

„Euer Gottvertrauen scheint nicht allzu groß zu sein."

„Mein Vertrauen in Stahl und dicke Mauern ist dafür umso größer."

Philipp winkte ab und drehte sich wieder um. „Ihr sollt Euren Willen bekommen. Ich lasse Männer auf die Zinnen schicken und werde die Tore verriegeln lassen. Möge der Zorn des Herrn dann Euch treffen, nicht mich."

Er lief voran und stieß das Tor des Palas auf. Wohlige Wärme strömte uns entgegen. Das Knistern eines Feuers vertrieb das monotone Plätschern des Regens aus meinen Ohren.

Wir traten in den großen Rittersaal, der das ganze Geschoss einnahm. Der Gestank von Schweiß und faulen Zwiebeln umwogte uns. Die langen Tische, an denen die Burgbesatzung wohl zu speisen pflegte, waren an die Wände geschoben worden. Auf dem mit Stroh bedeckten Boden lagen Männer, Frauen und Kinder, eingewickelt in Decken und Felle. Den Platz vor dem offenen Kamin hatte sich ein Dutzend Jagdhunde gesichert. Nur über eine Treppe, die auf eine hölzerne Balustrade führte, erreichte man die oberen Stockwerke.

Die kunstvoll gewobenen Gobelins, die an den Wänden hingen und Szenen aus dem Leben des St. Nikolaus zeigten, kündeten vom Reichtum der Grafen von Kleve.

Alles wirkte friedlich. Aber ich wollte mich nicht täuschen lassen. Im Schlaf sahen auch die Wahnsinnigen friedlich aus. Die Szenerie ließ mich gewahr werden, was in den letzten Stunden geschehen war. Wie wir nur wenige Wegstunden von hier entfernt um unser Leben gekämpft hatten, während diese Leute hier schliefen.

Bedauern machte sich in mir breit, als ich meinen Blick über die friedfertigen Gesichter schweifen ließ. Wir hatten di Tremante und seine Männer geradewegs hierher geführt. Mit der Ruhe würde es bald vorbei sein.

Kettenklirren und ein schreckliches Heulen, bei dem ich gleich an einen Wolf denken musste, rissen mich aus meinen Gedanken.

Simon war zusammengezuckt. Dem Doktor sah ich keine Gemütsregung an. Steif stand er neben dem Kastellan. „Was war das?", fragte er blechern.

„Das war der Herr Johannes."

„Was?“, entfuhr es Simon so laut, dass einige der Burgbewohner aus ihren Lagern hochfuhren. „Der Graf von Kleve macht solche Laute?“

„Eine schreckliche Geschichte ist das. Setzt Euch ans Feuer und wärmt Eure Glieder. Ich lasse Speis und Trank bringen. Dann werde ich Euch von der Sache erzählen, auch wenn's mir nicht leicht fällt. Wünscht Ihr neue Gewänder? Wir, nun, wir haben reichlich übrig.“

„Ich bitte darum“, sagte ich.

Unter der großen Mithilfe von Alessio scheuchten wir die Jagdhunde weg und setzten uns auf die Fliesen vor dem Kamin. Ich spürte die Blicke derjenigen im Nacken, die wir aus dem Schlaf gerissen hatten, versuchte aber, sie zu ignorieren.

„Wir können nicht ewig mit dem Kastellan plaudern“, sagte Avis im Flüsterton. „Simon?“

Der Junge zog das Lederband aus seinem Hemdskragen. An ihm baumelte der funkelnde Silberschlüssel, der die Tür zum Laboratorium öffnete.

„Sie werden uns sicherlich nicht so einfach zum Alchemisten vorlassen. Hast du die Wachen gesehen?“, warf ich ein. Wir waren so kurz vor dem Ziel. Jetzt durften sich diese Verrückten uns nicht mehr in den Weg stellen.

Du willst Buße tun, Lucien? Indem du die Welt von der Pest befreist? Was, wenn du ihr damit gar keinen Gefallen tust?

„In diesem Fall werden sie deine Klinge zu spüren bekommen müssen“, entgegnete Doktor Avis. „Lieber kämpfen wir gegen die zwei Wachen als gegen di Tremantes Söldnerheer.“

Ich nickte. Ein nachvollziehbarer Vorschlag.

Er zog seine Handschuhe aus, um die Hände am Feuer zu wärmen und ich erhaschte einen Blick auf seine Haut. Sie war blass wie meine, nicht weiter auffällig. Was hatte ich auch erwartet? Drachenschuppen?

Unterdessen hatte Philipp die Dienerschaft unter Androhung von Schlägen und Tritten aufgescheucht. Dabei gebrauchte er reihenweise Flüche, die selbst mir noch nicht geläufig gewesen waren. Auch einige der Geharnischten schreckte er auf und befahl ihnen, sich auf die Wehrgänge zu begeben.

Im Grunde wie auf einer normalen Burg. Wäre da nicht immer wieder das Heulen, das aus den Tiefen des Palas drang. Wäre da nicht der eine Wächter, der fragte, ob Gott wieder aus seinem Turm getreten sei.

Ein Page mit ausgehöhlten Wangen brachte uns einen halben Laib Graubrot, Sauergurken und verdünnten Wein. „Mutter, Vater, Mutter, Vater, Mutter, Vater …“, murmelte er unablässig.

Der Kastellan kehrte zurück, legte neue Holzscheite in den Kamin und setzte sich neben uns. „Euren Wünschen wird nachgekommen. Männer sind auf den Mauern.“

„Mutter, Vater, Mutter, Vater, Mutter, Vater, Mutter, Vater …“ Der Page kam abermals und legte einen Stapel Kleidung vor uns. „Mutter, Vater, Mutter, Vater …“, erklang es, bis wir schließlich Gähnen und das Rascheln einer Decke hörten.

„Was ist mit dem Burschen los?“, fragte Avis, auch wenn völlig klar war, dass er schlicht einen Vogel wie alle anderen hatte.

„Traurige Geschichte, sehr traurige Geschichte“, stöhnte Philipp.

„Wo wir gerade bei traurigen Geschichten sind“, sagte Simon. „Ihr wolltet uns erzählen, was mit dem Grafen geschehen ist.“

„Richtig, richtig.“ Ausdruckslos starrte der Kastellan in den Kamin, als würde er zwischen den Flammen nach den richtigen Worten suchen. „Zuvor jedoch will ich dich fragen, Simon: Wie geht es deinem Großvater? Daniel war der letzte, der den Allmächtigen gesehen hat. Ihn hat er als seinen Gehilfen als einzigen zu sich gelassen. Aber eines Nachts ist der alte Tunichtgut völlig überstürzt geflohen.“

Wer will ihm das verübeln, dachte ich. In dieser Brutstätte des Wahnsinns würde ich es keinen Tag lang aushalten.

„Mein Großvater ist tot“, sagte Simon düster, ohne Philipp eines Blickes zu würdigen. „Wegen ihm sind wir hier. Auf dem Sterbebett hat er mir aufgetragen, mit dem … Herrn … zu sprechen. Mit seinem Gegenmittel – nun, Ihr würdet es wohl eher seinen göttlichen Beistand nennen – wollen wir den Schwarzen Tod besiegen.“

Der Kastellan schüttelte energisch den Kopf. „Der Herr hat uns befohlen, niemanden zu ihm zu lassen. Sein Wille ist uns Gesetz. Es tut mir leid, aber Eurem Wunsch werde ich nicht nachkommen können.“

Ich nippte an meinem Becher mit verdünntem Wein, der so schmeckte, wie es in meiner Vorstellung Ochsenpisse tat. Diese Absage hatte ich erwartet. Es würde kommen, wie Avis es vorausgesagt hatte: Ich würde mit den Turmwächtern die Klingen kreuzen müssen.

Simon schleuderte das Brotstück zu Boden, das er gerade abgebrochen hatte. Er wollte aufbegehren, aber ich hielt ihn am Ärmel zurück. „Beruhige dich. Das führt zu nichts", zischte ich.

Der Kastellan beäugte uns aus zu Schlitzen verengten Augen. Sein Gesicht wurde vom Kaminfeuer in Halbschatten gelegt. Nur schwerlich konnte das Knistern der Flammen die angespannte Stille überdecken, die sich zwischen uns gelegt hatte.

„Ich bedaure deinen Verlust sehr", sagte Philipp schließlich. „Daniel war ein gütiger, gottesfürchtiger Mann. Ich habe großen Respekt vor ihm. Es sind schwere Zeiten … wir alle haben Menschen verloren, die wir lieben."

„Erspart mir Euer geheucheltes Mitgefühl!", entfuhr es Simon.

Wieder packte ich seinen Ärmel. Diesmal riss er sich los und fuhr fort: „Würdet Ihr uns zum Alchemisten – zu Gott, wie auch immer – lassen, könnten diese schweren Zeiten ein Ende haben! Niemand müsste mehr seine Liebsten verlieren!"

Abwechselnd sah der Kastellan mir und dem Jungen in die Augen. Um seine Mundwinkel nahm ich ein nervöses Zucken wahr. „Vielleicht war es nicht klug von mir, Euch die Tore zu öffnen", sagte er. „Euer Verhalten muss Gott aufs Tiefste missfallen."

„Entschuldigt den Knaben", schepperte Doktor Avis. „Er ist erschöpft von der gefahrvollen Reise und weiß nicht, was er da sagt."

„Berichtet uns lieber, was Eurem werten Grafen widerfahren ist", fuhr ich fort. Wie um mich zu bekräftigen, erklang in diesem Moment erneut ein langgezogenes Heulen, das den Fußboden erzittern ließ.

„Der Allmächtige hatte gerade sein Wunder wirken lassen. Die, die schon an der Pest erkrankt waren, wurden geheilt und die, die sich noch nicht angesteckt hatten, bekamen sie auch nie. Kurz darauf hörten wir Schreie aus dem Gemach von Herrn Johannes. Seine Gemahlin Margarethe rief um Hilfe."

Wieder das Jaulen und Kettenrasseln. Philipp hielt inne und verschränkte die Finger ineinander. Verstohlen sah er in die Runde, dann fuhr er fort: „Als wir die Treppe hinaufstürzten, erstarben die Schreie plötzlich. Die Burgmannen und ich fragten uns, ob Räuber oder anderes Gesindel eingedrungen waren. Mit blanken Klingen stürmten wir das Zimmer."

„Ich glaube, ich kann mir vorstellen, was nun folgt.“ Doktor Avis senkte das Haupt.

„Wir kamen hinein. Die … die Gräfin. Das ganze Blut. Ich weiß nicht, wie ich es beschreiben soll …“ Der Kastellan kratzte sich im Nacken.

„Nur Mut. Eins nach dem anderen“, sagte ich.

„Gut – *in principio* – wir sahen die Gräfin, die vor dem Bett lag. In einer Blutlache, die schnell größer wurde. Ihr Hals lag offen. Die Kehle war völlig zerbissen, als wäre sie von einem Wolf angefallen worden. Dann erblickten wir den Grafen. Dieser Anblick …“, wieder kam er ins Stocken und musste tief Luft holen, „er kniete auf dem Bett und starrte uns entgegen. Sein Mund, sein Kinn, seine Hände. Alles voll von Blut. Die Haare hingen ihm wirr ins Gesicht. Die Augen, ich schwöre Euch, seine Augen hatten nichts Menschliches mehr an sich. Wie eine Bestie sah er uns entgegen. Gierig nach Blut.“

„Also habt ihr ihn eingefangen. Wie man eben so mit Bestien verfährt“, schloss Avis.

„Wenn es so einfach gewesen wäre, wie Ihr sagt“, murmelte Philipp matt. „Natürlich konnten wir ihn nicht töten. Schließlich war er immer noch der Graf. Zwei hielten ihn in Schach, während ein anderer eine der Ketten holte, mit denen wir die Hunde im Zwinger anbinden. Einer der Männer verlor seinen Ringfinger, aber wir schafften es, Herrn Johannes zu überwältigen und im Keller anzuketten.“

Ich nickte und leerte meinen Weinbecher. „Das ist also der Ursprung all der Gruselgeschichten.“

Als ich hinüber zu Simon sah, erstarrte ich. Noch nie hatte ich das Gesicht des Jungen so zornesrot gesehen. Mit gesenkten Lidern und aufeinandergepressten Lippen lehnte er sich vor.

„Beredt seid Ihr, Philipp, das muss ich Euch lassen. All Eure gespielte Stammelei … mein Großvater hat mir erzählt, was für ein Heuchler Ihr seid und wie machtgierig Ihr schon immer gewesen seid.“

„Simon!“, fuhr ich ihn an. Ich wollte ihn an der Schulter packen. Was sollte das? Er würde alles zunichtemachen! Der Doktor hingegen blieb regungslos sitzen.

„Warte, Lucien!“ Er schüttelte mich ab. „Euch, Philipp, kann es doch nur Recht sein, dass der Graf zum wilden Tier verkommen ist.

Und tut nicht so, als wäret Ihr ebenso wahnsinnig wie die Übrigen. Ihr seid bei klarem Verstand. Das sehe ich doch daran, wie Ihr Eure neue Macht genießt."

„Das reicht!" Der Kastellan schnellte hoch. „Erst verlangt ihr, Gott selbst in seiner heiligen Ruhe zu stören! Und jetzt diese aberwitzige Beleidigung!"

In den Rittersaal kam Leben. Philipps Geschrei hatte die anderen geweckt. Köpfe hoben sich, Glieder wurden gestreckt und Decken zurückgeschlagen. Meine Hand glitt ans Heft von *Saint Épée*. Was geschah hier nur?

„Waaachen!", brüllte der Kastellan. „Sofort hierher!"

Sogleich flog das Portal auf. Die Wachmannschaft stürmte herein. Sie waren anscheinend nie auf den Wällen gewesen, sondern hatten die ganze Zeit vor dem Tor gewartet. Was hatte Philipp ihnen für Befehle gegeben? War es von vornherein sein Plan gewesen, uns von den Wachen stellen zu lassen?

Die Burgmannen umzingelten uns und richteten ihre Glefen auf uns; Spieße mit einer Hiebklinge, die einem Schlachterbeil ähnlich sah. Das Klirren der Kettenhemden und das Getrampel ihrer Stiefel musste auch die letzten Schlafenden geweckt haben. Alle starrten sie uns an, die meisten feindselig, andere eher neugierig oder mitleidig.

Ich sah den Kreis der Speerspitzen und Klingen entlang, der sich um uns gebildet hatte. Dann hob ich die Hand vom Schwertheft weg. Es hatte keinen Sinn. Bevor ich es überhaupt gezückt hätte, hätte mir einer von ihnen schon kalten Stahl zwischen die Rippen gerammt.

Mit hinter dem Rücken verschränkten Händen lief Philipp um uns herum. Von seiner huldvollen Unterwürfigkeit war nichts mehr übrig. Auf das Gesicht des Gnoms hatte sich ein kühles Grinsen gelegt.

Vor Simon blieb er stehen. Simon war um fast eine Haupteslänge größer als er.

„Ich denke, das nehme ich besser in Verwahrung." Philipps Lächeln wurde breiter.

Er zog den silbernen Schlüssel aus dem Hemdausschnitt und riss ihn samt Lederband von Simons Hals.

Der Junge wollte auf den Kastellan losgehen. Dieser machte einen Schritt zurück und schnalzte mit der Zunge. „Tststs, mein Bengel. Viel zu ehrgeizig und loyal. Du bist fast so schlimm wie der Tattergreis, den du Großvater nennst." Er zerzauste ihm grinsend das Haar, wobei er auf die Zehenspitzen gehen musste.

Simon schnaubte vor Wut.

Lachend ließ Philipp von ihm ab und wandte sich der Wachmannschaft zu.

„Sperrt sie in die Kemenate. Und nehmt dem einen da sein Schwert ab. In wenigen Stunden werden hohe Kirchenmänner hier sein. Gottesstreiter, wie wir es welche sind. In ihre Hände werden wir die Gefangenen übergeben."

Ich spürte einen eisigen Kloß im Hals. „Das könnt Ihr nicht machen! Di Tremante wird Euch abschlachten! Er wird Euch nicht für Gottesstreiter halten, sondern für Gotteslästerer. Ihr solltet das Fallgatter herablassen und Euch für eine Belagerung rüsten."

Unvermittelt drehte sich der Gnom zu mir um. Er packte mich an der Schulter und schlug in meinen Unterleib.

Mir blieb die Luft weg. Sein Faustschlag war verblüffend hart gewesen. Ich hielt mir den Bauch und versuchte, wieder zu Atem zu kommen.

„Gotteslästerer! Dass ich nicht lache! Wir werden sie mit offenen Armen empfangen und mit dem Legat gemeinsam eine Messe abhalten! Jeder Christ sei uns ein Freund!"

Er machte eine wegwerfende Handbewegung. „Schafft sie mir aus den Augen!"

30.

„Was sollte das?“, brüllte ich Simon an und sagte dann leiser, aber nicht weniger gereizt: „Konntest du dir nicht denken, dass der Kerl so handeln würde? Alles hast du ruiniert, alles!“

Der Junge, der im Schneidersitz auf dem schmalen Himmelbett saß, wandte den Blick ab. Wie um ihn zu trösten, legte der neben ihm eingerollte Alessio die Schnauze auf seinen Schoß und fiepste leise.

Ich trat gegen einen der Bettpfosten und streunte weiter in der kleinen Kemenate umher, mit Daumen und Zeigefinger über meinen Nasenrücken reibend.

Die Tür des Gemachs, das wegen seines eigenen Kamins oft von Kranken oder Frauen bewohnt wurde, war hinter uns verschlossen worden. Zwei Wachmänner hatten vor ihr Posten bezogen. Das mit Butzenscheiben verglaste Fenster war absichtlich besonders klein, um die Wärme im Zimmer zu halten.

Vielleicht könnte ich mich trotzdem hindurchzwängen, viel Nutzen hätte es allerdings nicht, denn das Fenster lag bestimmt fünf Klafter hoch. An Hinabklettern war bei dieser Dunkelheit nicht zu denken und bei einem Sprung würde ich mir sicherlich einige Knochen, wenn nicht sogar das Genick brechen.

Wir waren verloren. Und das allein wegen Simons Unbeherrschtheit.

„Verflucht, Lucien!“ Doktor Avis, der auf dem Schemel vor dem kalten Kamin saß, warf die Hände in die Höhe. „Kannst du mal aufhören, wie ein Irrer durch den Raum zu rennen? Ich versuche nachzudenken!“

„Der Junge …“

„Simon trifft keine Schuld“, fiel mir der Doktor ins Wort. Trotz der Maske konnte ich deutlich hören, wie entnervt er war.

Ich hielt inne und lauschte ihm.

„Dieser Kastellan ist besessen von Macht. Ihm sind die Pest und der Wahnsinn der anderen Burgbewohner gerade recht gekommen. Wahrscheinlich glaubt er, Papst Clemens selbst würde ihn belohnen, wenn er uns jetzt ans Messer liefert.“

„Abschlachten werden sie ihn und alle anderen!“ Die Arme vor der Brust verschränkt, lehnte ich mich gegen die holzvertäfelte Wand.

„So denke ich auch.“ Mit der Spitze seines Zeigefingers fuhr der Doktor über seinen gebogenen Schnabel.

„Was sollen wir also tun?“ Simon hob den Oberkörper an.

„Wir müssen so schnell wie möglich zum Alchemisten.“

„Und wie soll das gehen, wenn wir in dieser verdammten Kammer gefangen sind?“, fragte ich den Doktor.

„Wenn du den Kopf auch nur ein wenig nach rechts gewendet hättest, als du aus dem Fenster gestarrt hast, Lucien, hättest du sehen können, dass das Dach des Wehrgangs nur wenige Ellen entfernt ist.“

„Was schlägst du also vor, o weiser Doktor?“, fragte ich voller Sarkasmus.

„Wir beide springen vom Fenstersims hinüber.“

Ich schlug die Hand vor die Stirn. „Der Wahnsinn scheint auf dich übergegangen zu sein! Das ist Selbstmord!“

Simon hingegen störte sich an etwas ganz anderem. „Ihr beide? Was ist mit mir?“

„Der Sprung ist zu weit für dich, mein Sohn, bei aller Liebe. Außerdem weiß ich nicht, was unten in der Burg geschehen wird. Es ist am sichersten für dich, wenn du einfach hier in der Kemenate bleibst.“

Simon drehte sich so schwungvoll auf den Bauch, dass der Bettkasten knirschte. „Als ob das hier alles nicht schon Gefahren genug gewesen wären“, murmelte er vor sich hin.

Ich seufzte und tat zwei Schritte auf den Doktor zu. „Deine Gelehrsamkeit in allen Ehren, aber das kann nicht dein Ernst sein.“

„Hast du eine bessere Idee?“

Ich musste zugeben, die hatte ich nicht.

„Was spricht also dagegen? Brechen wir uns eben den Hals. Nicht viel schlechter, als von di Tremante abgeschlachtet zu werden.“

„Warte mal.“ Ich setzte mich auf die Bettkante und sah den Doktor auf diese Weise im Profil. Die Fingerkuppen aufeinander gelegt, erhob ich die Stimme: „Du setzt einfach so voraus, dass wir dir blindlings vertrauen. Dabei kennen wir nicht einmal deinen wahren Namen. Geschweige denn dein wahres Antlitz. Zu gern würde ich auch wissen, was du im Stall getan hast und wie du diesen Reiter erledigt hast.“

„Das sind viele Antworten, die du da willst. Einige kann ich dir geben, andere würde ich dir gern geben, aber ich darf es nicht. Noch nicht."

Seufzend drückte sich der Doktor aus dem Sessel hoch. Er rückte seine Hutkrempe zurecht und glitt wieder mit den Fingern über seinen Schnabel.

„Warum? Warum darfst du mir nicht alle Fragen beantworten?", fuhr ich ihn an.

Er wandte sich um. Die dunklen Maskenaugen fixierten mich.

„Erst muss ich etwas wissen. Über etwas Gewissheit haben. Das ist von immenser Wichtigkeit."

Ich seufzte meinerseits. Hob die Hände und ließ sie wieder kraftlos sinken. „Gut, dann gib mir die Antworten, die du mir geben darfst."

Das Bett knarrte. Simon hatte sich neugierig aufgesetzt.

„Das will ich gerne tun." Die Maskenaugen ruhten weiter auf mir. „Zuerst mein Name. Ich heiße Marcel Sprenger …"

„Moment!" Mein Herz verkrampfte sich. „Diesen Namen habe ich bereits einmal gehört!"

Es schien mir, als würde in den Augenlöchern etwas aufblitzen. „Interessant. Höchst interessant. Von wem hast du ihn gehört?"

Mit den Daumen rieb ich unruhig über meine Fingernägel. Was sollte ich sagen? Dass Baphomet mich mit diesem Namen angeredet hatte? Ich entschied mich für etwas anderes: „Jemand. Jemand hat mich mit einem Mann verwechselt, der so heißt."

„Das kann ich mir gut vorstellen." Das Glimmen in den Maskenaugen blieb. „Soll ich fortfahren?"

„Ich bitte darum."

„Den Namen habe ich euch aus demselben Grund nicht verraten, aus dem ich mein Gesicht vor euch verborgen halte. Bald schon werdet ihr wissen warum. Kommen wir zu einer anderen Sache: den Wundern der Wissenschaft. Sie waren es, mit denen ich uns vor di Tremante und seinen Mannen bewahrt habe. Sagt dir der Begriff ‚Naphtha' etwas, Lucien?"

„Ich kenne ihn nur als ‚Griechisches Feuer'. Eine mächtige Waffe aus Byzanz."

Der Doktor klatschte in die Hände. „Gut, wir reden von derselben Sache. Im Stall habe ich eine stoffumwickelte Kugel geworfen, etwa so groß wie ein Apfel. Aus ihr ragt ein Band, das an einen Kerzendocht erinnert. Wenn man dieses anzündet und es heruntergebrannt ist, explodieren die Bestandteile in der Kugel: Salpeter, gebrannter Kalk, Schwefel und Baumharz. Das beigefügte Rauchpulver setzt sich frei und wir haben den Effekt, den ihr im Stall gesehen habt."

Ich nickte. Das leuchtete ein. Avis – oder Marcel Sprenger, wie er wohl tatsächlich hieß – musste dieses Wissen im fernen Konstantinopel erworben haben. Obwohl der Medicus viel Klarheit geschaffen hatte, beunruhigten mich all seine Erklärungen noch mehr. Was hatte es mit seinem Namen auf sich? Dem Namen, mit dem mich schon Baphomet angeredet hatte.

Dieses Land birgt viele Rätsel, donnerte der Dämon. *Rätsel, die sich leicht erklären lassen; Rätsel, deren Antwort nur der Herr weiß, ebenso wie solche, um deren Lösung nur der Meister der Schatten weiß; und es gibt Rätsel, die tiefer in dir selbst liegen, als du glauben willst.*

Du bist das Rätsel, Lucien.

Du bist die Sünde und der Tod.

Fürchte dich.

„Sie kommen!", drang ein Ruf über den Burghof. „Der päpstliche Legat und seine Mannen! Sie nahen!"

„Verflucht!" Marcel stürzte zum Fenster und machte sich an dem Glas zu schaffen. „Wo ist die Waffenkammer, Simon? Lucien wird ein Schwert brauchen."

„Im Johannisturm. Gleich neben dem Torhaus."

Ich trat neben den Doktor und spähte über die Wehrgänge. Die einzigen Wachleute befanden sich auf den Zinnen des Torhauses. Zwei von ihnen stemmten den eisenbeschlagenen Riegel von den Torflügeln herunter. Der Kastellan und einige andere Burgbewohner eilten über den Hof dorthin.

„Hoffentlich werden sie uns da nicht entdecken", meinte ich. Eine eisige Faust ballte sich um mein Herz. Erneut saßen wir in der Falle. Jetzt galt es, schnell und bedacht zu handeln.

„Lass mich das lieber machen." Ich schob Marcel zur Seite, der versuchte, das Butzenglas aus dem Rahmen zu heben. Mit dem Ellbogen holte ich aus. So wuchtig, wie ich konnte, stieß ich ihn gegen die Scheibc. Das Glas knirschte. Es bildete sich ein Kranz aus Rissen.

„Das ist viel zu laut! Die Wachen werden es hören“, rief Simon und sprang vom Bett auf.

„Es wird schon gehen“, zischte ich. Wieder hämmerte ich den Ellbogen gegen das Butzenglas. Klirrend zersprang es. Ein Sprühregen aus Scherben prasselte die Außenmauer des Palas hinab. Alessio heulte erschrocken auf und Simon hielt ihm sofort die Schnauze zu.

Für die Länge eines Vaterunsers lauschten wir. Aber weder die Burgmannen auf dem Hof, noch die vor der Tür hatten uns gehört. Nichts regte sich.

Erleichtert entließ ich die Luft aus meinen Wangen. Vielleicht hatte der Herrgott doch ein Einsehen mit mir. Mit den Handballen schlug ich die letzten Scherben aus dem Fensterrahmen, dann streckte ich vorsichtig den Kopf hinaus.

Eine kühle Bö blies mir entgegen und zerzauste mein Haar. Ich strich mir einige Strähnen aus dem Gesicht, um den Wehrgang rechts unter mir näher betrachten zu können.

Er war von einem langgezogenen Giebeldach überzogen, dessen Schindeln an manchen Stellen durch Felle oder Stoffbahnen ersetzt worden waren. Etwa eine Elle trennte ihn vom Fenstersims. Wenn man sich genügend Schwung verschaffte, konnte man es schaffen.

Ich zog den Kopf zurück und wandte mich Marcel zu. „Ich springe als Erster.“

„Einverstanden.“ In seiner Stimme lag erneut dieser kecke Unterton. „Falls es doch zu weit ist, bist du es, der sich den Hals bricht.“

Grinsend klopfte ich ihm auf die Schulter. Wie schon im Dorf nahm seine Gelassenheit etwas von meiner Angst. Die Faust, die sich um mein Herz geschlossen hatte, lockerte ihren Griff.

Ich trat am Doktor vorbei zu Simon, der Alessio auf den Arm genommen hatte und den Bracken wiegte wie einen Säugling.

In die Knie gehend, um mit ihm auf Augenhöhe zu sein, sagte ich: „Du bleibst unbedingt hier drin, zusammen mit Alessio. Egal was auch geschieht. Hörst du?!“ Ich packte ihn an den Oberarmen. Erschrocken starrte er mich an. „Egal was auch geschieht!“, wiederholte ich mit Nachdruck. „Bleib hier drin!“

Der Junge nickte. „Was sollte ich auch sonst machen? So weit springen kann ich nicht und die beiden Wachen da draußen werden mich bestimmt nicht für einen Spaziergang vor die Tür lassen.“

„Gutes Kind!“ Mit einem Lächeln drehte ich mich weg.

„Lucien?“, sagte er ungewohnt schüchtern.

Ich wandte den Kopf. „Ja?“

„Du wirst mich mitnehmen zur Küste, oder? Zum Golfe du Lion. Versprich es mir! Wenn das alles vorbei ist, dann reiten wir zur Küste.“ In seiner Stimme lag etwas Flehentliches.

Plötzlich schloss sich die Eisfaust mit aller Kraft um mein Herz. So sehr, dass Blut und Gewebe zwischen ihren Fingern hervorquollen. Eine dunkle Vorahnung bemächtigte sich meiner.

„Ich … ja“, stammelte ich. „Ja. Ja, das werden wir. Ich verspreche es dir.“

Als hätten sich alle Halsmuskeln aufgelöst, ließ ich den Kopf hängen. Meine Zunge fühlte sich pelzig an, mein Magen rumorte. Ich wagte es nicht, mich noch einmal zu Simon umzudrehen.

Du weißt doch, keifte Baphomet, *man soll nur Versprechen geben, die man auch halten kann.*

31.

Ein letztes Mal vergewisserte ich mich, dass niemand zum Fenster heraufsah.

Kastellan Philipp und die übrigen Bewohner erwarteten auf dem Hof noch immer die Ankunft von Pietro di Tremante. In kleinen Trauben standen sie zusammen und hatten nur Augen für das Burgtor. Wachen konnte ich nur auf dem Torhaus ausmachen.

Die Gelegenheit war da, nur mein Mut fehlte noch.

Erneut maß ich den Abstand zwischen Fenstersims und dem Giebeldach des Wehrgangs ab. Es blieb dabei: Mit einem beherzten Sprung konnte man es schaffen.

Tief atmete ich durch. Es half nichts, zaudernd auf dem Sims zu hocken. Ich umfasste den Fensterrahmen und stellte mich auf die Zehenspitzen. Meinen Körper spannte ich so sehr an, dass meine Muskeln zitterten. Ich warf einen letzten Blick zurück zu Avis und nickte ihm zu.

„Das schaffst du", sprach er mir zu und neigte den Schnabel.

Dein Wort in den Ohren aller Schutzheiligen, dachte ich und fixierte meinen Blick auf den Wehrgang. Dann sprang ich, drückte mich mit aller Kraft von Rahmen und Sims weg. Mein Herzschlag setzte aus, als mich die kalte Nachtluft umfing und kein Boden mehr unter meinen Füßen war.

Ich strampelte mit den Beinen und unterdrückte einen Schrei.

Mein Sprung erreichte schnell seinen Zenit. Nun sauste ich geradewegs auf das Dach des Wehrgangs zu. Die Arme ausgestreckt, um mich irgendwo festzuhalten, prallte ich auf die Schindeln.

Für einen Moment blieb mir die Luft weg. Die Schmerzen bohrten sich wie Pfeilspitzen in Brust und Magen. Meine Finger glitten über ein Stück raues Leder, unmöglich, sich hier festzuhalten. Unweigerlich rutschte ich unter Poltern und Krachen die Dachschräge hinab.

Immer wieder packte ich blindlings zu. Die Schindeln, die ich umklammerte, brachen ab und die Trümmer stürzten an mir vorbei auf den Burghof. Die Stoffbahnen, in die ich meine Finger trieb, zerrissen und ihre Fetzen flatterten im Wind.

Endlich, als meine Knie schon über die Dachkante ragten, griffen meine Finger in die Lücke zwischen zwei Holzbalken. Mit einem Ruck hielt ich in meinem Sturz inne. In tiefen Zügen holte ich Luft, nur um daraufhin den Atem anzuhalten. Hatten die Wachen oder die Leute auf dem Hof das Getöse gehört? Ich wandte den Kopf und sah zu meiner Erleichterung, dass kein Tumult entstanden war und auch niemand in meine Richtung blickte.

Das Glück der Narren ist mit dir.

Jetzt musste ich auf den Wehrgang gelangen. Langsam hangelte ich mich den Rest der Dachschräge hinab und schwang mich schließlich vom Dachende auf die Holzbohlen des Ganges.

Kurz darauf ertönte über mir das nächste Poltern. Der Doktor musste gesprungen sein. Allerdings war seine Landung um einiges eleganter, denn eine Rutschpartie über das Dach blieb ihm erspart. Behände kletterte er zu mir auf den Gang. Nur seine Schnabelspitze war leicht verbogen und der Hut etwas verrutscht.

„*Impavidi progrediamur!* Unverzagt wollen wir vorwärts schreiten.“ Er klopfte mir auf die Schulter. „Erst in die Waffenkammer, dann warten wir auf eine günstige Gelegenheit.“

Er stürmte los, über die knarrenden Bohlen. Ich aber hielt inne. Das Säuseln des Windes, der durch das Gebälk wehte, klang eigentümlich. Die Ohren gespitzt, lauschte ich. In der Tat, da war es wieder: das unheimliche Klingeln, das ich schon im Gasthof gehört hatte.

Rrring-Rrrring.

„Komm schon! Was ist los?“ Marcel war stehen geblieben und hatte sich zu mir umgewandt.

„Psssst!“

Er hielt inne. „Da ist es also wieder.“

„Was kann es nur sein?“

„Soll es doch sein, was es ist.“ Er winkte ab. „Wir haben keine Zeit, uns das jetzt zu fragen! Mir nach!“

Ich warf den Kopf hin und her, um das Klingeln aus ihm zu vertreiben. Der Doktor hatte recht. Über das Geräusch konnte ich mir noch später Gedanken machen.

Als ich Marcel nach einem kurzen Spurt eingeholt hatte, brach auf dem Burghof Tumult los. Wir verlangsamten unsere Schritte und sahen auf das Geschehen.

Die Brabanzonen durchquerten im Laufschritt den Torbogen zum inneren Hof. Glefen, Falchions, Spieße und Äxte schwankten in den Händen ihrer Träger. Verhundertfacht hallte das Stakkato ihrer Stiefeltritte von den Mauern wider.

Pietro di Tremante, sein Schreiber Arda bin Nabil und der Söldnerhauptmann Roel waren bereits auf den Hof geritten. Sie brachten ihre Pferde vor dem Kastellan zum Halt und sprachen auf ihn ein.

„Da unten wird gleich die Hölle los sein."

„Bist du dir sicher?", raunte ich dem Medicus zu.

„Zumindest, wenn Philipp wieder mit seinem Gerede vom Alchemisten-Gott anfängt."

„Ich zumindest hätte nichts dagegen, wenn sie sich gegenseitig die Köpfe einschlagen."

Wir kauerten uns hinter die Balustrade und beobachteten weiter die Unterhaltung. Nachdem eine ganze Weile nur der päpstliche Legat gesprochen hatte, kam nun der Kastellan zu Wort. Seinen Gesichtsausdruck konnte ich aus der Ferne nicht erkennen und seiner Körpersprache konnte ich nicht entnehmen, ob er wieder über das göttliche Wunder schwadronierte. Zuletzt deutete er mit ausgestrecktem Zeigefinger in Richtung des Palas.

Marcel stöhnte auf. „Oh verdammt! Er zeigt ihnen, wo sie uns gefangen halten."

„So dumm scheint er gar nicht zu sein …"

Zufrieden im Sattel zurückgelehnt, gab Pietro di Tremante seine Anweisungen. Sofort eilten vier Söldner zum Bergfried und entschwanden durch das Portal.

„Simon wird ihnen geradewegs in die Hände fallen!", sagte ich. In mir kam der Drang auf, zurück zum Palas zu stürmen.

„Das verläuft überhaupt nicht zu unseren Gunsten", dröhnte es ernst aus der Schnabelmaske. „Los! Zur Waffenkammer!"

Über die morschen Bohlen schlichen wir weiter in Richtung Johannisturm. Bereits von Weitem sah ich, dass die Tür einen Spalt breit offen stand.

„Diese Idioten von der Burgwache müssen es verdammt eilig gehabt haben, als sie ihre Spieße und Glefen geholt haben", lachte Marcel.

„Was hätten wir getan, wenn sie verschlossen gewesen wäre?"

Der Doktor griff in eine der weiten Taschen seines Mantels und holte einen kleinen Metallstab hervor, der an den Enden gebogen war. „Wie gesagt, ich bin ein Mann der Wissenschaft. Und es ist auch eine Wissenschaft, Schlösser mit nur wenigen Hilfsmitteln zu knacken."

„Du steckst voller Überraschungen."

„In diesem Land ist das eher die Regel als die Ausnahme …"

Wie zur Bestätigung erklang das Splittern von Glas, gefolgt von einem gellenden Schrei.

Wir fuhren herum und sahen gerade noch, wie ein Söldner mit rudernden Armen aus dem Fenster der Kemenate stürzte. Ehe er auf dem Boden aufschlug, drangen schon die nächsten Schreie vom Palas heran. So erbarmungswürdig und langgezogen, dass ich annahm, den Gestürzten hätte noch das mildeste Schicksal ereilt.

„Hat das Simon getan?", fragte ich tonlos.

„Nein, nein … das ist unmöglich."

Aus dem Kaminzimmer ertönte ein tiefes Grollen, das allmählich in ein Brüllen überging. Es stammte eindeutig nicht von Simon. Noch könnte ein anderer Mensch dazu fähig sein, solch einen Laut hervorzubringen.

Baphomet, dachte ich. Ist er hier? Ist es nun an der Zeit für ihn, mich zu holen?

Vielleicht, Lucien, vielleicht. Vielleicht ist Simon auch nicht der, für den du ihn gehalten hast. Vielleicht ist er es einmal gewesen, aber jetzt ...

Bevor meine Angst um Simon – oder das, was vorgab, Simon zu sein – ins Unermessliche erwuchs, änderte sich das Geschehen auf dem Hof. Zu unseren Gunsten, wie Marcel wohl sagen würde. Anscheinend glaubten der päpstliche Legat und seine Männer, die Burgleute seien für den Tod der Söldner verantwortlich.

Pietro di Tremante schrie auf den Kastellan ein. Nur das letzte Wort seiner Wutrede verstand ich eindeutig: „Keeetzer!"

Dann ging alles sehr schnell. Der vor Wut schäumende Söldnerhauptmann Roel hielt auf einmal einen Streitkolben mit gefährlich aussehenden Lamellen in der Hand. Diese steckten im nächsten Moment auch schon tief im Schädel eines Burgmannes.

Arda bin Nabil zückte seinen Krummsäbel, Pietro di Tremante ließ sein Falchion aus der Scheide zischen und wendete sein Pferd. Unter einem Gebrüll, das das ganze Gemäuer erschütterte, stürmten die Brabanzonen los, um ihre Kameraden zu rächen.

Völlig überrumpelt bildete die Burgmannschaft eine notdürftige Verteidigungslinie, Spieße und Glefen ausgestreckt. Schreiend und wild durcheinander flohen Frauen und Kinder zurück in den Palas. Mit gezücktem Kurzschwert brachte Philipp sich hinter seinen Männern in Deckung. Die Gesten und Rufe, mit denen er versuchte, di Tremante zu beschwichtigen, gerieten immer grotesker.

Marcel zog mich weg von der Balustrade.

„Es bleibt keine Zeit! Was auch immer mit Simon passiert ist, was auch immer auf dem Hof geschehen wird – wir brauchen Waffen."

Seine Stimme unterlegten ohrenbetäubendes Klirren, Schreien, Röcheln und Pferdegewieher. Die Kampfreihen waren aufeinandergeprallt.

Ich nickte. Den Blick hielt ich starr auf das Vogelgesicht gerichtet. Ich wollte nicht sehen, was für ein Gemetzel auf dem Hof seinen Lauf nahm.

Wir wandten uns ab und traten in den Turm. Mehrere Fackeln erhellten das Kreisrund des ersten Geschosses. In ihrem Licht glänzten Handäxte, Roßschinder, Spieße, Glefen, Schwerter und Säbel, die in Halterungen an der Wand hingen. Auf den Tischen lockten Streitkolben, Armbrüste und Morgensterne mit tödlicher Wucht. Gegen eines der Tischbeine gelehnt, wartete ein Schild auf die nächste Schlacht.

Die sollte es bald bekommen, dachte ich, als ich den Unterarm durch seine Griffe steckte.

Der Medicus klopfte gegen die Vorderseite, die das Familienwappen derer von Kleve zeigte – links eine goldene Lilienhaspel auf rotem Grund, rechts ein von Blau umgebener, zweigeschwänzter Löwe. „Wir müssen irgendwie zu Philipp gelangen. Er hat den Schlüssel zur Kammer des Alchemisten."

„Die Verwirrung auf dem Hof wird uns nutzen", meinte ich, während ich mit dem Daumen über die Schneide von einem der Schwerter glitt.

„Aber nur solange du unerkannt bleibst. Wenn sie dich sehen, werden sich di Tremantes Männer sogleich auf dich stürzen."

„Was schlägst du also vor?"

Anstatt einer Antwort warf mir Marcel einen Topfhelm zu, den er von einem der Regalbretter genommen hatte.

„Folge meinem Beispiel und flüchte dich in die Vermummung."

„Ich hasse diese Dinger", sagte ich und wog den Helm in Händen. „Sie schränken die Sicht ein, sind unglaublich schwer und vor einem mächtigen Schwerthieb schützen sie auch nicht."

„Zumindest aber vor neugierigen Blicken. Jetzt zieh ihn schon auf."

Widerwillig stülpte ich den Helm über meinen Kopf. Durch die dünnen Sichtschlitze konnte ich nur noch einen Ausschnitt der Waffenkammer wahrnehmen. Die Atemlöcher vor meinem Mund erlaubten es mir nur wenig Luft zu holen. Ich stöhnte und verfluchte den Doktor, auch wenn er nichts dafür konnte.

Marcel bewaffnete sich unterdessen mit einer Glefe.

„Kannst du mit so etwas umgehen?", fragte ich ihn, während ich ein Schwert ergriff. Obwohl die Klinge schartig war, war es noch eine der besseren Waffen. „Nicht, dass du dich noch schneidest."

Der Doktor gab ein dumpfes Lachen von sich. „Hast du vergessen, dass ich Arzt bin? Die Chirurgie ist eines meiner Fachgebiete."

Wir stiegen die Leiter in das Erdgeschoss des Turmes herab. Anscheinend handelte es sich um die Wachstube. Auf dem Tisch in der Mitte lagen Würfel, ein Lederschlauch und mehrere Becher. In einem großen Laib Käse steckte ein Messer, eine Blutwurst roch verführerisch.

Die Tür, die auf den Hof führte, war geschlossen. Unsere Waffen fest umklammert, bezogen wir vor ihr Aufstellung.

„Wenn wir da durchgehen, wird die Hölle los sein", sagte ich.

„Vergiss einfach nicht, dass wir nur den Schlüssel brauchen. Alles, was sonst auf diesem Hof geschieht, kann uns egal sein. Nur der Schlüssel."

Ich nickte. „Gott möge uns schützen."

Haha. Gott? Gott, Lucien? Meinst du das ernst?

Baphomets Ruf ignorierte ich völlig. Ich holte so tief Luft, wie es der Topfhelm ermöglichte. Dann stieß ich mit einem Ruck die Tür auf.

Schreie und das Klirren von Schwertern umfingen mich. Unmittelbar rechts von mir drängte ein Söldner einen der Burgmänner gegen die Mauer. Unter einem Gröhlen holte er mit seiner blutüberströmten Streitaxt aus und ließ sie auf den Kopf des Wachmanns niedersausen. Die Schneide spaltete mit einem widerlichen Fletschen den Kopf des Unglücklichen. Leblos sackte er an der Wand zusammen.

Der Söldner stemmte seinen Fuß auf die Schulter des Toten und zerrte die Axt aus seinem Kopf. Mit mordlüstern funkelnden Augen wandte er sich zu uns um. Blut tropfte von der Schneide der Axt.

Ich machte zwei große, schnelle Schritte, schon stand ich vor ihm. Brüllend holte er zu einem Hieb aus. Sein Oberkörper verblieb ohne Deckung. Noch ehe die Axtschneide auf mich niedersauste, vollführte ich einen Streich quer über seinen Bauch. Sein Steppwams leistete keinen Widerstand. Wie ein roter Strich zog sich die Wunde über seinen Magen. Der Stoff sog sich mit Blut voll.

Kraftlos ließ der Söldner die Axt zu Boden sinken und fiel nach hinten über.

Hinter mir erklang ein langgezogener Schrei. Oh Gott, lass es nicht Marcel sein! Ich fuhr herum. Sogleich sah ich, dass dem Medicus nichts geschehen war. Breitbeinig, den ganzen Körper angespannt, stand er da. Um ihn herum lagen jedoch ein regungsloser Söldner und ein sich windender, immer wieder schreiender Burgmann in einer Lache aus Blut.

Beeindruckt lief ich zu ihm. „Konntest du Philipp schon ausmachen?“

Der Doktor streckte den Arm aus. Mein Blick folgte seinem Fingerzeig, es brauchte allerdings einige Momente, bis ich den Kastellan im Schlachtgewühl erkennen konnte. Er befand sich ganz auf der anderen Seite der Kämpfenden. Der Söldnerhauptmann Roel bedrängte ihn. Immer wieder preschte er auf seinem Schecken auf Philipp zu und schlug mit dem Lamellen-Streitkolben auf ihn ein. Bisher konnte der Kastellan seinen Hieben jedes Mal durch waghalsige Sprünge entgehen.

„Beeilung!“

Marcel lief voran. Ich folgte ihm so dicht wie möglich. Schreie, Fußgetrampel und das Zerbersten von Schilden umfingen uns. Verletzte lagen in ihrem eigenen Blut, riefen Gott um Gnade und ihre Mütter um Beistand an. Zwei der Burgwachen waren auf den Wall gestiegen und feuerten von dort mit ihren Armbrüsten ins Gewimmel.

Wir rempelten diejenigen zur Seite, die uns im Weg standen. Immer wieder schwang ich mein Schwert ziellos in die Menge. Traf gegen Plattenpanzer, Schilde und Leiber. Erstaunlich schnell kamen wir durch den von Blut und Regenwasser durchweichten Morast voran, stiegen hinweg über Gliedmaßen, Schilde und Leichen.

Ich versuchte nach di Tremante Ausschau zu halten, die Sichtschlitze des Topfhelms machten dies aber fast unmöglich. Mein Atem ging stoßweise und hallte im Innern des Helms nach. Es war unmenschlich heiß und stickig unter diesem Ding. Dafür tat es seine Pflicht: Weder die Söldner noch die Burgmannschaft erkannten mich.

Als wir am anderen Ende des Getümmels ankamen, war Roel kurz davor, Philipp den Todesstoß zu versetzen. Der zwergenhafte Kastellan musste zu Boden getaumelt sein und lag nun wie ein Käfer hilflos strampelnd auf dem Rücken. Das Falchion lag zwei Ellen von ihm entfernt.

Der Söldnerhauptmann zog die Zügel an und sein Schecke hielt an. Mit der Eleganz jahrelanger Übung schwang er sich aus dem Sattel. Verzweifelt versuchte Philipp zu seiner Waffe zu kriechen. Es half nichts. Roel brauchte nur wenige Schritte, schon stand er über ihm und drückte die Sohle seines schweren Stiefels auf seine Brust.

„Schnell! Überwinden wir den Hauptmann, solange er abgelenkt ist!“

Bevor ich etwas erwidern konnte, stürmte Marcel schon los. Verflucht! Eilig rannte ich ihm nach, den Schild dicht vor meinen Körper gepresst.

Roel hatte den Streitkolben über seinen flammend roten Haarschopf gehoben, um ihn mit Schwung auf den Kastellan zu schmettern. Er stand mit dem Rücken zu uns und bot somit ein leichtes Ziel. Die Glefe ausgestreckt, stürmte Marcel auf ihn zu.

Ehe der Doktor ihn niederstrecken konnte, fuhr Roel in einer fließenden Bewegung herum. Es kam so plötzlich, dass mir der Atem stockte. Wie hatte er Marcel heranahen gehört?

„Pass auf!“, entfuhr es mir. Dumpf drang die Stimme aus dem Helm.

Zu spät. Mit Wucht ließ der Söldnerhauptmann den Streitkolben auf den Stiel der Glefe niedersausen. Krachend zerbarst das Holz. Der Medicus kam ins Stolpern und stürzte in den Matsch.

Mein Atem raste. Ein eiskalter Schauer überzog meinen Körper. Marcel durfte nichts geschehen. Nicht ihm. Ich hetzte auf Roel zu, das Schwert erhoben zu einem Dachschlag.

Der Söldnerhauptmann sah mich kommen. Breitbeinig stellte er sich mir entgegen. Meinen Hieb parierte er lässig mit dem ehernen Griff des Streitkolbens. Die Erschütterung ließ mich zurücktaumeln. Diesen Moment nutzte Roel, um auszuholen und mir die Lamellen seiner Waffe gegen den Kopf zu hämmern.

Der Topfhelm vibrierte gewaltig. Ein dumpfes *Klonk!* jagte durch meinen Schädel.

Ich wollte stehenbleiben. Meine Beine jedoch fühlten sich so weich an, als wären keine Knochen mehr in ihnen. Die Sichtschlitze drehten sich vor meinen Augen. Gefällt wie eine Eiche sank ich in den Matsch. Der Schild glitt von meinem Arm und der Helm rutschte von meinem Kopf. Zumindest kühlte die Nachtluft ein wenig den brennenden Schmerz, der sich um meine Stirn gespannt hatte. Alles verlief in roten Schlieren. Verzweifelt wühlte ich im Dreck, auf der Suche nach dem Schwert. Endlich ertastete ich seinen Griff. Aber als ich es zu mir ziehen wollte, bewegte es sich nicht. Ich riss die Augen weiter auf, um mehr zu erkennen.

Der Söldnerhauptmann hatte seinen Fuß auf die Klinge gestellt. Mit einem Grinsen sah er zu mir herab.

Mein Magen zog sich zusammen. Ich schluckte trocken. Wandte den Blick ab und erwartete den tödlichen Hieb. Er blieb aus. Stattdessen erklang lautes Poltern und ein Stöhnen. Überrascht sah ich auf. Marcel hatte sich von hinten auf den Söldnerführer gestürzt und ihn zu Boden gerissen. Übereinander rollend und nach den Handgelenken des anderen greifend, rangen sie miteinander im Schlamm.

Meinen Blick fesselte jedoch etwas anderes. Erst dachte ich, Philipp hätte sich wieder aufgerichtet. Als ich allerdings sah, dass der Kastellan reglos und mit blutbeflecktem Wams vor diesem Mann lag, wusste ich, wer es war.

„Ist es das hier, was er sucht?“

Di Tremante ließ den Silberschlüssel von seinen Fingern baumeln. Verlockend funkelte er im Mondlicht.

Ich richtete mich an meinem Schwert auf, zitternd wie ein alter Mann an seinem Stock. Vor Anstrengung und Panik verkrampften sich meine Glieder. Gott sei's gedankt, die roten Schlieren lösten sich auf.

Nun konnte ich di Tremante gänzlich erkennen. Sein mit fein ziselierten Gravuren versehener Brustpanzer war blutbesprenkelt. Seine Wangen gerötet und sein Glatzkopf glänzend vor Schweiß. Aus seinem Bart schien mir ein Lächeln entgegen.

„Deine Tochter“, keuchte ich. „Hier gibt es einen Alchemisten. Vielleicht kann er ihr … vielleicht kann er Eliana helfen.“

Zum ersten Mal wechselte di Tremante ins „Du“. Etwas Gutes konnte es nicht bedeuten: „Wage es nicht, Ketzer, den Namen meiner Tochter in deinen dreckigen Mund zu nehmen!“ Seine Augen blitzten. „Du willst diesen Schlüssel? Hol ihn dir!“

Er hob sein Kurzschwert und steckte den Silberschlüssel unter seinen Brustpanzer. Abwartend blickte er mir entgegen.

„Lucien! Schnapp dir das Ding!“, röchelte Marcel, der sich mit dem Söldnerhauptmann gegenseitig würgte. „Ich … ich schaff den hier schon.“

Ein letzter Kampf, Lucien! Ja, ein letzter Kampf! Alles oder nichts! Als Ketzer sterben oder als Held leben! Du hast die Wahl.

Tief holte ich Luft. So sollte es sein. Zu einem Schulterschlag ausholend, rannte ich auf den päpstlichen Legaten zu. Di Tremante sah meinen Angriff schon früh kommen und parierte. Funkensprühend prallten die Klingen aufeinander.

Mit wutverzerrtem Gesicht stemmte sich di Tremante gegen meine Klinge. Unter größten Mühen erwiderte ich seinen Druck.

„Die Hölle erwartet dich!“, presste er zwischen den Zähnen hervor. Er brachte einen letzten kraftvollen Ruck auf. Ich wurde weggeschleudert und taumelte zurück. Ehe ich mich sammeln konnte, jagte der Legat schon auf mich zu. Nur knapp parierte ich seinen Querschlag. Seine folgende Kombination aus schnellen Eber- und Ochsschlägen drängte mich immer weiter zurück. Noch von Roels Streitkolbenhieb betäubt, konnte ich ihm kaum etwas entgegensetzen.

Schließlich hatte er mich so weit vor sich hergetrieben, dass wir aus dem Kampfgetümmel gelangt waren. Wir befanden uns gleich unterhalb des Palas, dessen Portal noch offen stand.

Kurz glitten meine Gedanken zu Simon ab. Was war mit dem Jungen geschehen? Was, verdammt, hatte er mit den Söldnern angestellt?

Sogleich wurde meine Unaufmerksamkeit bestraft.

Di Tremante versetzte mir einen Schwertstreich über den linken Oberschenkel. Wie ein Wurm fraß sich der Schmerz durch mein ganzes Bein. Ich stolperte und fiel über die Stufen der Treppe, die hinauf zum Eingang des Palas führte.

„Das ist dein Ende!“ Mein Widersacher holte zu einem Dachschlag aus. Mit letzter Kraft riss ich mein Schwert zur Parade hoch und die Klingen kreuzten sich. Durch die Wucht seines eigenen Angriffs geriet di Tremante aus dem Gleichgewicht. Ich nutzte diesen Moment, um mich aufzurappeln und in das Innere des Palas zu fliehen.

Das Kaminfeuer warf tanzende Schatten an die Wände. Meine Schritte knisterten auf dem Stroh. In einer der Ecken kauerten einige Kinder und starrten mich aus großen Augen an.

„Kscht! Verschwindet!“, rief ich ihnen zu und wedelte mit der freien Hand.

Sie leisteten Folge und erklommen die Holzstiege zum oberen Stockwerk. Als ich erleichtert das Knallen einer Tür vernommen hatte, drehte ich mich zum Portal um. Unter dem Klirren seines Kettenhemdes trat di Tremante ein.

„Du bist zäh, Lucien. Dabei solltest du längst nicht mehr unter dem Schutz des Herrn stehen.“

„Auch wenn du es nicht glauben willst, noch immer spreche ich Gebete zum Herrgott. Er scheint mich ebenso zu erhören wie dich.“

Dass ich nicht lache, Lucien ...

„Bald“, di Tremantes Grinsen wurde breiter, „wirst du deine Gebete nur noch den Dämonen der Hölle vorbringen können.“

Er stürzte auf mich zu. Seinen Eberschlag parierte ich locker, das nachfolgende Stakkato aus Schlägen und Hieben war allerdings so wuterfüllt und schnell vorgetragen, dass ich wieder zurückweichen musste.

Als mir eine Parade gerade einen Moment Luft verschaffte, warf ich aus den Augenwinkeln einen Blick hinter mich. Wenn ich nicht gegen die Wand gedrängt werden wollte, gab es nur einen Weg: die Kellertür.

Ich schluckte und machte einige Sätze zurück. Mit zitternden Fingern ergriff ich den Türknauf und zog sie auf. Muffiger Gestank stieg mir entgegen, eine Mischung aus Ausscheidungen und Verwesung. Die steile Treppe, die in die Eingeweide des Burgbergs führte, lag stockdunkel da. Auf ihr wollte ich auf keinen Fall kämpfen. Eilig lief ich sie hinab, zwei Stufen auf einmal nehmend, eine Hand stets an der Wand.

„Wo willst du hin, Lucien? Verkriechst du dich wie eine Ratte in ihrem Loch?", rief der päpstliche Legat, als ich gerade den Treppenabsatz erreicht hatte. Ein kehliges Brüllen erwiderte seine Worte. Es drang hinter mir aus dem Kellergewölbe. So nah, dass sich sämtliche meiner Nackenhärchen aufstellten.

Vier Fackeln brannten in ihren Halterungen an den grob gemauerten Wänden und erhellten den weiten Raum. Trutzige Säulen bäumten sich gegen die Decke auf. Bauchige Weinfässer, Werkzeuge und Bretterstapel drängten sich in düstere Seitenerker.

Als ich um eine Säule spähte, erblickte ich ihn: Herr Johannes, der Graf von Kleve, sah aus wie ein Derwisch. Das dunkelblonde Haar hing ihm in verfilzten Strähnen ins Gesicht. Ein dreckiges Etwas, das wohl mal eine Hose gewesen war, bedeckte notdürftig seine Lenden. Es war jedoch allein seine Mimik, die ihm alles Menschliche raubte. Die Augen funkelten wie bei einem Luchs, die Nasenflügel blähten sich auf wie bei einem Ochsen. Er verzog das Gesicht zu einer Fratze des Blutdursts und der Angriffslust.

Mit einem Jaulen, das einem Wolf alle Ehre gemacht hätte, jagte er auf mich zu. Die Kette, die um seinen Hals gebunden war und ihn an eine der Säulen fesselte, spannte sich. Würgend und röchelnd wurde er zurückgerissen.

Ich schauderte und betete, die Kette möge nicht reißen.

Mir blieb keine Zeit, den Grafen weiter zu betrachten. Auf der Treppe erklangen di Tremantes scheppernde Schritte.

„Was für ein grausiges Geschöpf haben diese Ketzer hier eingesperrt?" Der päpstliche Legat stand auf den unregelmäßigen, teilweise gesprungenen Kellerfliesen. Angewidert starrte er auf Herrn Johannes.

„Das hier ist, nun, war mal der Graf von Kleve. Dieses Land allein lässt Männer zu solchen Bestien werden", sagte ich tonlos.

„Wie auch immer", di Tremante schlug rhythmisch mit der flachen Seite seines Kurzschwerts gegen seinen Oberschenkel, „du wirst vor seinen Augen den Tod finden."

Ich hob mein Schwert. „Gib mir den Schlüssel! Ich kann die Pest aufhalten! Was, wenn nicht dies, wäre ein gottesfürchtiges Werk?"

„Es liegt nicht in deinem Ermessen zu entscheiden, was Gott gefällig ist und was nicht." Di Tremante machte mehrere Schritte auf mich zu, bis uns nur noch zwei Schwertlängen voneinander trennten.

Eine zum Zerreißen gespannte Stille legte sich zwischen uns. Wie aus weiter Ferne drang der Lärm des Gefechts zu uns heran.

Mein Atem hatte sich beruhigt, aber das Herz pochte mir immer noch bis zum Hals. Schmerzen hämmerten durch meinen Kopf und meinen Oberschenkel. Wenn ich die Augen schloss, tanzten blinkende Sternchen in der Dunkelheit.

Wie als hätten wir auf dieses Signal gewartet, gab der Graf von Kleve ein Brüllen von sich und zerrte an seiner Kette. Di Tremante jagte auf mich zu.

Sein Seitwärtshieb zielte auf meine Hüfte. Gerade noch riss ich das Schwert herunter und die Klingen kreuzten sich. Funken stoben auf. Tausendfach hallte das Klirren von den Wänden wider. Graf Johannes heulte auf, als hätte man ihm glühendes Eisen auf die Haut gepresst.

Ich legte mein ganzes Gewicht gegen das Schwert und drückte di Tremante weg. Diesmal war er es, der zurückwich. Sogleich setzte ich nach und ließ mehrere flinke Hiebe auf ihn niederprasseln. Mit seinem Kurzschwert war er wendiger als ich und wehrte die Attacken mühelos ab. Jedoch trieb ich ihn immer weiter einer Säule entgegen. Vielleicht konnte ich ihn dort festsetzen.

Di Tremante sah in der Tat nicht hinter sich, so beschäftigte ich ihn mit schnellen Eberschlägen. Erst als er mit dem Rücken gegen die Steine stieß, leuchtete in seinen Augen Erschrecken auf.

Das war die Gelegenheit. Ich wehrte seinen verzweifelten Gegenangriff ab und lenkte seinen Schwertarm zur Seite. Sein Kopf war ohne Deckung. Ich holte zum Streich aus, aber der Legat duckte sich mühelos unter meiner Klinge hinweg. Die Spitze schrammte gegen die Säule und der Schwung ließ mich taumeln.

Mit voller Wucht rammte mir di Tremante die Faust in den Unterleib. Ich krümmte mich zusammen. Flüchtig sah ich sein Kurzschwert auf mich niedersausen. Unter Schmerzen riss ich meine Klinge hoch. Aber sein Schlag war so kraftvoll, dass mir das Schwert aus der Hand glitt und klirrend zu Boden fiel.

Verflucht! Ich wich zurück, versuchte, aus dem Radius von di Tremantes Waffe zu gelangen. Haarscharf entging ich einem Streich und die Klinge schnitzte mein Wams über dem Bauch entzwei.

Trotz meiner Panik bemerkte ich, dass wir uns nun sehr nah an dem Umkreis befanden, in dem sich der angekettete Graf Johannes bewegen konnte. Möglicherweise war das meine letzte Gelegenheit.

„Bleib stehen und sieh deinem Tod wie ein Edelmann entgegen", keuchte Pietro di Tremante. „Schließlich bist du einstmals einer gewesen, oder etwa nicht? Soll ich dich in die Enge treiben wie ein Jäger das verschreckte Reh?"

„Na kommt schon, di Tremante!" Ich tänzelte weiter in die Richtung des Angeketteten. „Sind Eure Beine schwer oder seid Ihr schlicht faul?"

Verstohlen warf ich einen Blick auf den Grafen. Apathisch kauerte er vor seiner Säule. Doch ich wusste, dass sich dieser Zustand jederzeit und äußerst plötzlich ändern konnte.

„Selbst jetzt wagst du es noch, mich zu verhöhnen?"

Di Tremante rannte auf mich zu und lief dabei genau durch das Bewegungsfeld der Bestie.

Das hätte er besser gelassen.

Kettenrasseln erklang, gefolgt von einem Fauchen. Wie ein Berglöwe sprang der Graf ihn an. Di Tremante blieb nicht einmal die Zeit, sich umzudrehen. Brüllend verbiss sich Herr Johannes in seine Kehle. Unter Kreischen versuchte di Tremante, ihn irgendwie mit dem Schwert zu erwischen. Aber es war aussichtslos. Die Bestie war ihm wie ein Wolf auf den Rücken gesprungen, unmöglich, ihn zu treffen.

In tiefen Zügen holte ich Luft.

Im Kragen von di Tremantes Brustpanzer sah ich etwas aufblitzen. Die Kette des Silberschlüssels.

Mit wohlbemessenen Schritten näherte ich mich dem Angefallenen. Ich streckte den Arm so weit aus, wie ich konnte.

Unterdessen hatte der Graf den Arm von di Tremante nach hinten verdreht. Kurz darauf glitt das Kurzschwert aus dessen Händen.

„Hi… hilf mir", röchelte di Tremante. Blut rann in Strömen seinen Hals herab. Sein Gesicht war aschfahl, seine Augen geweitet.

Ich ignorierte ihn und griff nach der Silberkette. Unter dem Sirren des Kettchens zog ich den Schlüssel aus dem Brustpanzer. Sofort entfloh ich in sicheren Abstand und steckte das Wertstück in die Tasche meines Wamses.

Im Grunde blieb mir hier unten nichts mehr zu tun. Ich sollte zurück auf den Hof, Marcel finden und zusammen mit ihm den Alchemisten aufsuchen. Aber etwas hielt mich zurück.

Ich wandte mich um. Di Tremante war in die Knie gegangen. Immer begieriger drängte der Graf seinen Mund in die Wunde an seinem Hals. Nicht mehr lange und er würde die Kehle zerfetzen.

„Hilfe!“, stöhnte der päpstliche Legat und gurgelte Blut. „Hiiilfe!“

Ich ballte die Fäuste. Der Druck auf meinen Schädel verstärkte sich. Ich hob mein Schwert auf und steckte es wieder in die Scheide. Prüfend befühlte ich meinen Oberschenkel. Die Wunde war tiefer, als ich gedacht hatte. Längst hatte sich die Hose mit Blut vollgesogen. Wie lange würde ich mich noch auf den Beinen halten können?

Komm schon, Lucien! Lass den Bastard hier verrecken. Was würde er denn an deiner Stelle tun?

Ich ließ mich von Baphomets Worten nicht irritieren. In mir kam die Erinnerung daran auf, warum ich hierhergekommen war. Um mich von meinen Sünden reinzuwaschen. Um im Namen derer zu handeln, die ich verraten hatte. Und diese Männer hätten niemals so gehandelt, wie Baphomet es wollte.

Ich fuhr herum und zog mein Schwert.

Lucien, was tust du denn da?

Zum ersten Mal hörte ich in Baphomets Stimme sowohl Erstaunen als auch einen Anflug von Panik.

Ich schritt auf di Tremante und seinen Peiniger zu. Der Graf war so sehr im Blutrausch, dass er mich nicht bemerkte.

Verdammt, was tust du da, Lucien? Das ist falsch!, schrie Baphomet.

Nein, nein ist es nicht, dachte ich, als ich ausholte und das Schwert auf den Grafen niedersausen ließ. Die Klinge trennte den Kopf reibungslos ab. Eine Blutfontäne spritzte aus dem Halsstumpf. Der Rumpf zuckte noch kurz, dann erschlaffte er.

Pietro di Tremante schlüpfte mit hektischen Bewegungen unter den leblosen Gliedmaßen hervor. Er krabbelte zur Säule und lehnte sich erschöpft gegen die Steine. Eine Hand presste er auf seinen Hals. Zwischen den Fingern quoll noch immer das Blut hervor.

„Wa… warum hast du das getan?“, stammelte er.

„Weil ich nicht der bin, für den du mich hältst.“

„Woher“, er hustete Blut, „woher willst du wissen, dass ich dich nicht einfach hätte sterben lassen, wenn er dich erwischt hätte?“

„Das spielt keine Rolle.“

„Möglicherweise bist du wirklich nicht der Mann, für den ich dich gehalten habe“, überlegte der päpstliche Legat. Wir verfielen in Schweigen. Obwohl diese Reise an seltsamen Momenten reich gewesen war, war dieser hier doch der seltsamste von allen. Ich wusste nicht, was ich sagen sollte.

„Du hast mich im Stall belauscht. Deshalb wusstest du von meiner Tochter“, nahm mir di Tremante diese Aufgabe ab.

Ich fügte hinzu: „Und von ihrer Krankheit. Möglicherweise bist auch du nicht der Mann, für den ich dich gehalten habe.“

„Was hast du mit ihm gemacht?“, fragte er unumwunden. „Die Templer haben ihn dir überlassen, das stimmt doch, oder?“

Ich nickte.

„Wo ist er? Versteh doch, ich brauche ihn, um sie zu retten.“

„Das geht nicht.“ Ich schloss die Augen. Das Pochen hinter meinen Schläfen verstärkte sich immer mehr. „Ich habe ihn in die Seine geworfen. Kurz nachdem ich Paris verlassen hatte.“

In di Tremantes Gesicht veränderte sich etwas. Ich konnte nicht deuten, was es war. Er richtete sich mühsam an der Säule auf und tat einige Schritte in meine Richtung. „Warum … warum hast du das getan?“

Die Antwort darauf hatte ich mir schon vor langem zurechtgelegt. Allein für mich selbst. „Weil ich ohne den Tod nicht leben kann.“

Ein schwaches Lächeln huschte über di Tremantes Gesicht.

„Oh“, hauchte er. „Oh …“

Langsam griff er hinter seinen Rücken.

Mir stockte der Atem. Das konnte nicht sein …

„Das mit dem Tod, dafür kann ich sorgen.“

Seine Worte gaben mir Gewissheit. Ich riss das Schwert hoch. Gleich darauf sah ich das messerscharfe Stilett aufblitzen, das der Legat hinter seinem Rücken hervor gezogen hatte.

Er stach blitzschnell zu. Der Ansatz der nadelspitzen Klinge bohrte sich in meinen Magen. Schmerz und Wut übermannten mich. Instinktiv holte ich mit dem Schwert aus. Der Streich brachte zu Ende, was der Graf von Kleve begonnen hatte.

Die Klingenspitze ritzte di Tremantes Kehle auf. Blut sprudelte mir entgegen. Er ließ das Stilett fallen, stürzte auf die Knie und starrte mich aus glasigen Augen an.

„Emiliana …“, hauchte er, dann brach er zusammen.

Das Schwert löste sich aus meinen kraftlosen Fingern. Entsetzt blickte ich auf die beiden Toten in den immer größer werdenden Blutlachen. Danach besah ich meine Stichwunde. Immer noch quoll Blut aus ihr.

Ich konnte mich nicht länger auf den Beinen halten. An einer der Säulen sank ich zusammen. In meinem Magen brodelte es heiß, kurz darauf in meiner Kehle. Ich konnte nicht länger an mich halten und erbrach auf die Fliesen neben mir.

Als ich alles hervorgewürgt hatte, legte sich eine allumfassende Leere um mich. Krampfhaft versuchte ich, meine Gedanken auf Simon und Marcel zu lenken, auf das, was noch immer vor uns lag.

Aber es half nichts.

Der Druck, der sich um meinen Schädel spannte, wurde stärker und zersprengte alles.

32.

„Aufwachen, Sonnenschein!“

Die Stimme stand im völligen Kontrast zu den süßen Worten, die sie gesagt hatte. Unheilverkündend und tief wie das Schnauben eines Stiers.

Ich öffnete die Augen. Blinzelte geradewegs in die glühenden Pupillen von Baphomet. Seine Dämonenfratze war nur eine Handbreit von meinem Gesicht entfernt. Ich spürte seinen Atem auf der Haut, so sengend und schwefelhaltig wie Höllenluft.

Wie lange hatte ich hier bereits gelegen? Noch immer drang Schlachtenlärm vom Hof heran. Allzu lang konnte es also nicht gewesen sein. Mit zitternden Fingern befühlte ich die Wunde an meinem Bauch. Sogleich durchzuckte mich ein brennender Schmerz. Als ich den Kopf anhob, wurde mir schlagartig übel.

Baphomet beobachtete mich interessiert, soweit ich es aus seinen unmenschlichen Zügen herauslesen konnte.

Er war gekommen, um mich zu holen. Er war hier, um sein Werk zu Ende zu bringen. An Flucht war nicht zu denken. Ebenso wenig daran, dass mich im letzten Moment jemand retten würde. Gegen Baphomet gab es kein Mittel. Zumindest keines, das mir bekannt wäre und es war nicht so, als ob ich niemals danach gesucht hätte.

Wenn er etwas tun wollte, dann tat er es auch.

„Du kannst dir wohl denken, was nun geschieht“, begann der Dämon im Plauderton. „Irgendwelche Kommentare? Fragen?“

Ich schüttelte erst den Kopf, dann kam mir doch etwas in den Sinn: „Warum erst jetzt? Du hättest mich schon viel früher holen können.“

„Sehr gute Frage.“ Der Halbmond, der über Baphomets rechter Hand schwebte, leuchtete auf. „Zum einen habe ich – wie ich auch bereits erwähnt habe – ein wenig mit dir gespielt. Schon jetzt verspüre ich leichte Wehmut, wenn ich an unsere Vergangenheit denke. Zum anderen habe ich mich von dir hierher führen lassen. Denn mit dir werde ich die ganze Burg in den Höllenschlund stürzen. Nichts, was hier geschehen ist, darf jemals diesen Ort verlassen.“

„Das Mittel des Alchemisten …", stöhnte ich. „Deshalb hast du mich am Leben gelassen. Deshalb hast du dafür gesorgt, dass ich diese Reise antrete."

Baphomets Ziegenschwanz peitschte auf und ab. „Hervorragend erkannt, Lucien."

„Dann warst du es auch, der mich von der Pest geheilt hat."

„Davon weiß ich nichts." Die Augen des Dämons funkelten.

Ich runzelte die Stirn. Was konnte dann dafür gesorgt haben, dass ich die todbringende Seuche überlebt hatte?

„Was auch immer einmal gewesen ist, Lucien, spielt nun keine Rolle mehr für dich. Lass uns gehen. Ich will dir noch etwas zeigen."

„Moment noch!" Ächzend rappelte ich mich auf. „Was ist mit Simon passiert? Warst du es, der da seine Finger im Spiel hatte?"

Baphomet gab ein dröhnendes Lachen von sich, das die Grundmauern der Feste erzittern ließ. „Genau das will ich dir zeigen."

Der Dämon lief voraus und ich folgte ihm die Treppe hinauf. Er hatte keine Eile und wartete auch geduldig, als ich Luft holen und mich an der Wand abstützen musste.

Schließlich erreichten wir den Rittersaal und traten aus seinem Portal auf den Hof. Die Morgensonne lugte hinter den Zinnen hervor und tauchte ihn in rötliches Zwielicht. Mein letzter Sonnenaufgang, dachte ich, und ein unbestimmtes Gefühl des Bedauerns überkam mich. Niemals würde ich mit Simon zum Golf de Lion reiten – wie konnte ich Narr nur geglaubt haben, Baphomet, meiner Schuld, zu entkommen?

Die Kämpfe währten an. Immer mehr Tote und Verwundete lagen im Matsch. Der Gestank von Blut und Tod war unerträglich. Die Kampfesrufe klangen heiserer und auch die Schreie der Sterbenden gellten nicht so laut wie zuvor über den Hof.

Ich versuchte Marcel auszumachen. Letztendlich entdeckte ich ihn, von zwei Söldnern bedrängt, inmitten des Getümmels. Gern wäre ich ihm zu Hilfe geeilt, aber was nützte das noch – jetzt, wo Baphomet hier war.

Zum ersten Mal sahen auch andere Menschen, abgesehen von mir, den Dämon. Bei seinem grauenerregenden Anblick hielten sie in ihrem Schlachten inne. Gerade noch erbitterte Gegner, standen sie mit großen Augen und offenen Mündern nebeneinander.

Baphomet lief mitten zwischen den Kämpfern hindurch. Ich folgte ihm mit gesenktem Haupt.

Ein besonders Wagemutiger krächzte „Weiche, Dämon! Gott ist mit mir!“ und rannte mit erhobenem Morgenstern auf Baphomet zu.

Der Erzdämon wandte nicht einmal den Blick. Einen Klafter vor uns zerfiel der Mann einfach zu Asche, mitsamt seiner Kleidung und seiner Waffe. Der nächste Windstoß verstreute sie über den ganzen Hof. Die Übrigen wichen noch weiter vor Baphomet zurück. Sie waren vor Schrecken so erstarrt, dass sie nicht einmal davonrannten.

Auf der Mitte des Hofes blieb der Dämon stehen. Seine Augen funkelten in der aufgehenden Sonne.

„Jetzt zeige ich dir, was aus Simon geworden ist“, verkündete er mir. Der Halbmond flog höher und er klatschte in die Hände. „Belial! Bring uns den Jungen!“

„Wer zum Himmel ist Belial?“, stutzte ich.

Die Frage wurde mir sogleich beantwortet. Aus der Kemenate erklang das Brüllen, das ich bereits vor der Schlacht vernommen hatte. Sobald es verhallt war, brach unter gewaltigem Getöse die Wand rund um das Fenster auf.

In dem dadurch entstandenen Loch, durch das gut und gerne ein Ochsenkarren gepasst hätte, stand eine Gestalt, die selbst den größten Hünen um eine Haupteslänge überragen musste. Durch den aufgewirbelten Staub hindurch konnte ich gebogene Hörner erkennen. Klauen. Einen Schwanz mit Dornenspitze.

Mit einem Satz sprang Belial aus der Öffnung auf den Hof. Bei seiner Landung erzeugte er eine solche Erschütterung, dass mehrere Männer ins Taumeln kamen.

Jetzt sah ich auch, dass er einen leblosen Körper in einer seiner Klauen hielt. Ich schluckte. Simon, durchfuhr es mich. Herrgott, was haben sie mit dir gemacht?

Unter dem Donnern seiner Schritte kam Belial auf uns zu. Fast schon mit einer väterlichen Vorsicht legte er Simon vor uns auf den Boden. Der Junge zeigte keine äußerliche Verletzung, nur sein Gesicht war etwas blass. Dafür wirkte es friedvoller als sonst. Sogar ein feines Lächeln hatte sich auf seine Lippen gelegt.

Ich würgte Tränen hinunter und sammelte mich, um sprechen zu können. „Was … was habt ihr mit ihm gemacht? Ist er tot?“

„Nein“, dröhnte Baphomet, „tot ist er nicht. Er ist nur äußerst erschöpft. Schließlich musste sein Körper für einige Zeit Wirt für zwei Seelen sein.“

„Ich verstehe nicht …“

„Hast du nicht bemerkt, dass Simon zuweilen etwas merkwürdig war? Düster, gereizt … fast schon dämonisch. Dies lag daran, dass Belial ab und an in ihm die Oberhand gewonnen hat.“

Langsam dämmerte es mir. Abwechselnd überlief es mich heiß und kalt. „Das heißt …“

„Richtig. Simon war besessen. Besessen von einem Dämon. Von Belial, um genau zu sein.“

„Seit wann?“

„Nachdem ihr euch in Duisburg voneinander getrennt hattet, lief der Junge nach Hause. Dort lauerte ihm der Dämon auf und schlüpfte unbemerkt in ihn. So habe ich dich die ganze Zeit überwacht, Lucien. So habe ich dich geleitet.“

„Simons Träume“, stöhnte ich. „Er hat davon erzählt. Ich hätte es bemerken sollen!“

Der Sichelmond tanzte auf Baphomets Handfläche. Er warf einen Seitenblick auf einige Burgmänner, die sich zwei Schritte nach vorn gewagt hatten. Sofort zogen sie sich wieder zurück. „Manchmal ist das Offensichtliche für euch am meisten verborgen.“

„Dann war es auch dieser Belial, der die Minen zum Einsturz gebracht hat. Von ihm stammte also das Brüllen, das ich vernahm. Aber warum?“

„Ganz einfach: Ich gönne dir keinen Moment des Glücks. Diese Frau musste sterben.“

Ich ballte die Fäuste, unterdrückte meine Wut aber schnell. Was nützte es? Baphomet würde mein Schwert zum Schmelzen bringen oder mich gleich in Luft auflösen.

„Du bist wahrhaftig ein Dämon“, sagte ich stattdessen nur. „Die Magd vom Gasthof. Das war auch dieser Belial.“

„Oh – das war nur reines Vergnügen. Eine kleine Vorwarnung.“ Baphomet winkte ab und machte zwei Schritte von mir weg. „Allmählich langweilt mich all das hier. Lass es uns zu Ende bringen, Lucien.“

Meine Knie drohten nachzugeben, aber ich hielt mich aufrecht. Der Schmerz pulsierte in meinem Magen und hinter meinen Schläfen.

Bald würde ich ihn wohl für lachhaft halten, warteten doch Höllenqualen auf mich. Sollten sie mich doch in den untersten Limbus stürzen. Mein Gewissen war rein. Ich hatte getan, was ich konnte, um mich von meiner Schuld reinzuwaschen.

„Irgendwelche letzten Worte, mein Freund?", höhnte der Dämon.

„Ich bin nicht der Mann, für den du mich hältst", sagte ich nach kurzem Zögern.

„Oh, da wäre ich mir nicht so sicher."

Der Dämon klatschte in die Hände.

Es herrschte ein Moment Stille, den nur das Krächzen einer Krähe durchbrach. Dann brach, im wahrsten Sinne des Wortes, die Hölle los. Unter einem infernalischen Grollen, Staub und Geröll aufwirbelnd, sackte das Torhaus weg. Für die Dauer eines Lidschlags versank es in den Tiefen des Burgbergs und hinterließ ein gähnendes Loch.

Kurz darauf brach auch der Mauerring zusammen, die Ställe, die Küchengebäude, der Johannisturm, schließlich auch der Bergfried selbst. Trümmer stürzten herab und erschlugen einige der Soldaten. Ein paar Burgmannen versuchten zu entkommen, stürzten aber in einen Abgrund, der sich jäh vor ihnen aufgetan hatte.

In dem Durcheinander aus Schutt, Staub und Schreien versuchte ich Marcel auszumachen. Du hast es nicht verdient, durchzuckte es mich. Nicht du. Nicht du und Simon.

Gerade als ich diesen Gedanken zu Ende gebracht hatte, brach der Boden unter meinen Füßen weg. Zusammen mit Erdschollen, Gestein und Wurzelwerk fiel ich in die Tiefe.

Ich
stürzte
in
die
Hölle.

Aus lauter Panik nahm ich zunächst gar nichts wahr, nur die Leere unter mir und den Gestank von verbranntem Fleisch und Schwefel, der mir entgegenstieg. Ich schrie aus vollem Halse, gab es aber bald auf. Mehr aus Reflex ruderte ich mit den Armen und strampelte mit den Beinen.

Als ich die Augen aufmachte, sah ich, dass ich durch einen kreisrunden Schacht stürzte. Über mir leuchtete ein kleines Stück Himmel, das immer kleiner und kleiner wurde. Unter mir loderte grelles Feuer.

Der Schacht mündete schließlich in einer gewaltigen Halle. Hunderttausende von Seelen marschierten in einer endlos wirkenden Schlange über eine weite Ödnis. Flammen züngelten aus Felsspalten, Dämonen eilten umher. Wehklagen schlug mir entgegen.

Die Vorhölle, kam es mir in den Sinn. Ich sah sogar den Hadesrichter Minos, der am Ende der Schlange auf seinem Knochenthron saß und darüber entschied, in welchen Höllenkreis die Seelen verbannt wurden.

Unaufhörlich stürzte ich weiter. Durch ein weiteres Loch hinein in den ersten Limbus der Hölle, wo Kuppler und Verführer zu leiden haben.

Durch den zweiten Limbus, wo Wollüstige von starken Winden umhergetrieben werden.

Durch den dritten Limbus, wo die Schlemmer im Dauerregen stehen.

Durch den vierten Limbus, wo die Geizigen und Verschwender unter den Peitschenhieben der Dämonen schwere Lasten wälzen.

Durch den fünften Limbus, wo sich die Zornigen im Schlamm des Styx raufen und die Trägen auf seinem Grunde seufzen.

Durch den sechsten Limbus, wo die Ketzer in brennenden Särgen immer aufs Neue den Feuertod erleiden.

Durch den siebten Limbus, wo sich Mörder und Räuber in Lachen siedenden Blutes winden, die Selbstmörder in Dornsträuche verwandelt und die Gotteslästerer in einem Sandmeer gefangen sind, auf das unaufhörlich Feuerflocken regnen.

Durch den achten Limbus, wo Schmeichler Kot schaufeln, Bestechliche in Pech gesotten werden, Diebe mit Schlangen eingesperrt sind, Zwietrachtstifter von Dämonen zerstückelt werden und Fälscher alle Krankheiten des Körpers und der Seele erleiden.

Schließlich, durch ein letztes Loch, stürzte ich in den neunten Höllenkreis, in dem die schlimmste aller Sünden bestraft wird: der Verrat.

Bis zu den Hälsen steckten die Verräter von Brüdern, die Verräter des Vaterlandes und die Verräter an ihren Vertrauten und Wohltätern im Eis des zugefrorenen Höllensees Cocytus.

Kälte umwehte mich und ließ mich zittern. Eispartikel durchstoben die Luft, ebenso wie die Schreie der Gequälten.

Als ich jedoch auf die Mitte des Sees blickte, erfasste mich ein Zittern, wie es kein Eishauch des Infernos auslösen könnte.

Luzifer, der Fürst des Höllenreichs, bis zur Brust gefangen im zugefrorenen See, wartete auf mich. Alle seine drei Schlünde waren weit aufgerissen. Die Reihen aus rasiermesserscharfen Zähnen funkelten, der giftige Speichel tropfte ihm von den Lefzen, der Pestgestank seines Atems stieg mir entgegen. Ich hörte sogar die Rufe derer, die bereits immer und immer wieder in seinen Mäulern zermalmt wurden: Judas Ischariot und die Cäsarmörder Brutus und Cassius.

Mein Sturz endete abrupt. Kurz vor den geifernden Mäulern blieb ich in der Luft hängen. Ich schwebte, als wäre ich inmitten von Wasser.

„Die Schuld wird bleiben, Marcel", erklang eine Stimme, die vielleicht die von Anna sein konnte. „Aber das hier, das wird nicht dein Ende sein. Vorerst hast du die Schuld besiegt. Nun finde, wofür du hierhergekommen bist, mitten ins Pestland."

Ich verstand nicht, was die Stimme mir sagen wollte. Ihre Worte jedoch ließen mein Herz vor Hoffnung schneller schlagen. Ich blickte hinab zu Luzifer, doch dort gähnte mir nur noch Schwärze entgegen. Verwirrt sah ich mich um. Dunkelheit umgab mich.

Erleichtert stellte ich fest, dass ich nicht länger fror.

33.

Komm zu dir, Lucien! Wir haben es noch nicht überstanden."
Diesmal passte die Stimme zu den Worten, die sie gesagt hatte. Sie klang ebenso sorgenvoll wie nervös.

Als ich die Augen aufschlug, sah ich auch nicht in die Fratze von Baphomet, sondern auf die Vogelmaske von Marcel. Warum Marcel?, fuhr es mir durch den Kopf. Und was hat es damit auf sich, dass ich immer Marcel genannt werde?

„Du siehst ja noch erbärmlicher aus als ich", schepperte er.

„Was ist passiert?", stöhnte ich und massierte meine pochenden Schläfen. Wieder saß ich gegen die Säule gelehnt im Keller des Palas. Die Leichen von di Tremante und dem Grafen von Kleve lagen vor uns. „Warum bist nicht auch du in die Hölle gestürzt? Wie kann die Burg noch stehen? Ich habe doch mit eigenen Augen angesehen, wie sie …"

„Pssst!" Marcel legte mir beschwichtigend die Hand auf die Schulter. „Du musst fantasiert haben. Ich kann dir versichern, nichts dergleichen, von dem du erzählst, ist geschehen."

Ich fuhr mir über den Nacken. „Das heißt … Marcel, du hast mich so vorgefunden, wie ich jetzt hier sitze, oder?"

Mühsam fokussierte ich meine Gedanken, was bei den Kopfschmerzen, die ich hatte, nicht allzu leicht war.

„So ist es." Der blutbespritzte Schnabel senkte sich auf und ab. „Nachdem ich es geschafft hatte, den Söldnerhauptmann niederzuringen – es war kein leichtes Unterfangen, das kannst du mir glauben – habe ich gesehen, wie du mit di Tremante im Palas verschwunden bist. Ich bin sofort durchs Kampfgetümmel geeilt und euch gefolgt. Aber als ich hier unten ankam, war es bereits zu spät, dir noch zu helfen. Die Sache hat sich von selbst erledigt."

„Die Kämpfe dauern immer noch an?"

Wieder das Auf- und Absenken des Schnabels.

„Gut. Ich habe den Schlüssel. Ich … ich habe keine Ahnung, was mit mir los war, als ich in Ohnmacht gefallen war. Das kann warten. Wir müssen Simon finden."

„Du hast recht.“ Er streckte mir seine handschuhbewehrte Hand entgegen.

Ich griff nach ihr und er half mir auf die Beine.

Als ich wieder halbwegs festen Stand hatte, horchte ich nochmals in mich hinein. Baphomet, bist du noch da? Keine Antwort. Absolute Stille. Als hätte es ihn nie gegeben. Eine Stille, die ich mir seit Jahren herbeigesehnt hatte. Jetzt ängstigte sie mich jedoch. Was, wenn ich mir den Dämon tatsächlich nur eingebildet hatte? War die Vorstellung, in den Höllenschlund zu stürzen, nur ein letztes Aufbäumen dieses Wahnsinns?

Oder hatte ich meine Schuld tatsächlich eingelöst und all das hatte völlig andere Gründe? Wie ein stetig brummender Insektenschwarm schwirrten die Fragen durch meinen Kopf. Auf keine einzige wusste ich eine Antwort. Es blieb dabei: Wir mussten Simon finden. Ich musste Gewissheit darüber haben, was mit dem Jungen geschehen war.

Gemeinsam verließen wir den Keller und traten in den Rittersaal. Von hier aus erklommen wir die Holztreppe zum Obergeschoss und ich öffnete voller böser Vorahnungen die Tür zur Kemenate.

„Da seid ihr ja endlich!“, rief uns Simon mit seiner reinen Stimme entgegen. Schwanzwedelnd und jaulend sprang Alessio um unsere Füße.

Ich blies die Luft aus. Eine Welle der Erleichterung machte sich in mir breit und linderte für einen Moment sogar jeglichen Schmerz. „Gott sei gepriesen, du lebst!“

Das Zimmer war völlig verwüstet. Auf dem ganzen Boden verteilt lag die Bettwäsche. Einer der Pfosten des Himmelbettes war zerschmettert, einige Kacheln des Ofens gesprungen. Ein Söldner lag benommen auf den Dielen, der Bauch blutüberströmt, ein anderer kniete vor dem Ofen, den Kopf hineingesteckt. Über allem waberte der Gestank nach verbranntem Fleisch.

„Verflucht, Simon, was ist passiert?“, fragte ich.

„Du hast mir aufgetragen, im Zimmer zu bleiben, und das habe ich getan“, sagte er. „Nur, dass diese drei Söldner hier reinstürmen, konnte ich ja nicht verhindern.“

„Du bist allein mit ihnen fertig geworden?“, hakte Marcel ungläubig nach.

„Nicht allein. Ich hatte ja Alessio dabei.“ Simon holte tief Luft und begann zu erzählen: „Der erste Söldner war keine Schwierigkeit. Im vollen Lauf ist er auf mich zugerannt. Ich brauchte einfach nur einen Schritt zur Seite machen. Er konnte nicht rechtzeitig abbremsen und ist aus dem Fenster gestürzt. Bei den beiden anderen hat mir Alessio geholfen. Den einen hat er ins Gemächt gebissen, sodass ich seinen Kopf in den Ofen stecken konnte, beim anderen hat er sich in den Magen verbissen.“

„Aber ich habe doch dieses Brüllen gehört“, sagte ich mit gerunzelter Stirn. „Wie kann das sein? Du hast es doch auch gehört!“

Der Schnabel drehte sich zu mir. „Ich habe gar nichts gehört. Wahrscheinlich hast du es dir eingebildet. So wie vieles andere.“

Kopfschüttelnd lehnte ich mich gegen die holzgetäfelte Wand. „Das kann nicht sein! Der Einsturz der Mine, der Tod der Magd – das, was Baphomet sagte, ergab einen schrecklichen Sinn. Aber wenn ich mir alles nur eingebildet habe …“

Marcel und Simon sahen sich an. Der Blick von Marcel blieb mir unter seiner Schnabelmaske verborgen, der von Simon hingegen war höchst besorgt.

„Du bist verwirrt, Lucien. Es scheint, als hätten dir deine Verletzungen übler mitgespielt, als ich angenommen habe“, sagte Marcel.

Mit beiden Händen fuhr ich mir über das Gesicht. „Nein, nein, mir geht es gut. Ich weiß nicht mehr, was ich denken soll.“

„Das brauchst du erst mal auch nicht.“ Simons Mundwinkel hoben sich. „Lass uns zum Alchemisten gehen! Jetzt können wir endlich mit ihm sprechen. Und danach reiten wir zum Golf de Lion, ja?“

Ich drückte mich von der Wand weg. „Du hast recht“, seufzte ich. „Es bleibt nur zu hoffen, dass der Alchemist bei diesem Höllenlärm dort draußen nicht die Flucht ergriffen hat.“

Marcel knetete seine Hände und hielt den Schnabel gesenkt. „Das glaube ich eher nicht.“

Ehe ich ihn fragen konnte, was er damit wohl meinte, machte er eine auffordernde Handbewegung. „Kommt schon, lasst uns gehen!“

Simon schloss den bellenden Alessio in der Kemenate ein, dann verließen wir den Palas.

Wie auch bei meiner Begegnung mit Baphomet leuchteten erste Sonnenstrahlen hinter dem Johannisturm hervor.

Die Kämpfe wüteten weiter, allerdings hielten sich kaum noch Männer auf den Beinen. Ich zählte vier Burgmannen und sechs Söldner. Unter den Gefallenen erspähte ich auch Arda bin Nabil, den Getreuen von di Tremante. Sein rechter Arm war bis zur Schulter abgetrennt, das Gesicht zu einem stummen Schrei verzogen.

Im Schatten des Mauerwalls stahlen wir uns unbehelligt bis zum Spiegelturm. Die Tür war unverschlossen. Als Marcel gegen sie drückte, schwang sie mit quietschenden Scharnieren auf. Wir traten ein und sahen uns am Fuße einer Wendeltreppe.

„Dort oben wartet meine Erlösung“, flüsterte ich und wischte mir Schweiß und Blut von der Stirn.

Simon stieg die erste Stufe hinauf. „Und ich werde den letzten Willen meines Großvaters erfüllen.“

Nach den Anstrengungen der Schlacht hatte ich Mühe, die steile Treppe zu erklimmen. Schnaufend musste ich immer wieder anhalten. Mein Magen zog sich bei jedem Schritt schmerzhaft zusammen, meine Lungen brannten. Wie schon Baphomet warteten meine Gefährten geduldig am Ende der Treppe.

„Wir werden dich schon wieder hinkriegen“, sprach mir Marcel zu, dessen Stimme ungewohnt tief und ernst klang. „Du wirst überrascht sein, was frische Verbände, ein ordentlicher Kräutersud und ein paar Stunden Schlaf für Wunder bewirken können.“

„Schon gut“, sagte ich und winkte ab. Ich holte den Silberschlüssel hervor und überreichte ihn Simon. „Es war dein Großvater, der ihn uns gegeben hat. Ich denke, du solltest sie öffnen.“

Der Junge wandte sich der eisenbeschlagenen, massiven Tür zu. Ein leises, stetes Brummen war zu hören. „Sollten wir nicht erst einmal anklopfen?“

„Ich glaube kaum, dass jemand öffnen wird“, sagte Marcel.

„Einen Versuch ist es wert“, warf ich ein und schlug mit der Faust zweimal so fest ich konnte gegen das Holz. Aber statt einer Stimme oder Schritten drang nur das unheimliche Klingeln zu mir heran. Wieder klang es so, als käme es aus weiter Ferne.

Rrring-Rrring!

Das Schnabelgesicht wandte sich mir zu. Marcel hatte es also ebenfalls vernommen.

Ich nickte ihm zu, die Miene beunruhigt.

„Was auch immer es noch für Geheimnisse gibt, hinter dieser Tür warten die Antworten auf sie. Simon, es scheint niemand zu öffnen. Bitte!“

Der Junge steckte den Silberschlüssel ins Schloss und drehte ihn einmal nach links. Mit einem deutlich vernehmbaren Klicken sprang der Riegel zurück. Simon drückte die Klinke hinunter und zog die Tür auf.

„Das kann nicht sein!“, entfuhr es mir sogleich.

Simon ging in die Knie. „Was jetzt?“, schluchzte er. „Was jetzt?“

Zwar war der winzige Raum vollgestellt mit merkwürdigen Apparaturen und jeder Menge Folianten und Pergamentrollen, ein Mensch war jedoch nicht zu sehen.

Marcel, der in keinster Weise überrascht wirkte, zwängte sich zwischen mir und dem völlig aufgelösten Simon hindurch und trat in die Mitte des Zimmers.

„Was soll das werden?“, fragte ich.

„Ganz einfach“, entgegnete er. „Der Alchemist ist nicht hier, weil er die ganze Zeit mit euch gezogen ist.“

Simon hielt in seinem Weinen inne. Er schien es zuerst begriffen zu haben. Dann dämmerte es auch mir. „Du … du bist der Alchemist?“

Der Schnabel sank so weit hinab, dass die Spitze sein Brustbein berührte. „So ist es.“

„Warum hast du nichts gesagt?“

„Aus demselben Grund, warum ich dir nicht mein Gesicht gezeigt habe – zumindest bis jetzt noch nicht.“

„Gut!“ In plötzlich aufkommender Wut richtete ich den Zeigefinger auf ihn. „Setz sofort die Maske ab! Du hast uns angelogen. Nun zeig uns, wer du wirklich bist.“

Ich konnte nicht fassen, was hier über mich und Simon hereinbrach. Marcel hatte ich für ein wenig verschroben gehalten, für einen Geheimniskrämer. Aber niemals hätte ich erwartet, dass er uns so dreist belügt. Schließlich hatten wir unser Leben aus Spiel gesetzt, um in das Labor zu gelangen.

„Ruhig, Lucien!“ Beschwichtigend hob er die Hände. „Alles wird sich klären. Für mich gab es keine andere Wahl, als mich hier zu offenbaren. Du wirst sehen, warum.“

Der Doktor – wenn er denn tatsächlich einer war und nicht auch das erlogen war – setzte seinen Hut ab und hängte ihn über die Lehne des Stuhls neben sich. Dann löste er die Schnallen, mit denen die Schnabelmaske an seinem Hinterkopf befestigt war. Die Finger in die Maskenaugen gesteckt, zog er sie langsam von seinem Gesicht.

Zuerst verstand ich nicht, warum er sein Antlitz so vor uns versteckt hatte. Mir blickte ein blasser, hagerer Mann entgegen. Die blonden Haare reichten ihm bis zum Kinn. Seine Wangen wirkten eingefallen, was ihn kränklich erscheinen ließ. Erst als ich in seine Augen sah, verstand ich.

„Das ist unglaublich“, sagte Simon mit erstickter Stimme.

Marcels Augen hatte ich bereits einmal in diesem Land gesehen. Das war, als ich in Xanten auf meine Schwertklinge gesehen und sich meine Augen in ihr gespiegelt hatten. Unverkennbar waren seine und meine Augen von demselben trüben Blau, von derselben Form.

Ich hatte mich zu selten selbst gesehen, meist nur in spiegelnden Wasseroberflächen oder in Fensterglas, um die Ähnlichkeit weiter beurteilen zu können.

Simon jedoch, der abwechselnd Marcel und mich anstarrte, sagte: „Ihr seht aus wie Zwillingsbrüder!“

„Ich habe keinen Zwillingsbruder“, entgegneten wir beide wie aus einem Munde.

Marcel legte die Schnabelmaske ebenfalls auf den Stuhl. „Haben Zwillingsbrüder auch so etwas?“

Er raffte sein Gewand bis über die Brust hoch. Auf seinem Brustbein prangte jener umkreiste Stern, den auch ich auf meiner Brust entdeckt hatte. „Ich habe ihn bei dir gesehen, als du dich umgezogen hattest. Seit wann hast du das Tattoo?“

„Tatatu-was?“

„Ein Tattoo. Es zeigt den Converse-Star, das Zeichen einer Schuhmarke. Ich mag sie sehr, deshalb habe ich ihn mir damals auf die Brust tätowieren lassen. Kein Zweifel; wir sind keine Zwillingsbrüder, sondern Doppelgänger.“

„Wovon redest du? Was für Worte nutzt du? Ich verstehe nicht.“

Marcel drehte uns den Rücken zu und trat ans Fenster. Das Morgenlicht umflutete ihn. „Sieh dich um, Lucien. Schau dir die Gerätschaften ganz genau an. Was erblickst du?“

Aufmerksam betrachtete ich das Sammelsurium an Kuriositäten. Zuerst fesselte ein mannshoher grauer Kasten meinen Blick. Er war es, von dem das leise Brummen ausging. Auf ihm war ein gelbes, dreieckiges Wappen abgebildet. Durchzogen wurde es von einem schwarzen Blitz.

„In Heraldik bin ich nicht allzu sehr bewandert. Was ist das für ein Wappen?“, fragte ich.

Marcel lachte auf. „Das ist kein Wappen, das ist ein Warnschild. Es soll bedeuten, dass man den Generator nicht anfassen soll, wenn man keinen Stromschlag bekommen möchte.“

„Stromschlag? Generator?“, fragte ich verwirrt. Von diesen neuen Begriffen brummte mein Kopf ebenso sehr wie der graue Kasten.

„Sagen wir, dort, wo ich herkomme, hat man es gelernt, Blitze zu bändigen.“

„Das klingt nach Teufelswerk! Was bist du für einer? Ein Dämon?“ Aufgebracht machte Simon einige Schritte auf ihn zu.

Auch dieser Gedanke war mir schon gekommen. Gab es Baphomet doch und erlaubte er sich einen neuerlichen Spaß mit mir?

„Ihr denkt falsch“, widersprach Marcel. „Die Wahrheit wird für euch noch viel unglaublicher sein. Ich komme aus dem Jahre des Herrn 2034. Meine Reise führte mich weder über Land noch über Wasser, sondern allein durch die Zeit.“

Sprachlos stierten Simon und ich auf Marcel. Wieder versuchte ich, mir auf seine Worte einen Reim zu machen, gelingen wollte es mir jedoch nicht.

„Stellt euch vor, ihr selbst könntet in der Zeit zurückreisen, zurück zur Zeit Jesu, Cäsars oder Karls des Großen. Wir haben in unserem Jahrtausend eine Maschine entwickelt, um dies zu tun. Alles, was ich euch erzählt habe, war nur Tarnung, eine Maskerade, damit ich mich nahtlos in eure Zeit einfügen konnte.“

„Also bist du tatsächlich kein Arzt!“, entfuhr es mir.

„Doch – zwischen all den Lügen, die ich euch vorgesetzt habe, war dies eine der wenigen Wahrheiten. Ein Arzt bin ich auch in meiner Zeit. Und das ist der Grund, warum ich hier bin.“

„Ganz langsam!“ Simon setzte sich auf den Stuhl, auf dem Marcel seinen Hut deponiert hatte. „Weder verstehe ich genau, wie du hierhergekommen bist, noch, warum du Lucien zum Verwechseln ähnlich siehst. Aber ich will mir anhören, was du zu sagen hast. Bei all den Gerätschaften hier kann ich nur annehmen, dass sie nicht aus unseren Landen, ja, nicht einmal aus unserer Zeit stammen."

Die Worte des Jungen erstaunten mich. Wie konnte er diesem Lügner jetzt noch Vertrauen schenken? Allmählich aber leuchtete es mir ein: „Anstatt dich von vornherein als Wahnsinnigen zu verdammen, sollten wir uns anhören, was du zu berichten hast. Simon hat recht. Nach allem, was geschehen ist, bin ich für jegliche Absonderlichkeit bereit."

Marcel wandte sich um und grinste. Ob mein Grinsen wohl genauso aussah wie seines? Es wirkte jungenhaft, voller Schalk, wären da nicht die Augen gewesen, in denen keine Spur der Heiterkeit auszumachen war.

„Wir wähnten in unserem Jahrtausend die Pest für besiegt. Uns plagten andere Seuchen, finanzieller Natur, so komplex, dass ich wohl Monate brauchen würde, um sie euch zu erklären. Doch Yersinia pestis – so nennen wir sie – kehrte zurück. Ein Erreger, der bereits 1994 in einem fernen Land, dem indischen Surat, auftauchte, hat sich mit dem ursprünglichen Pesterreger eurer Zeit gekreuzt. Wie schon jetzt verbreitete sich die Pandemie mit wahnsinniger Geschwindigkeit, durch die Transportmittel unseres Zeitalters vielleicht sogar noch schneller. Millionen Menschen starben. Fieberhaft arbeiteten ich und meine Kollegen von der WHO – so eine Art weltweite Gilde der Ärzte – an einem Gegenmittel. Im Laufe unserer Forschungen gelangten wir zu der Erkenntnis, dass wir dazu ein virulentes Bakterium aus dem Mittelalter – vergebt, diese Begriffe kennt ihr nicht – aus eurer Zeit brauchen. Warum das der Fall ist, würde jetzt zu weit führen."

„Halt! Halt! Halt!" Simon hob die Arme. „Wenn ihr in der Zeit zurückreisen könnt, warum seid ihr dann nicht einfach wenige Jahre zurückgereist und habt verhindert, dass die Seuche erneut ausbricht?"

„Das hat zwei Gründe, die beide gravierend sind. Zum einen darf man bei einer Zeitreise nicht in die Zeit zurückreisen, in der man selbst gelebt hat, damit man vermeidet, sich selbst zu begegnen und so vielleicht die Kausalitäten des Universums aufzulösen. Zum anderen: Was hätte ich tun sollen, wenn ich zurückgereist wäre? Kriege kann man aufhalten, vor Naturkatastrophen kann man warnen. Aber eine Seuche? Nein – wir brauchen das Heilmittel. Deshalb bin ich hier."

Die Zähne aufeinander gepresst, atmete ich scharf die Luft aus. Wie eine Feuersbrunst jagte das Klingeln durch meinen Verstand und äscherte jeden klaren Gedanken ein. Konnte das, was Marcel sagte, wirklich wahr sein? Es ließ alles in einem anderen Licht erscheinen; seine merkwürdigen Behandlungsmethoden, seine Wortwahl, seine Instrumente. Dennoch lag immer noch einiges im Argen.

„Du hast also das Heilmittel hier entwickelt, richtig?“

Marcel nickte. „Ich hörte von diesem Landstrich und sah ihn für meine Forschung als geeignet. Hier in der Burg konnte ich mein Labor einrichten und an den Pestkranken ungestört Untersuchungen vornehmen. Es brauchte keine zwei Wochen und ich hatte das Mittel erarbeitet. Dein Großvater, Simon, war mir eine unersetzliche Hilfe. Ich bedaure es sehr, dass er sterben musste.“

„Wieso hast du ihn gehen lassen? Du bist einfach verschwunden, und er dachte anscheinend, du hättest dich im Laboratorium eingesperrt.“

„Ein bedauerlicher Irrtum.“ Marcel ließ den Kopf hängen. „Als ich merkte, was das Mittel für Nebenwirkungen hatte – einige davon hast du im Keller ja am eigenen Leibe bemerkt, Lucien – wollte ich zum Rückreisepunkt aufbrechen, um die Formel in meiner eigenen Zeit zu überarbeiten. Er befindet sich in Duisburg, weswegen ich noch einmal das Pestland durchqueren musste.“ Sein Blick fiel auf den Tisch. Er wühlte in einem Haufen aus erstaunlich weißem, geradem Pergament herum und zog schließlich einen Bogen aus ihm hervor. „Hier, das ist die Formel.“

Mit einem Anflug von Stolz, so schien es mir, hielt er uns das Pergament entgegen. Ich starrte auf die merkwürdig geraden Buchstaben, die teilweise so exakt identisch aussahen, dass der Mensch, der dies geschrieben hatte, unglaublich ordentlich arbeiten musste. Die Symbole konnte ich kaum entziffern, nur einige Buchstaben erkannte ich. Nichtsdestotrotz schienen sich mir die Zeilen aus Symbolen wie ein Altarbild in die Erinnerung zu fräsen.

„Schön und gut!“ Simon drehte sich weg. „Wieso bist du nicht auch weitergezogen, als du uns getroffen hast?“

„Na, weswegen wohl?“, fragte Marcel, nachdem er das Pergamentstück zurück auf den Tisch gelegt hatte. „Als ich sah, dass Lucien genauso aussieht wie ich, war ich völlig aus der Bahn geworfen. Hatte ich den Zeitenlauf gestört? Es ist ja nicht so, dass die Zeitreise-Sache bisher immer fehlerfrei funktioniert hätte. Ich stehe dem Ganzen ja nach wie vor skeptisch gegenüber … Im Gasthof ließ ich euch ein, weil ich Simons Namen noch von meinem Gehilfen Johannes Aumann kannte."

Da ich kein einziges Wort mehr verstand, stapfte ich mit dem Fuß auf. „Halt! Das ist jetzt erst mal egal! Weißt du etwas über uns? Was kann es sein, dass du und ich uns so ähneln?"

Marcel zuckte mit den Schultern. „Einzige Erklärung wäre für mich, dass du einer meiner Vorfahren bist. Ich gleiche dir, wie ein Enkel ab und an seinem Großvater gleicht. So etwas soll vorkommen."

Ich kratzte mich am Kinn. Mir kamen die Worte von Baphomet ins Gedächtnis: *Inmitten des Pestlands wirst du dir selbst begegnen.*

Mein Blick glitt abermals über die Utensilien, mit denen das Labor vollgestellt war. Ungewohnte Empfindungen brandeten in mir auf, Erinnerungen, Fetzen von Bildern und Gerüchen. Sie wurden von einer weiteren Erinnerung an eine von Baphomets Reden unterbrochen:

Dieses Land birgt viele Rätsel.

Rätsel, deren Antwort nur der Herr weiß, genau wie solche, um deren Lösung nur der Meister der Schatten weiß; und es gibt Rätsel, die tiefer in dir selbst liegen, als du es glauben willst.

Du bist das Rätsel, Lucien.

Ich bin das Rätsel, wiederholte ich.

Marcel und Simon hatten meinen abwesenden Blick bemerkt und starrten mich mit unverhohlener Verwirrung an. Ich dachte nicht einmal daran, mich ihnen zu erklären, so sehr war ich vertieft in meine Erinnerungen. Wie bin ich aus dem Kloster gekommen, wenn es nicht Baphomet war? Verflucht, ich hatte die Pest! Die Pest verschwand nicht einfach innerhalb weniger Augenblicke.

Ich schlug die Augen auf. Den Mund halb geöffnet, starrte ich auf die Forschungsmaterialien. Jetzt wurde es mir klar. Jetzt erkannte ich. Ja, genau. Das da vorne, dieser rechteckige, flache Kasten, das nannte man Laptop. Das da hinten waren Reagenzgläser, das da vorne ein Digitalmikroskop.

„Was ist los?", fragte mich Marcel, die Brauen zusammengezogen.

„Ich bin du“, sagte ich.

In diesem Moment kehrte das Fieber zurück. Das Pestland versank in Schwärze. Deutlich spürte ich wieder das Pulsieren der Beulen an meinem Hals. Den Schweiß, der über meinen ausgemergelten Körper rann. Alles nur Wahn, durchfuhr es mich. Nichts als Wahn.

Simon und der Doktor verschwammen vor meinen Augen und mit ihnen das gesamte Pestland.

Erst kehrten die Empfindungen zurück. Dann die Geräusche; das Flehen der Kranken, die geflüsterten Anweisungen der Minderbrüder, das Knistern der Fackeln. Schließlich das wächserne Gesicht des Bruders, der mich versorgte.

„Er erwacht! Herr Abt, Eure Eminenz! Er erwacht!“

34.

Der Minderbruder hielt mir die Kelle mit Wasser an die Lippen und ich trank in gierigen Zügen. Aber das Fieber konnte dadurch nicht gestillt werden. Dass es im ganzen beschissenen vierzehnten Jahrhundert auch noch keine Antibiotika gab!

Ein Mann mit Hakennase und tiefen Falten beugte sich über mich. Wegen seines hermelinbesetzten Mantels nahm ich an, dass es sich um den Bischof handeln musste.

„Was sind das für teuflische Maschinen, die Ihr mit Euch führt?“

Was er meinte, war zum einen mein Apple-Notebook, zum anderen der Gegenpol, eine Art Teilchenbeschleuniger im Kleinformat. Er konnte mich jederzeit wieder mit dem Wurmloch verbinden und dafür sorgen, dass ich in die Gegenwart zurückkehrte. Dafür musste ich ihn nur erreichen. Höchste Zeit war es allemal.

Wie lang hatte ich hier vor mich hin gesiecht? Der Fieberwahn war so tiefgehend und komplex gewesen, es kam mir vor, als wären es Tage gewesen. Vermutlich waren es jedoch nur Stunden.

Ich war Marcel Sprenger, nicht Lucien de Courogny. Dies war nur mein Deckname gewesen, meine Identität, mit der ich mich in dieser Welt fortbewegen sollte, um das Heilmittel zu finden. Tatsächlich, inmitten des Wahns, inmitten des Pestlands, hatte ich mich selbst gefunden. Was für eine bittere Ironie.

Noch bitterer war es jedoch, dass ich meine Mission nicht einmal ansatzweise erfüllt hatte. Bevor ich überhaupt mit meinen Forschungen beginnen konnte, erkrankte ich selbst an der Pest. Jetzt lag ich hier in irgendeinem Sanatorium in Duisburg und es war nur eine Frage der Zeit, bis mich die Seuche dahingerafft hätte.

Ich hustete. Warme Flüssigkeit stieg meinen Hals empor. Röchelnd spuckte ich das Blut auf die Strohmatratze. „Helft mir!“, brachte ich hervor. „Ich brauche eine der Maschinen. Es ist nur ein Handgriff! Ich flehe euch an.“

„Ist er ein Jude? Ich bin mir sicher, dass er ein Jude ist!“, rief der Abt. „Nur dieses Pack trägt solch merkwürdige Dinge mit sich herum.“

Ächzend wandte ich mich zur Seite. Der Gegenpol lag zusammen mit dem Laptop direkt neben der Matratze. Ich brauchte nur den Finger ausstrecken und den Knopf zu drücken. Eine einzige Bewegung. Nicht mehr. Nur weg aus diesem Alptraum.

„Wir sollten ihn verbrennen, zusammen mit all seinem Teufelszeug!“, meldete sich der Novize zu Wort.

Ich biss mir auf die Lippen. Doch ehe ich es versucht hatte, erklang wieder das Klingeln.

Rrring-rrring, Rrrring-rrring.

Das Klingeln eines Telefons.

Lauter als jemals zuvor.

35.

Ich erwachte.

Die Klauen mit den grellroten Krallen ließen endlich meinen Arm los.

„Da sind Sie wieder", sagte die etwa fünfzigjährige Krankenschwester und rückte ihre goldumrandete Brille zurecht. „Willkommen zurück!"

Blinzelnd musste ich mich an das helle Licht des Krankenzimmers gewöhnen. Ich richtete meinen Oberkörper auf der weichen Matratze auf. „Wo … wo bin ich?"

„Sie sind im St. Vincenz-Krankenhaus in Duisburg. Es ist der 11. November. Seit drei Tagen haben Sie im künstlichen Koma gelegen. Das hat der behandelnde Arzt nach Ihrem Herzinfarkt zur besseren Erholung als notwendig angesehen. Sie als Mitarbeiter der WHO, Herr Sprenger, werden das sicherlich am ehesten verstehen."

„Herzinfarkt?" Mich am Hinterkopf kratzend, sah ich auf meinen Beistelltisch. Ein Jahreskalender 2034, Blumensträuße und Karten, dazwischen ein eingerahmtes Bild, das mich zusammen mit Anna und meinem Sohn Simon auf dem Gartenfest eines Bekannten zeigte.

Ich hatte das Gefühl, ein Eiszapfen würde in meiner Kehle stecken. Simon. Meiner beängstigenden Vorahnung folgend, fragte ich die Krankenschwester: „Warum habe ich diesen Infarkt erlitten?"

Ihre Lippen, die so grellrot geschminkt waren, dass sie den Nägeln in nichts nachstanden, zogen sich zusammen. Sie setzte die Brille ab und wischte sich über die Lider. „Es geschah, nachdem Sie den Anruf erhalten haben, dass Ihr Sohn gestorben ist. … Es tut mir leid."

Daher also das Klingeln, das mich bis in meine Psyche verfolgt hatte.

Wie ein Bleigewicht sackte die Schuld auf meinen Brustkorb und raubte mir den Atem. Ich hatte so intensiv geforscht, wie ich konnte, um ein Heilmittel gegen die Pest zu erarbeiten. Jetzt kam mir nach und nach wieder alles in den Sinn. Meine Hypothese beruhte darauf, dass der Erregerstamm schon bei der ersten großen Epidemie im Mittelalter existierte. Die Suche nach einem Mittel gegen die Mutation von Yersinia pestis musste dort ansetzen. Ich hatte mich in die Aufzeichnungen der damaligen Ärzte vertieft, mich vor allem mit der Region Niederrhein auseinandergesetzt.

Simon war gestorben. Die Schuld an seinem Tod lastete auf mir, so wie es der Verrat an den Templern auf Lucien getan hatte.

All das hatte sich in meinem Unterbewusstsein widergespielt. Unweigerlich stellte mein Verstand Verknüpfungen zwischen diesem Wahn und der Realität her.

Jetzt wurde mir auch der Anachronismus von Doktor Avis' Maske bewusst, die es erst hunderte Jahre später in Venedig gab. All meine Forschungen und Erkenntnisse waren durcheinandergebracht worden.

Wie tief war ich nur in mir selbst versunken!

Die alte Hexe aus Berka war ein Abbild unserer Nachbarin aus der Nahestraße gewesen, die sich immer rührend um ihren kranken Mann kümmerte. Der Junge in der Leichengrube vor Xanten – mein Bruder Michael als Kind, der mich früher immer zum größten Mist angestiftet hatte. Auch er gehörte zu den ersten Opfern dieser neuen Pestepidemie.

Auf irgendeine Weise hatte ich einen Ausweg gefunden, zurück in die Wirklichkeit. Anscheinend hatte mein Geist diesen Weg als eine Art Zeitreise interpretiert.

Aber nicht nur all das hat mein Unterbewusstsein mir gezeigt.

Da war noch mehr.

Ich musste Anna anrufen. Sie arbeitete ebenfalls bei der WHO und musste, wenn mich nicht alles täuschte, noch in der Hauptzentrale in Genf sein.

„Könnte ich einen Moment allein sein?", bat ich die Krankenschwester.

„Selbstverständlich!" Mit wehendem Kittel lief sie zur hellgrünen Zimmertür. „Ich wollte nur gerade nach Ihnen sehen und da sind Sie aufgewacht. Soll ich Ihnen etwas bringen?"

„Nur ein Glas Wasser wäre nett."

„Gern", sagte sie und verschwand aus der Tür.

Als sie sie hinter sich zugezogen hatte, ergriff ich den Telefonhörer. Annas Handynummer kannte ich auswendig. Nach drei Freizeichen hatte ich sie endlich in der Leitung.

„Hey, mein Schatz …"

„Marcel, du bist es ja!“, rief sie erleichtert. Nur schwerlich konnte sie ihre Schluchzer unterdrücken. „Ich … ich dachte schon, nach Simon hätte ich nun auch dich verloren. Die Beerdigung. Sie ist …“

„Bitte sprich das jetzt nicht an. Was ist passiert, während ich weg war?“, kam ich unumwunden zum Thema. Simons Tod wollte ich lieber erst gar nicht anschneiden. So war es immer meine Art gewesen, die Dinge zu bewältigen. Auch wenn es mir schwerfiel, nicht sogleich bei ihr nach Halt und Trost zu suchen.

Anna seufzte. „Sie hat sich jetzt auch auf Kanada ausgeweitet, selbst auf die entferntesten Käffer Grönlands. Die Inkubationszeit ist noch rasanter als wir angenommen haben, das Antibiotikum geht zur Neige, ebenso wie die Lebensmittel, und Unruhen sind an der Tagesordnung. Dass die Zahl der Toten bald die Milliardengrenze überschreitet, dürfte dir wohl klar sein. Wir rotieren hier alle. Ich, und die meisten anderen wahrscheinlich auch, haben seit drei Tagen nicht mehr geschlafen.“

„Ich dafür umso mehr“, stöhnte ich. Wie auf Kommando ertönte von draußen die Sirene eines Krankenwagens. Die prekäre Lage, in der sich die Welt befand, ließ Simons Tod beinahe lächerlich unbedeutend erscheinen. Aber das war er nicht. Ganz und gar nicht. Vielleicht hätte ich ihn retten können. Wenn ich nur schneller gewesen wäre.

„Ich habe einen merkwürdigen Traum gehabt. Nein, so kann man es nicht nennen. Eher eine Reise, eine Reise ins Unterbewusste.“

„Marcel, das reicht!“ Ich konnte mir gut vorstellen, wie Anna in Genf gerade auf ihre typische Art die Augen verdrehte. „Wir versuchen hier gerade, die Welt zu retten, und du laberst mich mit irgendeinem esoterischen Geschwurbel voll. Du solltest dich erst mal richtig auskurieren. Du musst zu Kräften kommen, danach können wir weiterreden.“ Als ihr selbst bewusst wurde, wie harsch sie geklungen hatte, fügte sie hinzu: „Tut mir leid, doch es hört sich so an, als wärest du geistig noch nicht völlig auf der Höhe.“

„Schon in Ordnung“, tat ich ab. „Trotzdem solltest du mir zuhören, wenn du die Welt retten willst. Ich flehe dich an.“

„Na gut, ich gebe dir drei Minuten.“

Ich holte tief Luft und begann ihr darzulegen, was ich mir zuvor ersonnen hatte: „Das hier war mehr als ein künstliches Koma. Ich hatte mich in die Erforschung der Pestepidemie im Mittelalter völlig hineingesteigert. Fast kam es mir vor, als wäre ich ein Teil dieser Epoche geworden. Auf dieser Reise, von der ich spreche, bin ich in ein völlig verlassenes Pestland geführt worden – von Simon. Von dem Bild, das ich von ihm in mir bewahrt habe. Er hat mich in das Herz dieses Pestlands geführt. Dort bin ich mir selbst begegnet."

„*Cognosce te ipsum*, herzlichen Glückwunsch!", entfuhr es Anna. Das Stimmengewirr und das stete Klingeln im Hintergrund hörten sich an wie das Summen eines gewaltigen Bienenstocks. „Komm zum Punkt!"

„Mein anderes Selbst hat mir eine Formel für eine chemische Zusammensetzung gezeigt. Es könnte die für das Mittel sein. Hol dir etwas zum Schreiben, ich diktiere sie dir."

„Wie kannst du dich noch an sie erinnern?"

„Es scheint, als hätte ein Blick genügt. Als hätte sie schon von Anfang an in mir geruht", sagte ich, dann gab ich die Formel durch.

„Das wirkt alles ziemlich plausibel. Vielleicht ist das ein Hoffnungsschimmer", sagte Anna ernst. „Möglicherweise hat dein Unterbewusstsein die Schlüsse gezogen, die dein Bewusstsein nicht ziehen konnte, und sie dir auf diese Weise gezeigt. Durch Simon."

„Hmmm", brummte ich. „Das klingt nicht einmal so unwahrscheinlich."

„Okay, hör zu, ich werde hier gebraucht. Ich reiche die Daten sofort ans Labor weiter. Ich melde mich, wenn wir sie ausgewertet haben", sagte Anna, die Stimme gehetzt.

„In Ordnung. Ich liebe dich."

„Ich dich auch. Schön, dass du wieder unter uns weilst."

Grinsend legte ich auf, aber jegliche Heiterkeit entschwand sogleich, als ich mit dem Kopf zurück in das Kissen gesunken war. Simons Lachen schien durch das karg eingerichtete Krankenzimmer zu hallen. Ich erinnerte mich daran, wie er im Wohnzimmer mit dem Hundewelpen Alessio gespielt hatte, den wir aus einem spanischen Tierheim geholt hatten.

Hätte ich ihn retten können, wenn ich nur ein wenig früher die richtigen Schlüsse gezogen hätte? Ich schüttelte den Kopf. So durfte ich nicht denken. Die Vergangenheit konnte nicht abgeändert werden. Es war sinnlos, nach Buße oder Vergebung zu suchen.

Meine Lider wurden schwer und mir entglitt ein langgezogenes Gähnen. Ich wickelte mich in die Decke ein und drehte mich auf die Seite. Hoffentlich würde Anna sich bald wieder mit positiven Nachrichten aus dem Labor melden. Bis dahin konnte ich ruhig ein wenig schlafen.

Die Tür schwang quietschend auf. Es musste die Krankenschwester mit dem Wasser sein.

Als ich jedoch weder das Klackern ihrer Absätze hörte, noch dass sie mir etwas auf mein Tischlein stellte, fuhr ich herum.

Baphomet beugte seinen Ziegenkopf tief über das Bett. Aus seinen glimmenden Augen stierte er mich an.

Unter einem Aufschrei fuhr ich zurück. Beinahe stürzte ich von der Matratze. Mein Herz pochte bis zum Hals. Verzweifelt sah ich zum Telefon.

„Die Schuld ist überall, Lucien“, lachte der Dämon, „und die Hölle folgt ihr nach.“

ENDE

„Der Traum ist eine Psychose, mit allen Ungereimtheiten, Wahnbildungen und Sinnestäuschungen einer solchen.“

– Sigmund Freud –

DANK

Seit 2007 habe ich immer wieder an dieser Geschichte gearbeitet, habe sie mehrmals komplett neu geschrieben und mich öfter mal in die ein oder andere Sackgasse verirrt.

Dass dieses Buch jetzt endlich das Licht der Welt erblickt hat, verdanke ich einer Vielzahl von Menschen:

Zunächst ein Gruß an all diejenigen, mit denen ich ein „Leben in Lettern“ geteilt habe: Christoph, Melissa, Jeanette, Jonas eins und Jonas zwei, Lea, Anne-Cathrin, Jule, Sofie, Lisa, Carla, Lara und all die anderen.

Als ebenso unerschrockene und unerbittliche Testleser erwiesen sich Carla (schon zum zweiten Mal erwähnt!), Ernst Clemens, Myrine und Henrike Hölper.

Ein großer Dank für viel Interesse und intensive Betreuung geht selbstverständlich auch an Daniela Sechtig, Lara Felsch und Eva Bömer vom ACABUS Verlag.

Vielen Dank an meine Familie und, natürlich, an Lara, die selbst die größte Irrfahrt zum Niederrhein mitgemacht hat.

Lars-Erik Schütz, November 2012

DER AUTOR

Lars Schütz wurde 1992 in Duisburg geboren. Das Schreiben hat sich bis dato wie ein roter Faden durch sein noch junges Leben gezogen. Bereits mit 17 veröffentlichte er sein Erstlingswerk, den Fantasyroman „NEXUS – Der Tod sei mit dir", als Hörbuch im Action-Verlag. 2012 folgt nun der Kurzroman „Der Mosaikleger", der in der Reihe Lesetrips im Hamburger Doplpack-Verlag erscheinen wird.

Im dritten Werk „Pestland" wagt er sich jetzt zum ersten Mal an ein historisches Szenario. Da er mitten in der Duisburger Altstadt lebt, konnte er für den Roman an Originalschauplätzen in Duisburg und am Niederrhein recherchieren.

Für die Zeit nach der Schule plant er, sich auch beruflich mit dem Schreiben auseinanderzusetzen und ein Studium der Literaturwissenschaft aufzunehmen.

http://www.larsschuetz.de

Weitere Historische Romane aus dem ACABUS|Verlag

Christof Wolf
Civitas A.D. 1200
Das Geheimnis der Rose

ISBN: 978-3-941404-33-5
560 Seiten
EUR 17,90
ACABUS Verlag September 2011

Astrid Rauner
Der Berg der Kelten
Die Herrscher des Glaubergs

ISBN: 978-3-86282-139-6
236 Seiten
EUR 13,90
ACABUS Verlag Mai 2012

Michaela Abresch
Das Mirakelbuch
Historische Erzählungen aus dem Westerwald

ISBN: 978-3-86282-152-5
164 Seiten
EUR 11,90
ACABUS Verlag April 2012